Ma langue
au chat...

Angèle JACQ

Ma langue au chat...

Éditions du Palémon
ZA de Troyalac'h - N° 10 - Rue André Michelin - 29170 St-Évarzec

Toute ressemblance avec des personnes, des noms propres, de lieux privés, des noms de firmes, des situations existant ou ayan existé, ne saurait être que le fait du hasard.

ISBN 2-907572-41-5

Remerciements

Grand merci à Maurice Dirou, de Kemper, ancien résistant et détenu de St-Charles. Il m'a permis de confronter des moments d'enfance à la réalité du prisonnier qu'il fut. Plus forte qu'une recherche en archives, c'est la confirmation d'une tranche de vie dont le fil, tenace, court encore.

Peu à peu, il est vrai, le temps peut recouvrir d'un voile ténu les souvenirs fragiles déposés en mémoire. Etaient-ce des sédiments d'images ou de divers rappels, en strates successives - et donc soumis à caution - ou étaient-ce des instants imprimés par mon propre regard?

Sous son contrôle, j'ai donc décrit les lieux où mes pas d'enfant m'avaient menée: le siège de la Gestapo, rue Laennec à Kemper, la prison de St-Charles, mais aussi la garde chiourme qui sévissait chez les femmes - la Schoultz, comme on l'appelait me dira-t-il - garde qui assista avec l'interprète à l'entretien entre ma mère et ma tante dans cette prison. Alain Legrand[1] décrit aussi cette dernière telle que je m'en souviens.

Maurice Dirou a, point par point, confirmé mes souvenirs et évoqué les siens plus d'une fois autour d'un café avec l'un de ses compagnons, Henri Le Coz.

Ces tranches de vie ne sont donc pas les fruits de mon imagination. Il est des enfances de peu de bruit mais de grande aventure.

Bennozh Doue à Colette Vlérick, à Nathalie Raoul et Ofis Ar Brezhoneg, à Pierrot Le Gars pour ses précisions. Merci aussi à tous ceux et celles qui, de près ou de loin, m'ont aidée dans la réalisation de cet ouvrage.

A. J

[1] « La Libération ». 1981. Archives départementales du Finistère.

...Et Grippeminaud
l'a prise entre ses griffes...

Da ma bugaligoù
hag d'ur yezh vev!

(À mes petits enfants,
et une langue vivante!)

E KREIZ AR BOEM SPERED…
(Au cœur du sillon de l'esprit…)

Aet eo an holl dud-se, tr'am c'hoariva ar skeudoù
Deus lec'h na deuer ket en-dro.
Ils s'en sont tous allés vers ce théâtre d'ombres
d'où l'on ne revient pas.

Aet eo an heol war an tu all deus an douar
Aet eo an deiz war e roudoù lugernus
Aet eo an amzer war roudoù ar vuhez
En em ledañ a ra skeudenn an disheol
War zirivez an deiz
Nijal a ra, ar valafenn-nozh
War sav an avel-dro :
Poent eo serret an nor !

Ô ! Pegen pounner eo da glozañ,
Hor amzer a-vihanik.

Il s'en est allé le soleil, de l'autre côté de la terre
Il s'en est allé le jour, sur ses traînées lumineuses
Il s'en est allé le temps, sur les vestiges de la vie
S'étire l'ombre
Sur la lisière mouvante du jour
Et s'envole le phalène
Sur spirale ascendante du vent :
Il est temps de fermer la porte !

Oh ! Qu'elle est lourde à fermer,
La porte de l'enfance !

Aet eo ar yezh war he diribin
Aet eo ar c'homzoù kreñv
War hent fall an dispriz
Mouskomzet dre urzh krenn
Aet eo ar vrezhonegerienn
War hentoù fall ha striz...
Rostañ gant ar vezh
O tisplegañ ar yezh!

La langue s'en est allée sur sa pente descendante
Et s'en sont allés les mots puissants
Sur le chemin mauvais du mépris,
Murmurés, par ordre et défense!
Et s'en sont allés les bretonnants
Sur les chemins mauvais,
Étranglés... Rouges de honte
lorsqu'ils parlaient leur langue!

Koulskoude, ma bihañig,
Ho toare sav hiriv
Sklaer ha brav
Daoust ha jomo krev
E barzh ar stankenn vev
Etre mor ha menez?...
Da ganañ ar yezh.

Pourtant, mon petit,
Ta façon de dire
S'élève aujourd'hui claire et belle
Restera-t-elle forte
Dans la vallée vivante
Entre mer et mont?...
Pour chanter ta langue.

Chapitre I

Frañseze la grand-mère donna une fois de plus dans la *mespa* de l'appentis. Elle heurtait régulièrement ces étagères en se relevant de table. À chaque fois elle enrageait :

— *Ar stal vrein-se vo sklapet 'maez deus revr ur c'hi, un' devez bennaket!* Cette étagère pourrie sera jetée dehors contre le cul d'un chien, un de ces jours!

Cela dit, elle avait en quelque sorte exorcisé le meuble délabré et pouvait vaquer à ses occupations… Ah! Ces étagères! C'était souvent dit qu'elle les casserait, aussi souvent qu'elle y cognait l'épaule ou son chignon de *Borledenn*, et puis le coup d'humeur passé, la *mespa* était toujours là… À mi-hauteur du mur, ces étagères noircies par la fumée recueillaient le bric à brac des poches vidées au passage ou encore les multiples petits outils : histoire de les avoir sous la main.

Dans cet appentis servant d'arrière-cuisine, le gros fourneau à bois ronflait, flanqué à sa gauche, derrière la porte d'entrée, du tas de fagots et de gros bois. Au-dessus, suspendus à une ficelle entre deux fermes du toit, quelques torchons et la lampe

Pigeon en laiton bien astiquée. Accrochée par la vis du réglage, elle distillait à la nuit une maigre lueur embrumée par les vapeurs d'une marmite où cuisait la soupe aux choux et pommes de terre. Au-dessus de la table, la lampe à carbure crochetée à la poutre allongeait une lueur, coiffée d'une volute grise derrière la vitre jaunie. Dehors, le vent hurlant en rafales, s'infiltrait sous le toit...

... et dansait la flamme du lumignon au rythme de sa puissance.

Dans le coin, trônait l'irremplaçable galettière, l'âme des lieux, animée par Frañseze.

Plus qu'un simple foyer, la galettière, encoignure maçonnée en granit jusqu'à bonne hauteur de travail, était couronnée des arrondis du foyer. Le vendredi, elle servait à cuire les crêpes de blé noir du repas de midi et celles qui, chaque matin de la semaine, garniraient les bols de soupe.

Frañseze disposait d'abord sur le foyer double, les deux « *plantinn* » saupoudrées de cendre afin de mieux égaliser la chaleur de la flamme. Sur celles-ci, elle abaissait ensuite les deux *pilig* de cuisson, noires et luisantes, qui d'une semaine à l'autre, relevées contre le mur chaulé, attendaient le prochain office. Cet autel des gourmandises hebdomadaires se terminait dans l'angle par le conduit des fumées où s'engouffrait, l'hiver, la violence du suroît.

Les vendredis, dès la traite terminée et les bêtes satisfaites, Frañseze préparait la pâte. Dans une immense bassine de laiton posée sur la vieille table, elle jetait à la louche la farine de blé noir puisée dans le sac de lin. Ensuite, les manches de son *koant hiviz* retroussées jusqu'au-delà des coudes, enveloppée d'un grand tablier à bretelles noué dans le dos, elle y versait délicatement de l'eau tiède puis du lait et assaisonnait ces ingrédients, avec doigté, de quelques œufs entiers et de gros grains de sel gris de mer. Enfin, elle brassait le tout des deux mains, avec énergie. La pâte se liait, prenait de l'onction, toute picotée des points noirs de ce blé à nul autre pareil. Cela faisait des « sploch ! splach ! » sonores jusqu'à ce que d'un rajout à l'autre d'eau et de lait, la pâte coule de ses doigts au-dessus de la bassine sans que la coulée ne se casse. À ce moment de la préparation, elle la déposait sur la fontaine du fourneau contigu à la galettière qui restait éteint ce jour-là.

— *An toaz 'gousko bremañ hag a goeñvo,* La pâte dormira maintenant et gonflera, décrétait-elle en la recouvrant d'un linge blanc et elle passait à l'étape suivante : le feu.

Un peu de paille craquante sous une poignée de brindilles, du bois de fagot, le tout placé dans le premier foyer. Puis elle craquait une allumette et la flamme naissait, mordait la blondeur de la paille, léchait les brindilles, caressait le dessous de la première *plantinn*. Cela craquait, étincelait joliment et quelques instants plus tard, Frañseze pouvait ajouter les longues billettes de bois spécialement taillées pour la galettière et pousser les braises vers le deuxième foyer.

Dès cet instant, le chat ne quittait plus Frañseze.

— *Chatt! Kerz da logotañ*! Va-t-en ! va courir la

souris ! le repoussait-elle.

Depuis le début de l'office, rabroué maintes fois mais toujours à deux pas de Frañseze, comme une boule tigrée, grise et blanche, posée près du socle de l'écrémeuse, il lorgnait benoîtement vers sa chance en ronronnant !

Dès que les *piligoù* étaient chaudes, Frañseze les frottait de graisse de porc additionnée d'un jaune d'œuf. Ou bien, quand celles-ci lui avaient causé des soucis lors de la précédente cuisson, elle y faisait frire des feuilles grasses et rondes de *krampouezh-mouezig* - de l'ombilic cueilli entre deux pierres du talus voisin - afin de refaire le lustré de la fonte et que ses crêpes se décollent à la perfection. Si malgré ces soins attentifs, la première était ratée et partait en loques pâteuses - ce qui arrivait tout de même ! - Frañseze appelait le chat…

— *Bizz ! Biz ! Bizbizbiz* ! insistait-elle, car rien ne devait se perdre.

D'un bond, il attrapait sa crêpe au vol d'une patte experte et la savourait avec délicatesse, à même la terre battue.

Marie sa toute petite fille, le menton posé sur ses deux bras repliés à même la vieille table, Marie avec le chat, partageait les prémices de ce repas d'une frugalité biblique et pourtant si raffiné !

La première *pilig*, la plus chaude, placée dès l'allumage sur la gueule du feu, recevait la pâte tournée par Frañseze. Munie d'une tasse afin d'en puiser la juste quantité, elle la déversait peu à peu de la main gauche en tournant sa *rozell* de la droite. Avec la *rozell* - petite latte de bois de la largeur d'une lame de couteau, munie d'un manche - Frañseze étalait finement la pâte à la dimension complète de cette grande plaque noire. La première crêpe étalée, elle replongeait la tasse vide dans la pâte et la déposait pleine sur une grille en bois au-dessus de la bassine afin qu'elle s'égoutte et elle s'essuyait vivement les mains dans un torchon.

Pendant quelques secondes, la crêpe cuisait. puis, à l'aide d'un couteau, elle en décollait le rebord et la retournait sur la *spañell*, manchon de bois plat qu'elle tenait de la main gauche. Elle relevait ainsi la dentelle à mi-cuisson afin d'en faire dorer l'envers sur l'autre *pilig*. Un peu de graisse à nouveau sur le chiffon, la première *pilig* vivement nettoyée des quelques miettes restantes et Frañseze étalait la crêpe suivante.

À l'heure exacte du repas chaque vendredi - onze heures car la journée commençait très tôt, avec ou sans soleil ! - les convives arrivaient. Oh ! peu nombreux en ce temps de guerre.

Chaleur infernale du double foyer, chaleur humaine de la maisonnée assise en rond, sur un banc ou sur la maie imposante placée en pignon qui contenait le son pour la nourriture de la truie et de ses porcelets. Une maisonnée aux yeux brillants d'attente de ripailles comme de drôleries quotidiennes car la cuisson comme le service des crêpes ne pouvaient se dérouler sans esprit, encore moins sans humour !

Dès cet instant, la ronde des crêpes s'enveloppait d'un fumet de cuisson et de beurre frit comme de bons mots et d'histoires. Frañseze en avait amassé un « énorme sac » au fil du temps et y puisait à l'envi.

Chacun prenait son tour et allongeait l'assiette pour recevoir la provende dorée et croustillante sur laquelle elle avait étalé un morceau de beurre cru salé. Les crêpes se mangeaient en les roulant en cornet dans la main. Un grand bol de cidre arrosait le tout... Toutefois, d'une crêpe à l'autre il fallait être vigilant pour ne pas se faire « voler son tour de crêpe ».

Ce jeu entrait dans le menu et titillait tous les convives.

Frañseze s'octroyait une bouchée ou deux lorsqu'elle estimait avoir satisfait à la demande de son monde. Ainsi jusqu'à satiété familiale, tournait la ronde des crêpes blondes sous la *spanell* de Frañseze, en bras de chemise.

Ensuite, plus rouge et ruisselante de sueur que jamais, elle poursuivait une heure de plus son étal et ses cuissons afin de pourvoir à la soupe de chaque matin de la semaine.

La pâte utilisée jusqu'à la moindre goutte, elle relevait les *piligoù* contre le mur chaulé et débarrassait soigneusement les deux foyers de leurs braises pour allumer le fourneau. Ce travail de fournaise achevé, elle rinçait la bassine, en faisait briller le laiton, lavait les outils, les essuyait avec soin.

Elle passait ensuite à ses ablutions personnelles dans l'eau d'une cuvette posée à même les foyers de la galettière afin de la tiédir. Elle y trempait une serviette et se lavait le visage. Puis, s'enveloppait d'un châle : l'heure n'était pas à prendre froid. La différence de température, quelque soit la saison, lui eût été fatale. Là, elle s'accordait un répit en ces fins d'après-midis et infusait une eau de chicorée à défaut de café. Puis elle reprenait le collier : traite et nourriture des bêtes.

Ainsi allaient les vendredis de Frañseze…

En ces lieux trônait aussi l'écrémeuse, matrone bien ronde avec sa cuve métallique sans éclat. Sous son trépied, les deux tubes courbés vers le bas comme deux bras écartés attendaient la douceur du lait.

Chaque soir et chaque matin que Dieu faisait, la grand-mère y versait le lait, juste trait des chaudes mamelles des quatre bretonnes Pie Noire qui ruminaient paisiblement dans l'étable obscure de l'autre côté de la cour. Afin d'obtenir la crème onctueuse, la vieille femme tournait la manivelle et chantait, essayant de se donner du courage. Son immuable et vaste répertoire donnait à cet instant biquotidien, la dimension d'une *comedia del arte* : la comptine succédait au chant, l'adage aux proverbes dont les jeux de mots jouaient au gré des onomatopées de la langue. La machine ronronnait et, à chaque tour, sonnait, métronome de son pouvoir magique : de l'un des tubes, le fin filet luisant de la crème s'écoulait dans un pot de terre cuite tandis que de l'autre s'échappait le lait qui en sourdine, moussait en s'écoulant dans le seau.

Ô ! L'odeur du lait chaud, tout frais, mêlé au fumet de la soupe mijotée et la senteur du bois sec qui craquait en brûlant rageusement dans le gros fourneau attisé par les coups de grain. S'y ajoutaient l'émanation acide de la mèche fumante du carbure en fusion et l'odeur du pétrole de la lampe Pigeon. Le son de la maie laissait flotter ses parfums de farine et la fleur des blés offrait à l'hiver les odeurs de l'été.

Comme baguettes sur tambourin la pluie piétinait le toit ! Ronronnement de la machine aux cliquetis réguliers ; odeurs mélangées ; chants de la grand-mère solitaire et son long monologue rythmé qui de loin en loin interpellait sa petite fille : tout cela tissait ces moments ordinaires d'une trame merveilleuse.

C'était le monde de l'appentis. Absolument différent du reste de la maison.

— *'Welez ket? Ma vijen bet kaset d'ar skol un tammig muioc'h, ' mije bet deskeet lennañ ha skrivañ e-gist eo glet, a-benn oan youank, neuze, gant ur c'hreion ha paper gwenn 'mije bet duet pajennoù ha pajennoù. Hag 'vijen bet ur skrivagnerez deus ar c'hentañ.* Vois-tu, si l'on m'avait envoyée un petit peu plus à l'école, j'aurais appris à lire et à écrire comme il faut quand j'étais jeune, alors avec crayon et feuille de papier blanc, j'aurais noirci des pages et des pages. Et je serais devenue une femme écrivain parmi les meilleures.

Elle en était convaincue, consciente de posséder dans sa mémoire fabuleuse, pétrie d'images, d'histoires, de légendes, un savoir ancestral transmis de génération en génération depuis les temps les plus reculés. Cela dit, elle reprenait son répertoire et appuyait sur la manivelle cliquetante du moulin à lait et à crème. Les mots, le chant se fondaient dans les senteurs de ce lieu, imprégnaient la petite fille et la menait très loin de ce temps de malheur.

C'était la guerre depuis 39. La drôle de guerre, disait-on, début 40 ! Les armées se faisaient face depuis plusieurs mois !

Les hommes étaient partis l'année précédente, du moins les jeunes, dont le père de la petite Marie. Elle se rappelait vaguement un soldat revenu quelques jours. Elle avait accueilli cet inconnu avec défiance et une pointe de jalousie : il prenait sa place, déjà si étroite, près de sa mère malade... Alitée très souvent, Anna passait un cap difficile. Frañseze s'échinait à faire tourner la petite ferme avec l'aide passagère d'un journalier, Mateiz le grand-père de Reun, un voisin bien plus grand qu'elle.

Ce passage du soldat à la maison allait amorcer un changement complet dans le cours à peine commencé de l'existence de Marie.

Le jour où ce soldat repartit, il l'habilla et elle descendit avec lui à Kemper dans le car rouge. Le car était si plein que l'on avait rajouté un banc au milieu. Marie s'y cramponna. Pas facile de tenir assise dans les tournants. Il la prit sur ses genoux. Le car ronflait. Sa carcasse brinquebalait. Pour s'entendre les voyageurs s'interpellaient et parlaient de plus en plus fort.

Le soldat, pensif, avait la tête ailleurs...

Arrivée en ville. Descente du car. Brouhaha inhabituel. Passants. Vélos…

Il avait tenté d'expliquer à Marie :

— *Un' treñ 'm eus da gemer.* j'ai un train à prendre. Marie l'avait scruté d'un regard interrogateur.

Il semblait très pressé. Si pressé qu'elle avait du mal à le suivre dans la rue qui montait vers la maison où sa tante habitait une chambre, face au champ de foire. Alors, il l'avait prise dans ses bras. Son uniforme sentait le tabac gris qu'il roulait entre ses gros doigts pour en tirer une cigarette épaisse et courtaude qu'il se vissait au coin des lèvres…

Arrivés au troisième étage sous les combles, il la déposa sur le palier. Il se pencha à sa hauteur, la regarda intensément et lui expliqua :

— *Marie, ho moereb a teuio barzh neubeut amzer d'an ti. 'Mañ ket pell deus kreisteiz. Setu, ma bihañig dav 'vo deoc'h choma da c'hortoz 'nezhi amañ, hoc'h-unanig. An tren 'm eus da gemer, na jomo ket da c'hortoz ac'hanon. Setu gwrit din ur bouchig trouz hag goude-se ni 'n emp m'int guitaio.* Marie, ta tante Mar'Janig viendra dans peu de temps. Midi n'est plus très loin. Aussi, ma petiote, tu vas devoir rester attendre seule ici. J'ai un train à prendre qui ne m'attendra pas. Alors donne-moi un bisou très fort et l'on va se séparer.

Marie eut pour lui un regard d'oisillon égaré. Elle l'embrassa. Il lui rendit un baiser rapide. Puis comme quelqu'un qui veut fuir, il dévala l'escalier quatre à quatre, sans se retourner, la besace sur le dos et sa valise de bois à la peinture bleue éraflée, à la main.

Longtemps Marie crut entendre ses pas... et puis elle fut seule.

Il l'abandonnait?

Pourtant il lui avait semblé qu'il l'aimait. Mais il y avait cette autre chose: un train. Cette chose inconnue allait l'emmener là où le poids d'une obligation l'astreignait à se rendre. Une obligation si forte qu'elle pesait bien plus que sa petite fille: car Marie avait senti pendant ce voyage, au contact de ses bras, de sa barbe qui piquait, de l'odeur de son tabac que ce soldat était son père... Un père inconnu si furtivement adopté et si vite reparti!

Anna! Frañseze! Où étaient-elles à cette heure? Sa tante était absente!

Le poids d'un monde immense, hostile, injuste et dur pesa sur les épaules de Marie. Pourquoi était-elle là, toute seule? Elle s'assit sur le paillasson.

Doucement, intarissables, ses larmes se mirent à couler.

C'est ainsi que sa tante, consternée, la trouva au retour de son travail.

Comme il faut bien se faire une raison, consolée, cajolée, Marie sécha ses larmes et Mar'Janig lui ouvrit la porte de son domaine.

La petite découvrit le nid douillet que sa tante s'était concocté dans une seule pièce. Une véritable chambre comme en rêvent les petites filles pour jouer à la poupée! Mais cette chambre était une « vraie ».

À droite de la porte, le grand lit, à gauche une armoire basse, genre vaisselier avec sa vitre ornée de dentelles, véritable petit bijou sur lequel trônait un grosse boîte en bois clair verni. Le tout s'adossait à un long paravent. Au pignon, le coin cuisine avec le réchaud à gaz et le fourneau... minuscule, aux yeux de Marie. Au milieu, la table ronde et ses chaises.

À gauche, derrière le paravent, on passait dans la soupente au fond de laquelle se cachait la garde-robe. Adossé au paravent, le coin toilette avec son broc et sa bassine de faïence fleurie, et à foison, savon, tubes, minuscules coffrets, petits flacons odorants, bâtons de rouge à lèvres...

Un lieu de mille et une tentations attisées par la curiosité de Marie.

Son attention revint vers la boîte sur le vaisselier qui en imposait avec sa toile noire piquée d'un œil vert. Cet œil s'illuminait dès que sa tante, bonne fée du moment, tournait l'un des boutons dorés. Alors la boîte - c'était magique - se mettait à parler et à chanter :

— *Un' T.S.F.* [Transmission sans fil] une T.S.F. avait laissé tomber Mar'Janig en s'activant, côté cuisine.

Marie, fascinée, s'était assise sur le plancher pour mieux écouter. Elle laissa descendre en elle ces notes venues de nulle part... ou par la fenêtre peut-être ? Intrigantes, mystérieuses, cristallines, elles couraient dans la pièce, dansaient dans les carrés de soleil découpés par les vitres sur le plancher, frappaient à ses oreilles, allaient, venaient, virevoltaient. Elles étaient rythmées d'une cadence comme Marie n'en avait encore jamais entendue. Subjuguée, la petite se mit à sucer son pouce. Bercée par cette musique, elle oublia sa dure matinée et s'endormit.

Mais Marie n'était pas au bout de ses peines.

Le lendemain, lui avait annoncé sa tante, elle devrait aller à l'école.

L'école ?

Elle connaissait celle du bourg qu'elle longeait lorsqu'elle allait faire quelques emplettes avec sa grand-mère. Elle regardait sans envie les enfants jouer dans les cours, les filles d'un côté et les garçons de l'autre, séparés par un grand mur de pierres sèches. Aujourd'hui, levée de bonne heure, elle allait devenir l'une de ces écolières.

— *Na fell ket din mont d'ar skol ! Na fell ket din mont d'ar skol !* Je ne veux pas aller à l'école ! Je ne veux pas aller à l'école.

Marie pleurait à chaudes larmes. Les grosses gouttes coulaient sur son sarrau à petits carreaux bleus et blancs que Mar'Janig avait taillé dans une pièce de tissu d'avant-guerre. Dès le palier, sa tante l'avait prise dans ses bras afin de ne pas avoir à traîner la petite récalcitrante.

— *Ya ! Met goût a rez 'rañkan mont da ma labour. Goude-se, e teufen da glasket 'c'hanoc'h en-dro. Dav eo deoc'h ober ho soñj. Neus ket moaienn d'ober 'hend-all.* Oui ! mais tu sais, je dois aller à mon travail. Après, je reviendrai te chercher. Il faut que tu te fasses à cette idée. Il n'est pas possible de faire autrement.

Ce fut une petite fille hurlante et déchaînée que Mar'Janig en pleurs remit tant bien que mal dans les bras de la religieuse… et elle aussi s'enfuit.

Marie, dut se rendre à l'évidence : elle était à l'école et il faudrait bien qu'elle y reste.

Une chose la frappa alors.

Toutes les petites filles qui l'entouraient, et qui semblaient bien se connaître, parlaient un langage étrange. De même, cette grande dame habillée et coiffée de blanc au point qu'on ne lui voyait aucun cheveu, disait des mots qu'elle ne comprenait pas. Appuyée au mur qui bordait la cour en pente douce, Marie, le pouce dans la bouche et l'index dans un geste familier caressant son nez, encore toute secouée de hoquets, écoutait cette nouvelle modulation de mots que tous semblaient partager mais qui pour elle, n'était qu'un galimatias incompréhensible.

« *D'am' betra 'kaozeont gant komzoù ha na gomprenan ket 'nezho ?* » Pourquoi parlent-elles avec des mots que je ne comprends pas ? se disait-elle, angoissée.

Elle suivit le mouvement, petite étrangère esseulée dans cette foule enfantine, heurtée par ces mots qui ne chantaient pas comme les siens.

Un grand hall et un escalier monumental divisaient le bâtiment en deux, de même qu'au-dehors les larges marches qui y accédaient, séparaient les deux cours. *Ar vaouez wenn*, la dame blanche lui prit la main en redisant des mots inconnus et la conduisit jusqu'à sa place presque au fond de la classe. Les écolières, deux par deux, rejoignirent leurs petites tables.

Marie inspecta les lieux d'un regard apeuré. Sur le côté gauche, le mur s'élevait jusqu'à des soupiraux au ras de la cour du haut où s'ébattaient les plus grandes élèves. En face, les tableaux noirs affichaient des rangées blanches de signes arrondis et capricieux qui s'alignaient devant des dessins de couleurs. La grande dame blanche claqua des mains, puis psalmodia une suite de bruits qui ne parlèrent toujours pas à Marie.

La classe écouta puis, comme une seule personne, se retourna pour l'observer.

Cette façon d'être dévisagée la contraria. Elle lutta pour ne pas se remettre à pleurer. Pourquoi la regardait-on ainsi? Jamais encore il ne lui avait semblé être différente des autres à ce point. Son nez, ses yeux, sa bouche, ses cheveux, sa blouse, tout lui semblait à l'égale mais il y avait... ses mots... et les leurs...

La dame blanche vint vers elle. Elle semblait lui demander de se lever. C'est alors que Marie aperçut son énorme chapelet aux gros grains noirs, pendu à sa ceinture. À chaque pas, il cliquetait contre les tables de bois. Il rappela vaguement à Marie celui qu'égrenait sa grand-mère et qui se rangeait discrètement dans la poche! Cette kyrielle de grosses billes noires lui fit peur: la dame blanche n'était-elle pas une *Kebenn du* déguisée en blanc, cette sorcière qui revenait toujours dans les contes de sa grand-mère? N'allait-elle pas se servir de cet instrument en guise de fouet?

Ce fut l'affolement!

Marie hurla et s'enfuit au fond de la classe. Oh! Si seulement elle avait pu traverser le mur comme le faisaient les Korrigans dans les légendes de

Frañseze. Mais ce mur était trop haut, trop dur, trop froid. Elle était prisonnière. Recroquevillée, la tête contre cette cage, elle serra les paupières pour ne plus rien voir, rien entendre.

La dame blanche n'insista pas.

C'est là que sa tante la récupéra, *an tu all da greiz deiz* de l'autre côté de midi. Les autres élèves étaient parties et la dame blanche attendait à son bureau. Marie courut vers Mar'Janig. S'agrippa à elle. Les hoquets de ses terreurs secouaient toujours la petite. Les deux femmes échangèrent quelques mots. Sa tante semblait désolée. La dame blanche martela une suite de sons avec arrogance. Sa tante répondit avec les mots fermés.

En remontant chez elle, sa tante lui asséna ces bruits qu'elle ne comprenait pas!

— *Petra maoc'h 'lâr', na gomprenan netra!* Que dis-tu, je ne comprends rien! réussit à hacher Marie entre deux spasmes et ses larmes.

Pire, cet échange incompréhensible continua pendant le déjeuner. Elle repoussa son assiette: rien n'était plus comme avant. La vie venait de perdre sa saveur.

Le retour en début d'après-midi fut aussi mouvementé que son arrivée le matin et la dame blanche, excédée, lui donna une fessée. Pas de larmes.

Marie en silence se recroquevilla sur une colère terrible.

Elle s'était assise sur l'une des marches de l'escalier central qui séparait les deux cours de récréation. Les dames blanches allaient et venaient sous la longue galerie en bavardant. Elle jetaient de temps en temps un regard et intervenaient au besoin. Marie avait repéré leur va-et-vient. Dans sa petite tête s'échafauda un plan. Et tout à coup :

— *Tizh dezhi, lavar Mari dezhi' he'-un', bez' vaint 'barzh ar penn all deus ar garidell.* Vitesse ma petite, se dit Marie à elle-même, quand elles furent à l'autre bout de la galerie.

Elle dévala les larges marches à une allure qui l'étonna et se dit qu'avec suffisamment de célérité elle serait dehors avant que ses gardiennes aient remarqué son absence. Remonter ensuite la rue pentue fut plus difficile mais elle y mit tellement de volonté et de rage qu'elle arriva au pied de l'immeuble sans avoir regardé derrière elle et s'engouffra dans le couloir.

— *Ploum ! Digoueet omp* ! Ouf ! Je suis arrivée ! se dit-elle en sautant sur la première marche de l'escalier.

Hélas ! Sa joie fut de courte durée. La dame blanche la rattrapa alors qu'elle arrivait au but. Elle eut droit à une fessée. Là aussi, elle ravala ses larmes, humiliée par un retour peu glorieux devant toutes les autres petites filles.

Le soir, sa tante eut encore droit aux remontrances de la dame blanche :

— Pour qu'elle puisse s'adapter au plus vite, il faut absolument que vous cessiez de lui parler breton à la maison. Sinon, mademoiselle, vous chassez le soir ce que nous essayons de redresser dans la journée ! On ne peut pas continuer comme ça !

Les remontrances passaient au-dessus de la tête blonde qui n'avait qu'une hâte : fuir ces lieux maudits où les mots de son tous-les-jours n'avaient pas leur juste place.

Marie ne renonça pas à ses fuites.

Tenace, aventureuse, intrépide, elle osa deux autres tentatives. L'une se termina en haut de la rue et l'autre à peine passé le portail.

Dès lors la dame blanche l'eut à l'œil.

L'escalier lui fut interdit.

Et sa tante la gronda très fort.

— *Dav eo deoc'h deskiñ gallek bremañ petr'amt na vefec'h ket dalhet barzh ar skol. Peseu' mod e rafen : ranket a ran mont da labourat* ! Il faut que tu apprennes à parler français, sinon on ne te gardera pas à l'école. Comment faire ? Il faut que j'aille travailler !

— *Kasit c'hanon ganeoc'h ! Na fell ket din chom barzh ar skol !* Prends-moi avec toi. Je ne veux pas rester à l'école ! arrêta Marie, plus décidée que jamais.

Mais sa tante ne l'entendait pas de cette oreille.

Le temps de se faire bien comprendre, sa tante avait repris les-mots-de-son-tous-les-jours. Puis, l'essentiel étant dit et compris de part et d'autre, ce fut à nouveau l'imbroglio imposé des mots inconnus…

Dès lors à l'école, elle se réfugiait dans le carré de sable au bas de la cour. Là, elle passait de longs moments à laisser couler les grains d'une main dans l'autre et revenir les images de son paradis perdu… Le sable… comme celui de sa rivière… Même lorsqu'il pleuvait Marie ne se souvenait pas d'avoir vu un ciel gris : les nuages brillaient. Et tout à coup, la pluie piquait ses pieds dans le miroir de l'eau. Plic ! Plac ! Ploc ! le clapotis chantait ! Éclaboussait les nénuphars ! Tournait des ronds dans l'eau ! Chassait les libellules et les papillons mais les grenouilles coassaient de conserve.

Là-bas, lorsqu'elle accompagnait sa grand-mère au lavoir, la rivière susurrait tout près... En douce, Marie s'y rendait en usant de ruses de vieux renard. Avec le sable mouillé de la berge, elle façonnait les bonshommes de son monde fantastique - à l'insu de Frañseze et à son grand dam - lorsque celle-ci découvrait le canard dégoulinant de sable et d'eau ! La grand-mère quittait alors sa lessive en la houspillant et, sans traîner, rentrait pour changer le petit bout de chou honteux et ravi à la fois...

Mais le sable de ce carré était un infâme sable d'école, tout desséché, auquel manquaient les senteurs de la rivière et sa chanson jolie. Et bien trop de monde autour d'elle creusait n'importe comment ! Ces petits citadins ne savaient pas travailler de leurs mains et manier le sable comme Marie. Toutefois, les grains coulaient dans les mains de la petite... Marie laissait courir les images dans sa tête et la magie opérait ses miracles : les gnomes de la rivière revenaient sur la pointe des pieds et en pointillé, peu à peu, peuplaient cet espace trop étroit pour les accueillir en vrai.

Ainsi, l'imaginaire compensant l'addition d'interdits et de défaites, elle finit par se faire une raison. Elle ne pleura plus pour passer le portail mais son cœur se serrait toujours. Elle repérait « son » portemanteau dans le hall. Petit à petit, son oreille s'accrocha à l'autre portée de sons, imposée. Elle capta enfin ces mots qu'elle avait tant maudits et les échangea désormais avec les autres petites filles. Elle sut dire « Bonjour, ma sœur » en arrivant à l'école et joindre les mains pour la prière. Elle apprit à dessiner au crayon à la mine bleue sur son ardoise, couleur marine.

Au regard de la ville, la sauvageonne avait remisé son habit de campagne et revêtu celui, verni, de la civilisée. Mais aux tréfonds d'elle-même, Marie se sentait toujours différente.

Pourtant...

À quelques mois de là, sa grand-mère paternelle vint la voir. Au bout de la galerie se trouvait le bureau de la sœur portière et y attenant, le parloir et son immense fenêtre donnant sur la rue bruyante, ses grandes plantes vertes et sa ribambelle de chaises. Un escalier monumental y accédait comme au reste de l'école qui, bâtie à flanc de colline, s'étageait ainsi d'un dégradé à l'autre.

Marie repéra la coiffe alors que Gaët grimpait les marches.

Quelques instants plus tard, accompagnée par la sœur de l'accueil, la grande *Borledenn* s'avança gauchement sous la galerie, entravée par sa timidité.

— Marie! venez vite! Votre grand-mère est venue vous voir, venez!

La religieuse avait claqué des mains pour l'appeler. Suivie par tous les autres enfants, Marie s'approcha lentement. La sœur rabroua leur curiosité et les renvoya à leurs jeux. La volée de moineaux se dispersa en piaillant.

Très grande, mince dans son costume ordinaire de paysanne du *Bro C'hlazik*, les cheveux tirés sous la coiffe de filet blanc rebrodé, Gaët se pencha pour embrasser une Marie qui cherchait à retrouver ses repères.

— *Ma bihañig, na peus ket kin soñj deusin, ennoc'h ?* Mon tout petit, tu n'as plus souvenir de moi ?

Marie la regardait et se laissait cajoler mais ne savait que répondre. Elle retrouvait sa grand-mère mais c'était bizarre : elle disait des choses qu'elle ne comprenait pas ou plutôt qu'elle ne comprenait plus. Elle se souvenait de cette intonation de voix entendue entre la crêpe fraîche qu'elle offrait et le ronflement du soufflet sur le feu de l'âtre mais l'image en était lointaine, confuse : avant, comment s'entendaient-elles ? Elles se disaient des choses l'une à l'autre mais aujourd'hui comment faire ?

Les mots de Marie n'étaient plus ceux de Gaët.

Là, penchée vers sa petite-fille, Gaët lui bretonna encore longtemps, très bas, presque à mi-voix, avec précaution. Comme si elle n'osait pas prononcer les mots de sa langue. Comme si elle en avait honte. Elle murmurait ses mots en caressant les cheveux de la petite. Marie ne la quittait pas des yeux et écoutait en faisant très attention afin de capter le moindre écho et comprendre. Elle aurait voulu lui dire tant de choses !

Avec Gaët, elle n'avait pas la même spontanéité qu'avec sa grand-mère Frañseze qu'elle côtoyait tous les jours. Gaët était son autre grand-mère. Elle avait de grands yeux bruns et les mains noueuses et ravinées de ces femmes qui ont durement travaillé. Mais la peau de son visage était si douce ! Un peu comme la pelure d'une *poloz* bien mûre, ces prunes sauvages que l'on cueille à l'époque de la moisson.

— *Ma ! Bihañig, dav eo din mont d'ar gêr... Met pouezañ ' ra da ma c'halon : kollet peus ho yezh. Na vefemp ket gouest ken da gaozeal etrezomp ! Ma !... Tristidigezh ' m eus leun ma spered !* Oh ! Mon tout petit, il faut que je rentre... Mais il pèse à mon cœur : tu as perdu ta langue bretonne. Nous ne pourrons plus nous parler toutes les deux ! Oh !... La tristesse envahit mon esprit !

Elle écarta le côté de son tablier pour prendre un mouchoir à carreaux dans la poche de sa jupe et subrepticement s'essuya les yeux. Marie ne comprenait pas son chagrin mais elle se sentit venir de l'eau au bord des paupières. Gaët la serra très fort dans ses bras et l'embrassa puis, avant de s'en aller, lui glissa une pomme dans la poche du sarrau.

Lorsqu'elle sortit du parloir, Marie la regarda descendre l'escalier avec envie. Elle aurait tant voulu partir avec elle...

Elle sortit la pomme de sa poche et en la grignotant, s'en retourna vers le carré de sable.

Chapitre II

Les mois s'écoulèrent.

Ce dimanche de printemps, il faisait soleil. De bonne heure, sa tante avait passé une robe à fleurs si courte qu'elle voltigeait autour de ses jambes au moindre mouvement. Elle sortit son vélo du réduit où elle le rangeait dans l'arrière-cour de la maison, entre le tas de charbon et le capharnaüm du débarras. Un panier à l'arrière pour le « bout de chou » en robe claire, un porte-bagages à l'avant sur lequel Mar'Janig arrima un gros sac : c'était paré pour l'aventure !

— Bon ! On y va ? Tu vas rentrer à la maison. Retrouver maman et ta grand-mère Frañseze. Tu es contente ?

Marie fit oui de la tête avec un sourire, sans trop comprendre. Enfin... en principe elle se devait d'être contente mais elle allait surtout grimper sur le vélo et ça, c'était une fête.

Coincée dans le panier, les mains bien agrippées aux ressorts de la selle, dès les premiers coups de pédales, la robe de sa tante lui fouetta le visage ; elle virevoltait au vent sur les mains de Marie. Le bord de la rue défilait très vite. Entre deux claquements de tissu coloré, les passants, à peine entrevus, disparaissaient. Le pavé la faisait tressauter. Elle se cramponnait, la tête collée au dos de sa tante ! Oh ! Mon Dieu ! N'allait-elle pas être éjectée au prochain cahot ? Elle s'accrocha encore plus fort. Le pavé luisait comme parquet ciré : si le vélo glissait ? Comment faire ? Elle ferma les yeux. Les rouvrit. Paniquée, elle se mit à pleurer.

Coup de freins. Mar'Janig mit pied à terre.

— Si tu pleures comme ça, dès que je peux filer, alors on n'y arrivera jamais ! Encore heureux si on n'a pas de crevaison avec tout ce que je transporte. Tu es bien installée dans ton panier. Tu ne peux pas tomber !

Elle prit un mouchoir, lui essuya les yeux, la moucha, puis lui fit une petite bise :

— Bon ! Promis, j'irai moins vite dans la prochaine descente.

Il fallait donc s'accrocher.

Peu à peu Marie s'habituait aux saccades de la roue qui, après l'asphalte, affrontait le chemin caillouteux. Les champs se nichaient derrière les talus et leurs grands arbres. Jusqu'à ce jour, les promenades du dimanche les avaient menées au bord du hallage et les bois de l'Odet ou lorsque le temps s'annonçait souriant, jusqu'à la chapelle de *Ti Mamm Doue*. Mais aujourd'hui, c'était un véritable voyage ! On allait très loin ! Il lui semblait que cette route en lacets n'en finirait jamais. De temps en temps lorsque la montée grimpait de trop, elle marchait près de sa tante. Mais au bout d'un moment,

Marie traîna la jambe, perdit quelques longueurs...

— Je suis fatiguée! dit-elle en se laissant tomber dans l'herbe.

Mar'Janig s'en revint et appuya le vélo à une barrière.

— Bon! on va faire une halte.

Hélas! Derrière la barrière, le troupeau qui, dans l'instant, paissait en toute tranquillité, fut pris de curiosité. Les vaches, au petit trot, en humant bruyamment, la queue retroussée, le muffle au vent, se dirigèrent vers les intruses. Il n'en fallut pas plus pour que Marie retrouve ses jambes. Mar'Janig elle-même n'en menait pas large. Rapide, elle saisit sa monture et s'éloigna.

— Dépêche-toi Marie! Il ne faudrait pas qu'elles sautent par-dessus la barrière!

Oh! Le beau prétexte!

— Allez! Encore un p'tit effort. On arrive, on n'est plus très loin.

De longueurs en lacets, de coups de pédales en marches à pied dans les raidillons, la route enfin, s'arrêta près d'une maison.

— On est arrivé! Tu te rappelles de la maison?

Marie regarda et soupira. La maison, c'était loin dans ses souvenirs. Il lui semblait qu'elle était plus grande que celle-ci.

Sa mère et sa grand-mère Frañseze accoururent. Retrouvailles, embrassades, des brassées de questions, les trois femmes entreprirent de détacher tous les paquets empilés sur le vélo.

Marie retrouvait les visages dont sa tante avait

entretenu le souvenir avec des photos.

Les voix aussi lui rappelaient des intonations déjà entendues - il y avait longtemps - mais elles disaient des mots qu'elle ne comprenait plus. Les mots d'avant. Ceux que lui avaient répété en vain sa grand-mère Gaët lors de sa visite, dont Marie avait tant cherché à percer la portée. Marie se dit qu'il y avait sans doute des mots pour la maison et des mots pour l'école et la ville. Que puisque maintenant elle allait à l'école et habitait la ville, elle devait utiliser les mots qu'il fallait pour ces lieux.

Mais que ces deux mondes étaient donc bizarres! Pourquoi se décollaient-ils l'un de l'autre comme les deux côtés d'une graine de haricot?

Au fil des jours, Marie s'était tissé tout un canevas de petites histoires qu'elle gardait au chaud dans sa tête afin de les raconter à Anna et Frañseze lorsqu'elle les retrouverait. Et voilà que ses mots pour les dire n'étaient pas ceux de la spontanéité des deux femmes. Un peu déçue, elle se réfugia dans le jardin près du rosier pomponné de fleurs roses. La haie de cassis et de groseilliers aux grappes de baies rouges minuscules bourdonnait de tonalités basses, comme un frôlement léger entre feuille et soie: Marie fascinée, découvrait le ballet mordoré des abeilles chantant dans la gloire du soleil. De l'autre côté de la haie, le manège écartait ses quatre bras de bois autour d'un arbre mécanique bien graissé. Elle y grimpa, s'y assit... et se noircit copieusement les mains, les jambes et la robe de cotonnade fleurie!

— Oh! là! là! se dit-elle.

Bon ! Ça commençait mal. Sa tante, c'était réglé comme du papier à musique, allait lui « chanter Ramona » ! Qu'allaient dire sa maman et Frañseze ?

Il fallait absolument limiter les dégâts. Elle se mit debout avec précaution et s'avança sur le brancard de bois afin d'en descendre sans aggraver la situation déjà largement compromise. Le cheval régulièrement attelé à l'un des brancards pour les divers broyages avait creusé un cercle parfait dans le parcours herbeux. La pluie s'y accumulait à chaque averse. Bien malaxée par les sabots de la bête, cette terre mêlée de crottin, tenait de la colle additionnée de boue.

Et Marie sauta sans méfiance dans le cloaque !

Splatch !

— Oh ! là ! là ! Maintenant, c'est mes sandalettes, se dit-elle. Il faudra les laver...

Or, tantine avait bien dit qu'il ne fallait surtout pas courir sous la pluie avec « ça » aux pieds :

— C'est du carton bouilli, avait-elle expliqué, après, elles vont se déchirer ! Et t'auras plus de chaussures...

— Marie ! Marie !

— Bon, se dit la petite, il va falloir y aller !

— *Ma doue ! c'hwi zo pignet war ar manej ? Maoc'h ket mat merc'h ? Ô pôkezh, peseu' mod ' peus 'n em daraset e-gist-se ? ha peseu' mod e vo kempennet al lard-du-se ?* Mon Dieu ! Tu es montée sur le manège ! Tu n'es pas bien ma fille ! Oh ! pauvre petite, comment as-tu réussi à te tartiner comme ça ? Et comment nettoyer cette graisse noire ?

Frañseze, les bras au ciel, avait la primeur de la

découverte.

— *Peseu' oajoù ! Petra zo c'hoarveet ?* Que d'éclats ! Qu'est-il arrivé ? Anna accourait, haletante. Mar'Janig suivait. Bizarre... un peu absente, elle ne fit aucun commentaire.

Frañseze ramena Marie à la maison. Puisa de l'eau chaude dans la fontaine de la cheminée, puis frotta et astiqua sa petite fille avec un gant de toilette. Elle insistait avec un savon peu efficace en constatant :

— *Saovon an devezh hiriv, na dalvez netra ken.* Le savon d'aujourd'hui ne vaut plus rien.

Elle avait beau faire, savonner et re-savonner, la graisse noire roulait et s'étalait au lieu de se dissoudre.

— Il faudra que je vous apporte de la soude caustique, dit Mar'janig... contre du beurre, je dois pouvoir en trouver... Mélangée avec de la graisse de porc fondue et bouillante, tu pourrais fabriquer du savon. Quand vas-tu tuer le cochon ? demanda-t-elle à sa mère.

— *Past a-raok tri miz bennaket, e-kreiz an' hañv eo re domm... met n'oc'h ket gouest da gaozeal brezhoneg e-gist pep hin' amañ ?* Pas avant trois mois environ, au milieu de l'été, il fait trop chaud... Mais tu ne peux pas parler breton comme chacun ici ?

La remarque de Frañseze cueillit Mar'Janig dans son élan de générosité. Elle temporisa en silence.

Enfin, à force d'insistance, la graisse finit par céder. Les vêtements furent mis à tremper et la petite, rhabillée, la peau rougie par le frottage énergique de Frañseze, fut installée à table.

Elle picora à peine quelques miettes, un peu de soupe, un bout de crêpe. Le visage fermé, elle rageait d'avoir gâché sa journée dans cette maison où elle ne se retrouvait plus. Anna la dévorait des yeux mais s'interdisait de la cajoler. Marie, si bavarde d'habitude, avait perdu sa langue.

— *Lavarit un dra bennaket din 'ta!* Dis-moi donc quelque chose! insista sa mère.

Les sonorités de ces mots dansaient dans les souvenirs de Marie mais frappaient à son oreille sans qu'ils puissent y pénétrer.

— *Ma! Merc'hig! Deut oc'h da veañ' ur penn gallek. Trist eo! Met gwir nemet gwir, deskiñ a rafen deoc'h en-dro da gaozeal brezhoneg.* Ma toute petite! Tu es devenue une tête française. C'est triste! Mais, vrai de vrai, je t'apprendrai à nouveau à parler breton.

Frañseze essayait de renouer avec sa petite-fille dans sa langue familière et prenait résolution, fermement.

— *Mamm*, mère, maintenant elle ne peut plus te comprendre en breton, insista Mar'janig. Il faudra bien que tu lui parles en français pour qu'elle te comprenne. J'ai eu assez de mal à lui faire oublier son breton pour que les sœurs la gardent à l'école, tu ne vas quand même pas démolir ce que j'ai réussi.

— *A feiz hat! Ha piv gaozeo brezhoneg barzh ar c'hantvezhioù dazont ma na vo ket desket ar yezh da ma merc'hig ha d'ar vugaligoù an devez-hirv?* Par ma foi! Et qui parlera breton dans les siècles à venir si l'on n'apprend pas la langue à ma petite fille et aux petits enfants, au jour d'aujourd'hui ?

— Mais *Mamm*, il faut vivre avec son temps. C'est pas avec du breton qu'elle apprendra à lire et à écrire et qu'elle travaillera en ville.

Frañseze s'était redressée, roide et coupante :

— *Labourat e kêr ? C'hwi zo aet da labourat e kêr met an holl dud 'n'eo ket dav dezho mont da labourat e kêr ! Amañ zo labour leizh-korf, ha boued da heul, forzh na red ket an druzoni sul-gouel-bemdez ! Ar pôkezh jeñch he anal ha astenn he gar, dreuz ar parkeir glaz : ur vuhez hag dalvez forz pelec'h an hin' a lintr 'barzh melezour lugernus ar gêr vras ! Ha, Marie, ma c'hallo mirout da nompas kuitaat ar c'hleuziou tro-war-dro, he buhez a vo amañ !* Travailler en ville ? Tu es allée travailler en ville mais tout le monde n'a pas à aller travailler en ville ! Ici, il y a du travail à corps perdu et la nourriture qui va avec, même si l'on ne fait pas gras dimanches, fêtes et tous les jours ! Le pauvre respire et allonge sa jambe à travers la verdure des champs : une vie qui vaut, n'importe où, celle qui scintille dans le miroir brillant de la grande ville ! Si Marie peut éviter de s'éloigner des talus alentours, sa vie sera ici !

La longue tirade n'avait pas convaincu Mar'Jañig :

— Mais *Mamm*, je n'y peux rien. C'est comme ça. Les sœurs exigeaient qu'elle apprenne rapidement le français pour la garder à l'école. J'ai fait de mon mieux. Comprends tout de même !...Et c'est comme ça qu'on me remercie !

— *Ne oa ket ur rezon evit lakaat 'nezhi' da goll he*

brezhoneg! Ce n'était pas une raison pour lui faire perdre son breton!

Marie murée dans son silence regardait sa tante et sa grand-mère échanger avec aigreur: l'obstination bretonnante de Frañseze alternait avec l'entêtement de sa tante à n'utiliser que le français pour s'exprimer.

Anna, fatiguée, se taisait.

La petite avait refusé de répondre à sa mère qui, en français, cherchait ses mots.

Sa mère, sa grand-mère? Marie se dit qu'elles ne faisaient plus partie de son monde. Elle les sentait pourtant toutes proches par le cœur et le regard mais elles voguaient dans un intouchable ailleurs bercé par une autre musique, de l'autre côté d'un miroir, dans un espace inaccessible à la petite. Alors, puisque tout ce que Marie avait à dire, qu'elle se faisait une fête de raconter, puisque ces mots ne s'accordaient plus aux leurs, Marie les rangea de côté dans une grande bulle translucide et s'y blottit elle-même en attendant de repartir.

Oh! Que cette journée s'étirait longue et morne.

Quant à sa tante… Pourquoi toutes ces histoires? On verrait ce soir au retour… Cette longue route à refaire… Elle était déjà fatiguée rien que d'y penser! Elle était revenue à la maison mais cette maison lui était devenue étrangère… comme sa maman… comme sa grand-mère.

La fin d'après-midi s'annonçait. Mar'Janig embrassa sa mère et sa sœur, le tube de rouge à lèvre à la main avant de se refaire une beauté devant le petit miroir accroché près de la fenêtre. L'occasion d'une ultime remarque acerbe de Frañseze :

— *Ruz war ho muzelloù, e-gist ar gisti 'bord ar straed*! Du rouge sur tes lèvres comme les putains sur le trottoir !

— *Mamm* ! Toutes les jeunes filles en ville se mettent du rouge aux lèvres.

Mar'Janig, avec un rire un peu gêné, essayait pour la énième fois sans doute, de repousser cette remarque peu amène.

Elle alla reprendre son vélo. Marie accourut, prête à grimper dans le panier…

Mais dans le panier, il y avait un monceau de provisions et tout autant sur le porte-bagages à l'avant.

— Je ne peux pas te ramener, tu vois, je n'ai plus de place. J'ai pris des oignons, des carottes, des pommes de terre, un morceau de lapin, des poireaux…

Elle énumérait à souhait toute sa marchandise afin de justifier l'impossibilité de ramener Marie.

— Mais, moi, je veux aller avec toi. Je ne veux pas rester ici !

— Tu es revenue à la maison. Tu vas rester ici maintenant. Tu sais, tu en parlais tout le temps : c'est arrivé. Marie, effrayée à l'idée de la perdre, s'était mise à hurler, agrippée aux jupes de sa tante. Frañseze essaya de la raisonner. Rien n'y fit. Alors, d'un geste résolu elle saisit la petite à bras-le-corps et arracha une Marie hurlante à une Mar'Janig en pleurs… Sa tante chassa ses larmes de la main… grimpa sur sa machine en reniflant…et fila dans la descente à corps perdu dans l'envol de sa jupe…

Marie glissa des bras de Frañseze comme une anguille... courut sur la route en hurlant de pire en pire.

En bas, le tournant venait de happer sa tante. Elle avait disparu.

Elle l'avait abandonnée.

Dire l'incommensurable désespoir serait vain. Marie pleura longuement allongée dans l'herbe au bord de la route. Frañseze essaya de l'emmener jusqu'à la prairie pour y chercher les vaches et le cheval mais la petite resta sourde à toute sollicitation. Enfin elle consentit à donner la main à Anna et à revenir vers la maison. Toujours secouée des spasmes de son chagrin, elle grimpa sur le banc près de la table.

— S'il te plaît... donne-moi... à manger... dit-elle à Anna entre deux hoquets et elle appuya son visage sur la table dans l'arrondi de ses bras.

Lorsque Anna revint avec de la soupe chaude, Marie dormait à poings fermés...

Le lendemain, elle se réveilla alors que le soleil jouait avec la dentelle des rideaux de son lit-clos en merisier doré. Ses rayons trouaient les détails de la broderie sur filet joliment suspendue derrière les sculptures dans le haut du bois de façade. Véritable théâtre d'ombres, les hautes cloisons du lit s'ouvraient sous les grosses poutres sombres et ventrues du plafond.

Et tout lui revint en mémoire: la fuite de sa tante, de celle qui au fil des mois était devenue son unique famille. L'angoisse qui l'avait envahie à peine arrivée la veille et qui l'avait accompagnée jusqu'au soir, l'étreignit à nouveau. Sa tante allait-elle revenir? Était-elle revenue? Marie se mit à pleurer et l'appela doucement:

— Tante Mar'Janig! Tante Mar'Janig!

Anna n'était pas loin. Elle guettait son réveil derrière les battants entr'ouverts et lui tendit les bras.

— *Ma bihañig, deuit aze, ha vo lakaet ho tilhad deoc'h.* Mon petit, viens là, que l'on t'habille.

Marie descendit sur le banc-coffre qui bordait le lit en s'essuyant les yeux des deux mains. Ainsi à bonne hauteur, Anna lui passa une robe après lui avoir effleuré les cheveux d'un baiser rapide.

Sa tante n'était pas là. Marie allait devoir s'acclimater à une nouvelle vie.

Instinctivement, puisque de gré comme de force, il avait bien fallu qu'elle entre dans le moule, elle s'exprimait en français. Avec la même constance, les deux femmes lui répondaient en breton.

— Je voudrais un pain-beurre.

— *Petra? Na 'm eus ket komprenet c'hanoc'h! Bara-amann? 'Dra-se ' peus c'hoant? Bara-amann?* Qu'y a-t-il? Je n'ai pas compris! Du pain-beurre? C'est cela que tu veux? Du pain-beurre?

— *Ya! Bara-amann, mar plij!* Oui! du pain-beurre, s'il te plaît!

Peu à peu, elle répéta les mots magiques. C'est ainsi que Marie, entre pain-beurre et tartines de compote de pommes chaude, entra à nouveau en bretonnitude. Chaque soir, elle s'endormait sur une couette garnie de bonne balle d'avoine, toute fraîche de l'été, fleurant bon encore la belle canicule des moissons. Lorsqu'elle refermait les portes de son lit, elle était dans son chez elle sans avoir quitté les grands. Et dès les premiers frimas d'automne, le feu crépiterait dans la cheminée voisine.

Ce fut autour de la table, dans le clair-obscur des soirées d'été que dorénavant - les grandes personnes la croyant endormie - elle surprit tout ce que l'on ne voulait pas qu'elle entende et surtout qu'elle répète autour d'elle. Marie saisissait au vol les mots murmurés en catimini et s'obligeait à les garder dans le secret de son cœur.

À cette époque, l'angoisse et la tragédie le disputaient à la méfiance. La débâcle des armées avait ulcéré les cœurs. La propagande endormait les consciences. L'envahisseur avançait comme à l'exercice. Anna n'y comprenait rien. Elle recevait toujours des lettres de son homme qui ne reflétaient absolument pas le peu d'actualité décrite dans les journaux.

Il était dans l'enfer de Dunkerque. Dunkerque prise en tenaille!

Puis ce fut le silence.

Dans la chaleur torride de l'été, les femmes se trouvèrent sans nouvelles des hommes. Morts? Blessés? Battant campagne afin d'échapper à l'ennemi triomphant sur tous les fronts? Vivants mais prisonniers? Cette anxiété lancinante minait un peu plus la santé d'Anna et taraudait la solidité de Fañseze qui, elle, affrontait sa deuxième guerre. Après son mari, gazé à Verdun, perdrait-elle son fils?

— *Ar Brezel? Afer ar wazed pinvidik hag a sklap ar baotred hag ar merc'hed paour gant ar vugale 'barzh un trubuilh spontus!* La guerre? Une affaire d'hommes riches qui jettent les pauvres, hommes et femmes avec les enfants, dans une tourmente épouvantable!

L'analyse fruste de Frañseze résumait toute l'horreur que lui inspiraient les boucheries passées, présentes et futures.

Un jour enfin, un pli de la Croix Rouge annonça que le père de Marie avait été fait prisonnier et qu'on le dirigeait vers l'Allemagne. Son oncle, aussi. Mais il avait pu donner lui-même de ses nouvelles. Quelques lignes laconiques pré-imprimées qu'il avait signées masquaient mal la censure établie. Il était quelque part en France, en bonne santé mais son adresse était codée.

Marie assistait à cette tragédie comme un spectateur impliqué dans un drame imposé. Elle n'y comprenait pas grand-chose. La vie lointaine, celle qui semblait venir d'une autre planète, apparaissait effrayante. Autour d'elle, les grandes personnes parlaient de la fuite des gens sur les routes, d'avions aveugles qui mitraillaient, de son père et de son oncle qui ne rentreraient pas… avant combien de temps?

Un soir, la guerre s'avança dans la tranquillité du village incrédule, au pas d'un détachement de cavalerie allemand. Hommes et chevaux s'arrêtèrent sur la place: superbe cavalerie d'authentique tradition, égarée dans une époque qui n'était plus la sienne.

Les chevaux piaffaient d'impatience et de vigueur mal contenue. Les hommes, aux uniformes impeccables, mirent pied à terre en parlant très fort... à tout va... en terre conquise.

Raide et suffisant, l'officier commandant le détachement frappa à la première porte venue et demanda où se trouvait la mairie. Il dénicha au coin de la place, entre les deux églises, la pièce minuscule qui en tenait lieu, et énuméra ses desiderata à un secrétaire de mairie et un maire terrifiés.

Ses requêtes valaient des ordres.

Il réquisitionna l'école et le village fut occupé.

Chapitre III

La petite avait enfourché l'un des vélos appuyés au mur chaulé de l'appentis. De l'autre côté, la jument tapait du pied sur le pavé de l'écurie. Au risque de tomber, Marie s'obstinait à vouloir se percher sur une machine bien trop grande pour elle.

— *Klevet 'rit c'hanon ? N' vo ket pell 'daperfec'h ul lamm, torret e vo o koûg a vo berr da skloumañ goude-se !* M'entends-tu ? Avant peu tu tomberas, tu te rompras le cou et après, il sera trop court pour qu'on y fasse un nœud !

— *Ar roud e zo bogn 'barzh koat ar ribot setu n'a gouefen ket c'hanon ?* La roue se cale dans le bois de la baratte, alors je ne tomberai pas, claironnait-elle têtue.

— *Penn kleiz* !, Tête gauche !

Par définition, tout ce qui était à gauche était mauvais. Haute comme trois pommes, Marie avait déjà sa religion là-dessus. Autant parler à un mur.

Dans le coin, près de l'entrée, cette barrique sur assise de bois attendait le printemps pour reprendre du service. Seule époque de l'année où la production de lait bien plus riche demandait un plus grand récipient afin de battre la crème de la semaine en une seule fois. Pour que les pieds de bois ne pourrissent pas au contact de la terre battue, deux planches étroites glissées dessous veillaient à leur confort et à leur équilibre. Mais le plus clair de l'année Frañseze utilisait le petit tonnelet debout dont un cercle de bois percé bouchait le goulot. On y passait le manche dont le bas était embouti d'une rondelle de bois. Modestement, ce tonnelet se rangeait auprès de son alter ego ventru.

C'est dans cette grosse baratte que butaient les deux vélos.

Lorsque, Frañseze battait la crème en cadence dans le petit tonnelet, elle récitait ses rimes adaptées au rythme de l'ouvrage.

Ei! Da Gemper! Ei! da Bont'!	Hue! À Kemper! Hue! À Pont!
Da Bont'-n-Abad rankomp mont	À Pont l'Abbé, il nous faut aller
Da glask koan 'vit an intron	Pour dénicher le souper de la dame
An aotrou zo diwar 'mor	Le monsieur qui est de la mer
Na gav' 'ket mat soubenn ar pour	n'aime pas la soupe aux poireaux
An intron zo diwar maez	La dame qui est de la terre
Na gav ket mat soubenn ar laez	n'aime pas la soupe au lait
Na soubenn ar panez...	Ni la soupe aux panais...

Elle demandait parfois à Marie de la relayer: plaisir initiatique partagé afin de parvenir à cette mystérieuse alchimie. Car au bout de la comptine répétée aussi souvent que nécessaire, les mottes grumeleuses s'étaient constituées. Alors, Frañseze vidait la baratte de son *laez-ribot* - babeurre - et versait de l'eau fraîche sur le beurre pour le laver. Puis, étalée sur un linge blanc à même la table, bien travaillée à la main, la motte couleur bouton d'or, prenait ce liant incomparable et toute sa saveur noisette avec le fin sel de mer qui y était malaxé. Ensuite, elle divisait le tout en morceaux d'une livre, en y ajoutant le petit morceau de plus qui donne un peu de valeur de cœur à toute denrée marchande. Cela fait, elle lissait chacune avec dextérité à l'aide d'une languette de bois mouillées afin qu'elle ne colle pas. L'arrondi parfait obtenu, elle les marquait du sceau de sa ferme : moule rond de bois muni en son centre d'un manche. Elle l'avait fait tremper dans l'eau pour qu'il n'abîme pas le lissé des rondeurs blondes. Cette marque représentait une gerbe généreuse entourée de deux épis plantureux.

Chaque semaine, elle gardait la quantité de beurre nécessaire à la maisonnée et le reste partait avec ses clients habituels. Selon la saison, les quantités variaient quelque peu. Aussi afin de ne pas faire de mécontents en période de basse production, chacun recevait au prorata de ce dont elle disposait. Au printemps, période faste s'il en est, elle salait fortement le surplus et le tassait d'une semaine à l'autre par couches successives dans un gros pot de grès : ce beurre, *an aman kozh* - le vieux beurre - particulièrement fort, gardé dans un endroit aussi frais que possible, s'utilisait ensuite pour cuisiner en cours d'hiver, période de basse production.

Mais la guerre avait bousculé ces habitudes d'économie paysanne. Le beurre, denrée rare s'il en était, qu'il y en ait peu ou beaucoup, trouvait toujours preneur et ne s'accumulait plus...

Toutes ces activités, comme tant d'autres, se passaient dans l'appentis.

Pour entrer dans cette fameuse pièce, on descendait une marche en se cassant en deux pour ne pas se cogner le front à la poutrelle de soutènement. Ensuite, dans le clair-obscur, il fallait avancer sur la terre battue de l'entrée, pentue et détrempée. En effet, il y avait longtemps que la porte aurait dû être repeinte mais la peinture... la guerre l'avait rangée aux magasins des souvenirs inaccessibles. Le bois avait pourri sous l'assaut de la pluie. Pour y palier, Frañseze avait cloué, de part et d'autre du bas de cette porte, un morceau de zinc afin d'arrêter les poussées de la bourrasque et ses écoulements à l'intérieur. En vain ! Aussi devait-elle ponctuellement chasser l'eau avec son rustique balai de genêt puis jeter de la sciure de bois sur le sol détrempé.

Tous efforts illusoires ! En saison pluvieuse, c'est à dire le plus clair de l'hiver et même au-delà, ce passage n'était pas à proprement parler un bourbier mais une vraie patinoire bien incurvée.

Si bien qu'une fois le temps, le visiteur non averti, arrivait-il plus vite qu'il ne l'aurait voulu au milieu de la pièce... sur les fesses ! Il se relevait, ahuri, crotté, stupide, rouge de honte...

... devant l'hilarité, mal contenue, de la maisonnée.

Afin de corriger ce défaut saillant de l'accueil familial, Frañseze avait fini par déposer à cet endroit une grande dalle d'ardoise bleue : bien mouillée, ce palliatif se révéla pire que la terre détrempée car nettement plus rude au contact fessier.

Tout bien pesé, elle l'enleva.

Voilà, pour ce qui était d'entrer en ces lieux.

Lorsque l'on en sortait, le risque se révélait d'un autre ordre : la hauteur très limitée de la porte dominée par un solide linteau de bonne épaisseur constituait un handicap majeur pour ceux que la nature avait dotés d'une belle prestance.

Aussi, chaque membre de la famille se faisait un devoir de mettre en garde le visiteur… contre la malice de l'entrée à glissades… et à bosses.

Hélas ! Mille fois hélas !

Même averti, en repartant le quidam oublieux ou distrait relevait la tête avec trop d'énergie… et l'envoyait lourdement cogner dans le linteau comme sur un assommoir.

Au pire, il était sonné comme un boxeur après un direct bien placé, au mieux il se fabriquait une bosse en sacrant contre :

— *Ô mallohz Doue ! Mastokerien gwechall-gozh ha na ouient ket masoniañ 'barzh uhellez an dud ordinal ! Paotred ar pri, paltokerien al loa-vañson !…* Malédiction de Dieu sur ces gâcheurs d'autrefois qui ne savaient pas maçonner à hauteur de personnes ordinaires. Ces gars préposés à la boue de maçonnage, des gaffeurs de la truelle !…

Chapelet de jurons. Cris du cœur du pauvre individu ! Prévenus ou pas du risque, tous sacraient en quittant l'appentis.

Ah ! ce lieu de tous les travaux ménagers, cuisine

pour les humains, cuisine pour les bêtes : d'un côté mijotait le ragoût ; sur le feu contigu, la marmite des petites pommes de terre destinées aux cochons.

Désormais, il fallait des tickets pour s'approvisionner et le marché noir se mit à sévir. Qui disposait d'argent ne manquait de rien... sans tickets !

Les autres partageaient la pénurie.

Aussi pour le pain, Frañseze retrouva gestes et habitudes d'antan. Elle portait les sacs de grains nécessaires à moudre. Elle privilégiait un jour de beau temps et partait avec sa charrette, en priant Dieu que les agents du contrôle ne lui tombent dessus ou quelque dénonciateur anonyme.

Dès lors, une fois par semaine, levée aux aurores, elle pétrissait la farine de froment et de seigle dans l'énorme bassine de laiton. Puis la pâte, emmitouflée de linge et de laine, levait dans le banc-coffre du lit-clos de Marie, près de l'imposante cheminée où un feu d'enfer entretenait l'atmosphère à bonne température.

Les pains ronds de dix livres se cuisaient dans le grand four qui occupait tout le socle de l'énorme fourneau et qui s'ouvrait, côté *digor ar riskladenn* - entrée de la glissade -. Avec la cuisson du pain, la chaleur séchait la terre battue.

C'était d'une pierre faire deux coups !

Les fagots repoussés, à genoux face à la gueule rouge du four dont elle avait débarrassé les derniers tisons, en bras de chemise, ruisselante de sueur, Frañseze, préposée au rôle de mitron, farinait la grande pelle de bois d'une main experte et y versait le contenu des paniers de paille tressée, tapissés de coton blanc. Ensuite d'un geste sec, enfournait depuis le fond jusqu'au ras bord cet enfer rougeoyant. Elle n'en cuisait pas seulement pour la maisonnée mais aussi pour les voisins qui apportaient leur pâte. Et lorsque d'aventure, il arrivait que l'on dénichât un peu de sucre - troqué contre du beurre - au diable les restrictions et leurs interdits, Frañseze fabriquait un gâteau qu'elle cuisait après le pain.

Ce jour-là, il ne fallait pas que Marie mette ses pas dans les pas de Frañseze. Cependant, elle lui donnait un peu de pâte afin que la petite façonnât sa miche. Puis enfarinée jusqu'aux yeux, celle-ci se tenait à distance.

Marie vidait ce jour-là un « gros sac de patience » et entamait celui de Frañseze!

— *Kalz amzer a vo c'hoazh a-raok na vo poazh ar forniad?* Il faut encore beaucoup de temps avant que la fournée ne soit cuite?

— *An toaz 'rank' k'aout amzer da m'int reiñ da vara! Dav eo gôtoz... samm imor!* La pâte doit disposer de temps pour devenir du pain! Il faut attendre... Paquet d'humeur!

Elle adorait ce jour-là. Plongée dans l'odeur de la farine et du levain, un levain dont sa grand-mère gardait un morceau d'une semaine sur l'autre afin de panifier la fournée de la semaine suivante.

Marie, petit moineau, s'accommodait de peu mais ce pain ou ce gâteau constituait un tel régal que ce jour-là elle se rattrapait largement, encouragée par sa grand-mère.

— *Ma! Pôkezh! Ur vamm glañv, un' tad prisonier,*

dav eo deoc'h dibriñ evit dont bras kement-se! Ah! Pauvrette, une mère malade, un père prisonnier, il faut manger pour grandir tout de même!

Marie n'aimait pas qu'on lui parle de la maladie de sa mère. C'était déjà assez de ne pas pouvoir grimper sur ses genoux. Toujours pâlotte, Anna se fatiguait d'un rien. Il fallait l'embrasser très vite. Ne pas toucher à son couvert… ne pas rentrer dans sa chambre… Il y avait… il y avait une longue liste de choses auxquelles il fallait se garder de passer outre.

Aussi, en plus, en parler…

Lorsque sa maman pleurait, comme elle ne pouvait pas l'aider à sécher ses larmes, Marie s'enfuyait vers la prairie, descendait jusqu'à la rivière, remontait se cacher dans les ajoncs. L'été, sureaux, mûres et fraises des bois lui permettaient de se lancer, entre ronciers et brandes, dans de savantes préparations culinaires qu'elle partageaient avec *Kebenn,* sa poupée de chiffons.

Kebenn - mégère! -: à force de traîner, la pauvre poupée avait aussi pitoyable allure que la figure de légende que lui décrivait Frañseze. Mais sa *Kebenn,* évidemment, n'avait pas la méchanceté de la harpie de Lokorn.

Kebenn était au cœur de son monde. Un monde qui possédait ses clefs, ses règles, son histoire, son vocabulaire. Car Marie lui adressait des mots que personne ne pouvait comprendre. Avait-elle un chagrin? *Kebenn* compatissait. Des inquiétudes? Elle demandait des explications, lui soumettait les énigmes posées par le monde des grands. *Kebenn* écoutait. Recueillait ses secrets. Ceux que Marie aurait tant voulu dire à sa mère malade. Mais il est des choses que l'on ne raconte que blottie sur les genoux maternels.

Kebenn possédait stature de confidente irremplaçable.

C'était ainsi. Mais Marie aimait sa maman de tout son cœur…

En octobre la nuit tombe plus tôt. Les travaux de la ferme terminés, les deux femmes et la fillette réintégraient le lieu de toutes bonnes choses. Il y faisait doux. Dans le fourneau craquait le bois de châtaignier.

Ce jour-là, à peine quelques coups frappés sur la porte, le loquet se souleva et le soldat allemand fut dans l'appentis. Au premier coup d'œil, Frañseze l'évalua : celui-ci ne devait pas être là de gaieté de cœur. Il n'était ni très élancé ni de première jeunesse. Un peu gauche, il tenait son calot à la main.

— Kartoffel, pommes de terre… beurre.

De la main gauche, il joua du pouce sur l'index et le majeur, pour faire comprendre qu'il ne cherchait pas l'aumône et avait l'intention de payer.

Marie mangeait sa soupe aux légumes. Elle le reconnut. Avec Reun, le gars de Kerbirioù, elle s'était hasardée en cet endroit on ne peut plus stratégique qui donnait une vue imprenable sur la rivière, près du pont, où le détachement de cavalerie allemand menait boire ses chevaux matin et soir. La corvée terminée, venait pour les bêtes et les hommes le moment béni des exploits et du sport car les chevaux comme leurs cavaliers pratiquaient l'équitation de haute voltige.

Perchés au creux d'un têtard, cachés par les feuilles frémissantes d'un hêtre, Marie et Reun avaient assisté au spectacle.

Les hommes, debout sur leurs chevaux lancés au trot dans le pré, bras tendus, lançaient défi à l'équilibre dans cette fondrière travaillée par les sabots ferrés. Les montures allaient, venaient, se croisaient, échangeaient leurs cavaliers. De temps à autre, une chute amortie par les mottes, suscitait rires et applaudissements ! Le cavalier malheureux se remettait debout tant bien que mal. Uniforme crotté, visage maculé de boue, il se tenait la jambe ou le bras en grimaçant : moment peu glorieux !

Nos deux comparses se gardaient bien de pouffer car les artistes, encore enivrés de leurs victoires fulgurantes, n'admettraient pas de tenir le mauvais rôle...

Avant d'avoir pu dégringoler de l'arbre pour se réfugier dans la lande, les deux enfants se seraient fait pincer. Mieux valait ne pas s'y risquer !

C'hoarziñ leizh-korf? Amzer 'walac'h a vo goudese! Rire à plein corps, on aurait bien le temps après, chuchotaient-ils dans leur loge improvisée...

Ce soir, le soldat venu à la maison n'était pas de ceux-là : lui, il ferrait les chevaux, les étrillait, leur servait foin et avoine. Il besognait sans relâche et ne montait jamais. Marie le savait. Elle l'avait vu à l'œuvre...

— Ici, les hommes sont prisonniers... Lorsqu'il reste quelque chose : c'est pour faire un colis !

Frañseze, lapidaire, avait jeté une réponse.

On sentait le malaise de l'homme, bien loin du triomphe et de la fatuité des cavaliers qu'il servait.

D'une cuillerée à l'autre, Marie avait « usé sa soupe » comme disait sa grand-mère qui maintenant lui sortait du four une pomme cuite dans un peu de cidre doux. Marie ébaucha une protestation.

— *Debrit 'dra-se ha goude-se kerzhit da skoachañ, founnus-founnus, didan ar pluñv.* Mange cela et après va te blottir, vite-vite, sous les plumes.

Lorsque sa grand-mère avait parlé, c'était sans appel. Il fallait obéir. Mais Marie se dit qu'en y mettant la durée - d'autant que la pomme mijotait encore dans son plat de terre cuite - elle pourrait continuer à assister à ce négoce peu ordinaire, en sachant pertinemment que la requête de l'Allemand était réglée d'avance.

— J'ai... petite fille... en Allemagne.

— Alors, il faut retourner là-bas !

Bloum ! Comme un retour de balle, l'argument de Frañseze fit mouche.

— Ya ! Je voudrais... mais Hitler... veut la guerre.

Anna, venant de l'autre côté, s'avança, un bougeoir à la main.

— Si vous n'êtes pas d'accord, pourquoi avez-vous voté pour lui ?

Le soldat soupira, haussa tristement les épaules.

— Je... sais pas ! C'est... difficile... explication. Est-ce que... je peux avoir... Kartoffeln, beurre ?

— Mon mari est prisonnier en Allemagne...et mon frère, je ne sais même pas où il est... Ici, il n'y a rien pour vous. Ni pommes de terre ni beurre... Nous, on ne voulait pas la guerre! Retournez chez vous!

— Je... voudrais bien... quand la guerre... finie.

— Elle finira... et vous la perdrez! Kaput!

Anna s'étonna de s'entendre dire cela avec autant d'audace. Frañseze effarée, intervint:

— Partez! Ici, il n'y a rien pour vous! dit-elle très vite.

— La guerre, nous... gagner... et après rentrer, dit-il dans un sourire triste.

Anna lui avait tourné le dos, les poings dans les poches. Frañseze, à grandes louchées, au risque de s'ébouillanter, trempait une soupe de crêpes de blé noir au bouillon de légumes.

— *Poazh ar zoubenn, azeit da zibriñ*! La soupe est cuite, assieds-toi pour manger! dit-elle à Anna.

L'Allemand souleva le loquet, ouvrit la porte et... se cogna durement le crâne au linteau qui en résonna.

Il jura.

Marie s'y attendait! Elle pouffa, le nez dans sa pomme.

— *N'eo ket gwall vras, evurusamant 'vitañ, e-gist-se ar vosen na vo ket re vras!* Il n'est pas très grand, heureusement pour lui! Comme ça, la bosse ne sera pas trop grosse, pensa tout haut Frañseze, soulagée de l'avoir vu partir sans chercher noise après la remarque déplacée d'Anna.

— *Mat-tre evitañ*. C'est très bien fait pour lui! grinça Anna entre ses dents.

— *Ô! 'Neus ket 'n aer da veañ ur gwall unan.*

Evurusamant! Peseu' soñj e oac'h da lavar traoù ken kreñv-se dezhañ, ma merc'h! Dav eo diwall bremañ, goût a rit. Oh! Il n'avait pas l'air très méchant, heureusement, constata la grand-mère. Quelle idée avais-tu de dire des choses pareilles, ma fille! Il faut faire attention maintenant, tu le sais.

— *Matreze, met deus an tu all deus ar Rhin eo deut, da ziastañ ar brezel warnomp.* Peut-être, mais il est venu d'Outre-Rhin nous imposer la guerre, répondit Anna.

La tête posée sur la table, Marie s'était endormie près de sa pomme encore chaude.

Le lendemain, Frañseze constata que deux rangées de choux navets avaient été arrachées.

— *Pitt, pitt, pitt, pitt, pitt...* et lorsqu'elle appela la basse-cour pour lui distribuer la volée de grains, il manquait une poule à l'appel.

Le modeste garçon d'écurie avait exécuté les ordres : il n'était pas rentré bredouille au casernement de l'école.

— *Ar gavr jom da beuriñ e-lec'h ma vez' staget, 'hed ar chadenn...* La chèvre reste brouter là où on l'attache à la longueur de sa chaîne, constata-t-elle, façon imagée de dépeindre la docilité du peuple qui fait le lit des dictateurs de tout poil...

Le samedi suivant était jour de noces.

Comme le veut la coutume, les chars à bancs des invités décorés de fleurs des champs et des jardins étaient allés à la ferme de la mariée. Avant guerre, l'inévitable expression on aurait vu venir de la ville quelques automobiles. Celle d'un commerçant bien nanti, de cousins montés à Paris ou de l'oncle engagé dans l'armée. Mais en ces temps tourmentés mieux valait faire oublier la voiture que l'on avait tant d'orgueil auparavant à faire parader. Afin qu'elle ne soit pas réquisitionnée par l'occupant ou la milice à sa botte, ou « donnée » par quelque indicateur jaloux, chacun avait pris les devants : elle se trouvait au fond d'un hangar de campagne - de préférence - si les relations ou la parenté le permettait. Déchaussée, les roues déposées au diable Vauvert, la carcasse couverte de foin ou de paille : la voiture attendait sagement la fin des hostilités.

Sans regret car il n'y avait plus d'essence pour l'alimenter.

À cette noce, les coiffes prédominaient encore, cependant les *giz kêr* - mode de la ville - se taillaient peu à peu une plus grande place. Aussi, les jeunes *giz koeffe* - mode en coiffe - leur tenaient tête, malgré le velours de qualité déplorable et encore fallait-il en dénicher au marché noir ! Elles rivalisaient d'élégance éclatante dans leurs costumes brodés, irisés de perles et les jeunes femmes que la guerre avait esseulées regardaient s'afficher ces vêtements qu'elles ne se permettraient jamais de porter avant... Avant combien de temps ?

Le « crêpes-gâteaux-café »... enfin, ce qui en tenait lieu pour ce dernier - de l'orge grillée - et qui ressemblait à s'y méprendre à celui d'avant-guerre, hormis le goût exécrable du breuvage. Par contre, le pousse-café, le *lambig* se fabriquait toujours avec le cidre de la ferme.

La noce, déjà un peu en goguette, s'ébranla vers

le bourg. La moyenne d'âge des anciens, ceux de quatorze, donnait le ton. Les très jeunes hommes, presque imberbes, disposaient de deux ou trois cavalières : une véritable cour pour chacun. Les filles courtisant les gars.

Le monde à l'envers !

Tandis que le cortège montait vers le village, le détachement de cavalerie descendait vers la rivière. Admiratifs, les Allemands sifflèrent.

Cela se perdit dans le brouhaha de leurs échanges et le claquement des fers sur les cailloux de la route. Le cortège passa, très digne, visages fermés, le regard perdu dans le vague. Dans l'instant, un nuage de tristesse, de gêne indécente, nimba la joie du moment. Les pensées se perdirent dans un ailleurs peuplé d'absents...

C'était jour de noces. Donc, pas de têtes d'enterrement !

Le cortège reprit des couleurs et, au diable l'occupant, arriva en chantant au village. Pas de vert-de-gris pendant la cérémonie, ce serait toujours ça de gagné.

Photo de groupe un peu figé. Le souvenir incontournable enfermé dans la boîte noire à clapet et rideau : il fallait se hâter car le repas attendait. Poulaillers et clapiers en avaient fait les frais mais les pruneaux manqueraient au ragoût. Le vin sentait la piquette, seul le *gwastell vras* - le grand gâteau - sauverait la mise grâce aux ingrédients venus de la ferme.

Les agapes terminées, chansons, souvenirs, poivrots et radotages ramassés, la noce se rassembla pour le bal à la croisée des deux rues près du restaurant occasionnel mais boulangerie habituelle.

L'occupant avait donné une autorisation jusqu'à sept heures du soir. Après les réjouissances devaient clore leurs fantaisies. Couvre-feu oblige.

Aussi, pas question de perdre un temps précieux !

Marie, malgré l'interdiction absolue de Frañseze de mêler ses jeux à ceux de *chas ar vorc'h* - les chiens du bourgs, qualificatif peu amène qui désignait les enfants de la bourgade - Marie petit furet, avait trotté jusqu'au village au bon moment et n'en laissa filer aucune miette. En arrivant, elle avait humé les odeurs mêlées du ragoût et du gâteau... Autour des invités, les villageois curieux de nouvelles venaient chercher matière à ragots... Rires et discussions vaseuses de quelques éméchés... Jeunes et moins jeunes, avides d'un peu de liesse, attendaient de danser avec la noce. On s'y invitait ainsi sans façons. Coutume conviviale d'un partage de la fête qui allait de soi, les occasions se faisaient si rares. Des gamins endimanchés pour la noce, courant ici et là, se mêlaient à ceux habillés « en-tous-les-jours »... Les costumes des jeunes femmes scintillaient au soleil.

« O! Pegen lugernus! lintrañ a reont e-gist ur fulenn dan »! Oh ! Combien resplendissantes ! Elles brillent comme les étincelles du feu !

Ô ! Ces éclats ! Ces étoffes, ces broderies, ces perlages, Marie contemplait, fascinée : chacune portait un chef-d'œuvre ! Leur brillance accrochait le moindre rayon, faisait un pied de nez à la tristesse de l'époque grise. Marie furtivement caressa le velours d'une jupe. Éblouie, elle sourit à la beauté de ce toucher si doux. C'était aussi simple que du bonheur.

Sans attendre, Lomig, l'accordéon en bretelles, attaqua l'entrée de bal. Aussitôt Marie, des pieds et des mains, prit la cadence sur le rebord herbeux. Ah ! rire et danser, quelle fête ! Triolets dans le soir lumineux d'un été de la Saint-Michel qui semblait si loin de la guerre…

La guerre pourtant si proche.

Car les fringants cavaliers n'attendaient que ça : que le bal commence.

Ils arrivèrent aux abords de la noce au moment où, toujours inspiré, Lomig jetait les trois temps d'une valse qui emportait les rares couples de la journée. Quelques jeunes femmes, en mal de cavaliers, ne boudaient pas leur plaisir et dansaient entre elles. Les occupants, très gentilshommes stylés, s'avancèrent vers les jeunes filles du pourtour. Ils se penchèrent avec déférence pour formuler leur demande et… essuyèrent un refus discret mais méprisant.

Alors, tout alla très vite : le deuxième temps de la valse se suspendit en vol et le troisième se perdit dans un couac d'accordéon ramassé. Les battements de main et le sourire de Marie se figèrent.

« Petra a zo 'dreuz c'hoazh ? » Qu'y a-il encore de travers ? se dit-elle.

Les jeune filles étaient si belles, les jeunes hommes si joyeux, l'accordéon jouait si joliment… Mais il y avait les « verts-de-gris ».

Marie comprit.

Ni le cœur ni les convenances ne pouvaient les tolérer. Quelle jeune fille aurait pris le risque d'affronter la réprobation du village entier ?

— Nous sommes venus dans l'espoir d'un peu de fraternité... vous refusez, mesdemoiselles... de danser avec mes hommes... vous me voyez contraint de fermer ce bal... je le regrette beaucoup !

Le feld-lieutenant, très raide, tenait ses gants de la main droite. Il fit son constat saccadé en les claquant dans le creux de la main gauche. Pas un murmure. Silence de glace de part et d'autre... Et puis, ce fut plus fort que nature :

— *Dam' betra ober peoc'h, pegwir na gomprenfent netra ? Ha, gwir, ni zo barzh ar gêr, met int d'am' betra 'maint amañ war douaroù ar re all ?* Pourquoi se taire puisque de toutes façons, ils ne comprendront rien ! Et puis, nous sommes chez nous, mais eux, qu'est-ce qu'ils font sur la terre des autres ? s'exclamèrent les noceurs.

Claquements des sabots des chevaux, grincements de grandes roues charretières sur les cailloux, hennissements, apostrophes, rires. Ah ! pouvoir rire ! Cela leur appartenait encore. Ainsi se termina la noce qui passa avec une altérité têtue devant l'occupant guindé mais sûrement dépité sans vouloir le laisser paraître.

Marie rentra en sautant à cloche-pied, fredonnant les quelques notes cueillies à la volée.

À quelque temps de là, le fier détachement de cavalerie quitta sa paisible villégiature. Il rejoignait, avait-on su, la vaste toundra glaciale de la Russie soviétique et son terrible blizzard. Impossible d'ignorer leur vague à l'âme car avant de partir, ils noyèrent nostalgie et anxiété dans une beuverie monumentale qui gratifia le village d'une nuit aussi blanche que les neiges qu'ils allaient devoir affronter... Au petit matin, d'un regard lourd, chacun leur souhaita bises, bombes, bourrasques et abominations. Seuls les chevaux eurent quelques regards de pitié.

Marie, dans le secret de son âme, regretta les séances de voltige cavalière.

C'est ainsi qu'après le premier de l'an, les enfants purent faire leur rentrée scolaire.

Reun était de ceux-là. Il entrait, sans enthousiasme, dans la dernière division de la grande classe sanctionnée en fin d'année par le certificat d'études primaires. Il n'aimait pas les études et les études ne l'aimaient guère. Bretonnant, il avait dû apprendre à lire dans une langue inconnue. Comment aimer et amadouer ces mots imposés durement ? Après un trimestre perdu, pourrait-il décrocher ce parchemin mythique qui ferait tant plaisir à son grand-père Mateiz ?

Celui-ci avait grappillé quelques lettres - *E-pad ma amzer soudard* - pendant mon temps de soldat, et les avait incrustées dans sa mémoire. Ainsi Mateiz savait lire un peu de français et réussissait à apposer sa signature. Le journalier qu'il était malgré son grand âge - par nécessité absolue car la retraite n'existait pas pour les gens de la terre - ce journalier gardait pour la connaissance une vénération quasi-religieuse. En revanche, la grand-mère bretonnante disait :

— *Treuzet al loden vrasañ deus ma buhez hep safaret na goût lennañ ha skrivañ galleg, echuiñ a rafen 'walac'h ma rijennad buhez diwezhañ gant ma brezhonek nemetken.* J'ai traversé la plus grande partie de ma vie sans parler, ni lire ni écrire le français, je finirai bien la dernière rangée de mon existence avec mon seul breton.

Reun vivait chez ses grands-parents qui, au fil du temps, étaient devenus ses vrais parents. Alors qu'il avait à peine deux ans, sa mère, leur fille, était allée rejoindre son père qui travaillait à Paris. Elle revint une seule fois. Reun avait cinq ans.

— *Muzelloù ruz ha re a c'hwezh-vat a oa gañti, ken a yae war an avel. Na moa ket tostaet morse deus kemen-se braventez ! Na faote ket din bouchat dezhi ! Setu sur 'noa kavet-hi diaez. Un' neubeut divezhioù e voe chomet ken. Na meus soñj mik ebet deus he bisaj !* Elle avait les lèvres rouges et trop de parfum l'enveloppait. Je n'avais jamais approché tant de beauté. Je n'avais pas voulu l'embrasser. Elle avait sûrement trouvé dur. Elle n'est restée que quelques jours. Je ne me rappelle absolument plus son visage !

Lorsque Reun évoquait ce moment, Marie sentait monter ses larmes et son cœur se serrait. Cette maman lointaine était morte sans qu'il l'ait revue. Son père aussi, sans qu'il se souvienne l'avoir jamais rencontré.

Cela faisait déjà longtemps qu'il était orphelin.

Marie ne pouvait pas souvent embrasser sa

maman mais elle la voyait tous les jours. Quant à son père, elle gardait le vague souvenir de ce soldat venu en permission qui l'avait quittée si précipitamment.

L'espoir de le revoir bientôt demeurait chevillé à son cœur.

Chapitre IV

Ce matin de novembre 1941, Anna avait reculé Ploneiz, la jument, près du muret de pierres dans la cour. Marie, ainsi à bonne hauteur, s'accrochant à sa solide crinière blonde, s'était hissée sur son dos. Pendant ce temps, Frañseze détachait les quatre vaches. Anna et Marie conduiraient le troupeau jusqu'à la prairie car Frañseze boitillait. Ses rhumatismes la travaillaient et remonter la côte la faisait souffrir.

Elles avaient entamé la descente lorsqu'elles entendirent au loin le ronronnement d'une voiture. Ploneiz n'avait jamais réussi à tolérer ces engins pétaradant : tolérer, c'était peu dire. Elle en avait une terreur folle. Anna amena la bête dans un petit chemin creux sur la gauche. Marie dégringola de sa monture. La bête commençait à piétiner. Un long frisson parcourait son échine. La tête tournée vers le couvert, elle tremblait de tous ses membres en entendant se rapprocher le bruit du moteur. Anna tapotait son encolure afin de la calmer. La voiture passa en vrombissant. Une rutilante Citroën 11 CV noire, tous nickels dehors.

— *Ô! Ma Doue! Ar Boched! Daoust da belec'h emaient' 'vont? Da beseu' ti?* Ô, mon Dieu! Les Boches! Où vont-ils? Vers quelle maison? murmura Anna.

Inquiète, elle continuait à caresser la bête d'un geste mécanique. Celle-ci ne retrouvait pas son calme. Les oreilles dressées, elles les pointaient dans tous les sens, raclait le sol du pied et arrachait les mottes d'herbe qui giclaient contre son ventre. Marie avait reculé jusqu'au bord de la route. Les vaches avaient disparu dans le tournant plus bas. Elles n'avaient pas attendu d'être accompagnées et devaient déjà brouter la prairie.

Le ronronnement, qui s'était un moment éloigné vers le bourg tout proche, semblait revenir. Ce n'était pas fait pour calmer Ploneiz. Néanmoins, Anna la ramena vers la route.

La voiture s'arrêta devant la petite ferme. La bête se calma. Tenant la jument au plus près par le licol, Anna remonta. Lorsqu'elles furent arrivées à sa hauteur, le secrétaire de mairie en sortit, l'air contrit.

— Revenez dans la voiture! lui intima le chauffeur allemand.

Il s'exécuta rapidement, sans mot dire.

Anna rentra la bête aussi vite qu'elle put dans l'écurie. Elle ne sentait plus ses jambes. Dans la maison, les bruits de bottes parcouraient les chambres, le grenier. Lorsqu'Anna pénétra dans l'appentis, Marie sur ses talons, un officier tout de noir vêtu l'apostropha.

— Où cachez-vous votre frère?

La question la cloua sur place.

— Mon frère ? Elle en demeurait interloquée... Mais il est prisonnier dans l'est de la France.

— Il s'est évadé ! Il est donc quelque part et vous savez où !

Elle se dirigea vers le banc près de la table, s'y laissa tomber à côté de Frañseze. Celle-ci adossée au mur, livide, plus morte que vive, ne réagissait plus. L'officier avait suivi Anna de son regard coupant et toisait les deux femmes.

Marie s'était glissée vers les vélos et assise sur les tansads, le pouce dans la bouche et l'index caressant le nez... Les bruits de bottes parcouraient toujours le grenier. Une porte d'armoire claqua. Un soldat dévala le vieil escalier branlant.

La petite se recroquevilla un peu plus.

— Mesdames !

Les deux femmes sursautèrent.

Marie aussi.

— J'ai posé une question... Allez-vous me répondre ? hacha l'officier en noir.

Anna fit lentement non de la tête :

— Je...ne sais...pas. Je... ne sais rien.

Un troisième soldat, à l'uniforme vert-de-gris, avait terminé le tour de la grange, de l'étable, ouvert la soue de la truie. Il rendit compte, l'air dégoûté. Apparemment, il constatait l'absence de tout indice en ces lieux voués aux bêtes.

L'officier en noir se tourna vers les deux femmes :

— Faites très attention ! Maintenant, ce n'est plus un prisonnier, c'est un terroriste. S'il rentre à la maison, vous devrez le signaler.

Il parlait un français très correct mais saccadé.

Les « r » du mot « terroriste » roulaient dans sa bouche, menaçants, terribles.

« Spontus e-gist ar gomz terriñ »! Aussi épouvantable que le mot « briser », pensa Marie en se ramassant un peu plus. Sans qu'elle puisse se l'expliquer, chaque syllabe semblait vouloir trancher ces fils ténus préservés avec ceux que l'on aime quand ils sont au loin.

Très grand, la mâchoire serrée, blond sous la casquette, martial, bien pris dans le noir sinistre de son uniforme, son pantalon bouffait au-dessus des bottes lustrées. Marie avait tout le temps de le détailler de dos. Lorqu'il se retourna, il la découvrit, s'arrêta surpris par cette petite chose lovée dans les fourches des vélos. Marie se tassa encore plus. Elle aurait voulut disparaître dans la seconde comme les âmes du purgatoire dans les contes de Frañseze.

D'un pas sec, il se dirigea vers la porte.

À ce moment précis, Marie rentra la tête dans les épaules, ferma les yeux et se cacha la figure dans les mains.

« *C'hoarveet 'rae?* » Est-ce que ça arrivera? chuchota-t-elle entre Dieu et son âme.

Klonckkkkkkk!

L'appentis résonna sous le linteau comme d'un énorme coup de gong. L'officier n'avait pas échappé à l'assommoir.

Jurons! Pas saccadés! La cour résonnait d'éclats.

Ouilh! Ouilh! se dit Marie, ravie. Elle rouvrit les yeux avec précaution… glissa de son refuge improvisé sur la terre battue, s'avança, rapide petite souris curieuse, colla son nez au ras de la porte.

— *Ouilh! ieih-ieih! ouilh! iaoh-iaoh! la! la! Ha Feiz hat!* Aïe! Oh! la! la! Ma foi, murmura t-elle une main sur la bouche tandis qu'elle secouait l'autre devant un spectacle qui valait son pesant de groseilles.

Le fier officier, cassé en deux, secouait la tête comme un boxeur sonné par un coup bien placé. Son orgueil ramassé avec son couvre-chef qui avait roulé sur le sol, pitoyable devant ses hommes qui ne savaient plus s'ils devaient rire ou s'affliger, il avait du mal à remettre une botte devant l'autre.

Il secouait et se frottait le crâne, assommé.

Enfin, il retrouva souffle et aplomb, lança quelques remarques bien senties.

Retrouvant leur raideur, ils sortirent de la cour.

Pour Marie, sûr, une très grosse boule pousserait sur sa tête. Elle la voyait déjà pousser comme le ventre d'une vache après une trop grosse ventrée de trèfle, pousser comme un menhir et qui jetterait à bas la casquette une deuxième fois. La ferait rouler à cent lieues.

Prise d'un fou rire irrépressible, elle se cacha la bouche dans les mains. Mais c'était trop fort. Un éclat lui échappa. Anna bondit. La gifle claqua. Les portières aussi. La voiture démarra en trombe.

Heureusement!

— *Dre anv Doue! C'hoarzhin bremañ, e soñj 'maoc'h lakaat herpel 'c'hanomp ha kas 'c'hanomp d'an toull. Ô ma merc'h, n'emaoc'h ket mat?* Par le nom de Dieu! Rire maintenant, tu pourrais nous faire arrêter et mettre en prison. Oh! Ma fille, tu n'es pas bien?

La gifle ne lui avait pas coupé son envie de rire.

Marie traversa la cour à toutes jambes et alla se réfugier dans l'étable.

Là, elle s'écroula.

Le nez dans la paille, elle laissa libre cours à son hilarité. C'était trop drôle. Ce géant, menaçant, fier et sec, tout à coup cassé en deux, piteux, minable! Se tenant le crâne à deux mains, il devait maudire les hommes de ce pays qui se moquaient des normes habituelles de construction et taillaient des portes pour des nains.

— *Hennezh, ne glefe ket an'vout ar gorriganed 'neañ, nag istor Pêrig a oa bet kollet 'barzh korf ar vuorc'h!* Il ne devait pas connaître les korrigans ni l'histoire de Pêrig qui s'était perdu dans le ventre d'une vache.

Marie riait de plus belle en se roulant dans le blond craquant des tiges sèches.

La taille que prendrait inévitablement la bosse qui allait pousser devrait être proportionnelle à la méchanceté de cet homme en noir. Elle jaugeait déjà son volume. Une bosse gonflée comme *ur menez* - une montagne - sur le haut de son crâne... qu'elle s'y incruste, qu'elle lui enlève jusqu'à la fin de ses jours l'envie de revenir menacer sa mère et sa grand-mère! Une bosse énorme qui l'obligerait à cogner tous les linteaux de portes qu'il passerait désormais!

— *Hennezh, sur, ' neus ket mamm-gozh ebet da gontañ dezhañ mojennoù, setu na oar ket, la zo tud bihan speredet-bras.* Celui-là, il n'a sûrement pas de grand-mère qui raconte des légendes, il ne sait pas qu'il existe de petites gens avec de grands esprits.

Marie était convaincue que la hauteur très limitée de cette porte n'était aucunement le jeu du hasard : il fallait des portes à la taille des petites gens, à la hauteur des géants, à plat du dos des bêtes : comme, par exemple, la porte de l'écurie où passait la jument, juste à ras de crinière. Mais la porte de l'appentis était une porte sans égale : elle obligeait les grands à se faire tout petit ou à s'écraser le crâne.

Elle était unique !

La joue lui cuisait mais le tragi-comique de ce coup de gong était tel que la terre pouvait s'arrêter de tourner, elle devait rire tout son content et ne s'en privait pas.

Ce jour-là, Marie dut se coucher très tôt. Le feu dans la grande cheminée réchauffait la soirée mais aujourd'hui il ne flamberait pas pour elle car les deux femmes « avaient à parler », lui avait-on signifié.

Écartée de la confidence, Marie se dit qu'elle avait droit à son histoire quotidienne. Chose facile si elle jouait la grande endormie. Elle se glissa sous sa couette de plumes et fit mine de dormir. Elle ne tarda pas à entendre le froufroutement des chaussons d'Anna sur le ciment. Elle avait quitté ses sabots pour mieux la surprendre. Elle écarta avec précaution les portes du lit et, à genoux sur le banc-coffre qui le bordait, observa Marie :

— *Kousket ' hez. cheñch ' ra he anal ingal.* Elle dort. Son souffle est régulier, dit-elle à Frañseze.

Le tour était joué ! Marie n'avait plus qu'à tendre

l'oreille.

— *'Pad oc'h bet ' vont da gas ar gazeg d'ar foenneg, on aet d'ar vouc'h da wel' sekretour an ti kêr. War ar paper e oa skrivet:* « rentré à ses foyers »! *Hag ar skritur a oa gwir skritur ar sekretour. Anavout a ran e skritur!* Pendant que tu descendais la jument à la prairie, je suis allée au bourg voir le secrétaire de mairie. Sur le papier, on avait écrit: « Rentré à ses foyers ». Et l'écriture était bien celle du secrétaire. Je la connais, expliqua Anna

— *Neuze 'oueze, lar' oa ar boched o klask war e lec'h dija!* Alors, il savait déjà que les Boches couraient sur sa trace? demanda Frañseze inquiète.

— *Evel-just! ma ' neus skrivet an dra-se war ar paper, aet mat deoc'h goût 'ouie mat-tre la ne oa ket Yann-Reun barzh ar gêr, an dra-se oa evit cheñch ar pallenn, kloz, da skoachat!* Évidemment! S'il a écrit cela sur le papier, alors qu'il savait très bien que Yann-Reun n'était pas à la maison, c'était pour tirer la couverture afin de bien se couvrir, ajouta Anna.

— *Petra ' peus lâret dezhañ war-lerc'h 'benn ' peus disklêriet an dra-se?* Que lui as-tu dis lorsque tu as découvert cela? fit Frañseze, outrée, tandis qu'Anna fataliste, poursuivait:

— *Netra! 'Gwir petra lâr'? Pep hin' 'barzh ar c'hrogad-mañ, glask saveteet e benn!* Rien! Que dire? Chacun en ce moment essaie de sauver sa tête.

— *Ô! Ma Doue*! *Da belec'h eo aet ma faotr? Neus ket la'ret deoc'h?* Oh! Mon Dieu! Où est allé mon fils? Il ne t'a pas dit?

— *Mamm! Na oar ket 'neañ! en em zivac'hañ deus an toull e 'neus gwraet ma breur ha n'eo ket aet da sonañ e gleier goude-se! Aet mat deoc'h goude! Bremañ 'neus nemet gotoz d'ober, gotoz kellier dre guzh.* Mère! Il ne le sait pas. Mon frère s'est évadé de prison, après il n'est pas allé sonner ses cloches. Tu le sais très bien. Maintenant, il n'y a plus qu'à attendre, attendre des nouvelles, en cachette.

— *Ma Doue! Pesa plañedenn dichañs!* Mon Dieu, quelle destinée de malchance! concluait Frañseze.

Toute la misère du monde semblait accabler les épaules de la mère alors que tout à coup Anna inversait la vision des choses.

— *Dichans! Nann! Chans 'neus bet pegwir ' neusent kollet ' neañ! Bremañ ' neus gallet 'n em zidoullat, daoust pa teuio a-benn da lakaat hent wallac'h, etrezañ hag ar re a zo klask war e lerc'h!! Daoust peseu' mod eo deut 'benn?* Malchance! Non! De la chance, oui, puisqu'ils l'ont perdu. Maintenant qu'il a pu prendre le large, réussira-t-il à mettre suffisamment de chemin entre lui et ceux qui le recherchent? Comment a-t-il pu réussir?

— *Dav e vo deomp pediñ evitañ. Mont e rafen 'benn e sul da lakaat un oferenn evit ar werc'hez da ziwall n'eo mat war e hent gwezheet.* Il nous faudra prier pour lui. Dimanche, j'irai faire dire une messe pour que la Vierge protège son chemin sinueux.

Frañseze s'agrippait à sa foi mais Anna, sans aménité, la ramenait à plus de réalisme.

— *Rabat deoc'h lavar 'vit petra e vo ho pedenn. Ar person c'haller ka'out fiziañs e-barzh met deus ar c'helc'hioù pelloc'h eo gwelloc'h diwall.* Garde-toi bien de dire les raisons de tes prières. On peut avoir confiance dans le recteur, mais il vaut mieux se garder du cercle suivant.

Il y eut un long silence. Puis, Anna pédagogue de ce monde sans pitié, de continuer :

— *N'eo ket sur, la vo keleier a-raok pell, d'am' ar post a zo troc'het etre traon ar Vro C'Hall hag al laez. Breizh 'zo lakeet barzh an Norzh.* Il n'y aura sans doute pas de nouvelles avant longtemps, car la poste est coupée entre le bas de la France et le haut. La Bretagne fait partie du nord.

Frañseze, blême, les traits creusés, hocha la tête. Cette descente de la Gestapo l'avait vidée. Anna, réussissait momentanément à surmonter son mal. L'adversité semblait lui donner un coup de fouet. C'était son côté « *sevel 'enep* », rebelle que Marie affectionnait par-dessus tout.

— *Ouzhpenn, al lizheroù a teuio deomp a vo diwallet, silet an dud a dremeno drez amañ. Azalek an devez hiriv a vo dav diwall muioc'h evit morse. Mar'Janig teuio 'benn martreze da c'hoût un dra bennaket.* De plus, les lettres qui nous seront adressées seront surveillées. Les gens qui passeront par ici seront repérés. À partir d'aujourd'hui, il faudra plus que jamais faire attention. Mar'Janig réussira peut-être à savoir quelque chose, termina Anna.

Marie n'avait pas tout compris, loin s'en faut, mais elle savait que son oncle était et restait en grand danger. Toutefois elle comprenait mieux la venue du grand soldat noir et de ses acolytes. Elle se promit de n'en parler à personne. C'était, pensait-elle, le secret de la maisonnée que sa curiosité avait réussi à percer.

Alors que déjà ce « bruit » avait fait le tour du bourg !

Marie comprenait maintenant l'infinie tristesse de sa mère et les larmes de sa grand-mère, furtivement séchées de la main, quand elle lui demandait avec compassion :

— *D'am' betra emaoc'h 'leñvañ?* Pourquoi pleures-tu ?

— *N' emaon ket 'leñvañ, met dour e teu barzh ma daoulagat.* Je ne pleure pas mais j'ai de l'eau qui me monte aux yeux.

Elle s'endormit en se promettant de les câliner bien plus, dès le lendemain.

Quelques dimanches plus tard, après la grand-messe, le bedeau, outre le service de la messe et des cloches, préposé aux annonces légales ou particulières, perché sur le muret du placître, annonça de sa voix de stentor, parmi moult nouvelles d'un temps de restrictions, que :

— *Familhoù ar brizonerien a gavo kartoù deus Bro-Alamagn barzh an ti-kêr. War ar c'hartennoù-se 'mañ treset ar stalagoù, 'lec'h ' mañ o zud. Ar c'hartennoù-se a zo 'vit netra, 'neus dibabet ar marechal Pétain.* Les familles de prisonniers pourront trouver des cartes d'Allemagne en mairie. Sur ces cartes sont dessinés les stalags où se trouvent leurs proches. Ces cartes seront distribuées pour rien selon la décision du maréchal Pétain.

Anna alla en chercher une et Marie l'aida à l'afficher avec quatre punaises sur la cloison de la pièce commune. Son père se trouvait là-haut à droite, comme dans un appendice allongé, « *trema yenijenn an norzh, sell, ar stalag XIII A* » - Vers le froid du nord, regarde, le stalag VIII A - avait expliqué Anna.

Marie ne savait pas lire mais elle retint le dessin des mots et des lettres qui retenait son père.

Anna sortit de l'armoire l'album des jours heureux. Minuscules photos jaunies. Photos sépia, joliesses du temps passé. Marie s'y trouvait, tout bébé, dans les bras d'un père coiffé d'une casquette à visière. Comment avait-elle pu être si petite ?

Elle ne se rappelait plus les traits de son père.

— *Mamm, peseu' liv 'neus daoulagad tad?* Mère, quel couleur ont les yeux de mon père ?

— *Daoulagad glas-dour, glas-dour sklaer-tre.* Des yeux bleus, d'un bleu très clair.

Chapitre V

La santé d'Anna déclinait chaque jour.

Une lettre arriva de Chambéry. Un nom familier qui sonnait aux oreilles de Marie. Ce nom allait modifier le cours de son existence et repousser ses horizons.

Frañseze avait élevé, outre ses deux plus jeunes frères, ses trois enfants et une nièce. Ainsi était la vie des paysans d'antan minée par le dur labeur et la maladie qui en écourtaient la durée…

Et il y avait eu la guerre. Pas celle-ci, l'autre. La Grande Guerre. Frañseze avait subi le tout de plein fouet. Son mari en était revenu pour mourir, gazé à Verdun. Quant à sa nièce, la grippe espagnole avait emporté ses parents. De ce fait, la maison de Frañseze était devenue la vraie maison de l'orpheline.

Mariée, cette nièce habitait Chambéry où elle travaillait comme son mari, un gars de là-bas, *deus beg ar meneziou* - du haut des montagnes - comme disait Frañseze qui prenait régulièrement la plume afin de préserver ces liens du cœur qu'elles avaient autrefois tissés ensemble.

C'était donc la tante de Marie puisque le destin en avait décidé ainsi.

La lettre répondait à la dernière missive de Frañseze et d'Anna qui toujours mettaient en breton les nouvelles qui pouvaient être dangereuses en français. Sa tante n'écrivait qu'en français. Les barrières du temps et de la distance avaient fait leur œuvre :

— Je n'arrive plus à parler et encore moins à écrire ma langue maternelle, confiait-elle, mais je continue à la comprendre.

Aujourd'hui, il s'agissait de la santé d'Anna.

« Viens ici quelques mois, lui disait-elle, nous pouvons t'accueillir et emmène Marie avec toi. Nous ferons une cagnotte commune. Ce séjour te sera très bénéfique. Et puis, peut-être la guerre se terminera-t-elle plus vite que nous le pensons. Ainsi les absents reviendront et tu auras recouvré une meilleure santé pour leur retour… Avez-vous de bonnes nouvelles de Jean-René et de Yves ? Donnez-nous de leurs nouvelles car il ne peuvent nous en donner à défaut de pouvoir nous écrire… »

— *Han ! Piv eo Yves ?* Ah ! Qui est Yves ? demandait Marie qui ne s'y retrouvait pas.

— *Ar re 'gaozez galleg a lâr Yves ' ba' plas Youenn. Setu Yves 'zo Youenn, ho tad ha Jean-René ho eontr, Yann-Reun.* Ceux qui parlent français disent Yves à la place de Youenn. Aussi Yves, c'est Youenn, ton père, expliquait Anna.

— *Dam' betra n'int ket gouest da lâr e-gist ar re all ?* Pourquoi ne peuvent-ils pas dire comme les autres ? insistait Marie.

— *Dam' an añv ofisiel 'zo Yves.* Parce que le nom officiel est Yves.

— *Petra eo ofisiel*? Qu'est-ce que c'est, officiel ?

— *Un' dra re ziaes da gomprenezon ur verc'hig, setu aze 'mañ.* Une chose trop difficile pour la compréhension d'une petite fille. Voilà, c'est ainsi.

La longue lecture enfilait les mots les uns derrière les autres comme des perles sur un collier et se perdait au-dessus de la tête de Marie mais les absents, en filigrane, étaient toujours présents. Son père, son oncle se morfondaient dans un ailleurs lointain dont ils n'arrivaient pas à se défaire. Un ailleurs dont Marie ne parvenait pas à dessiner les mauvais contours.

À défaut de comprendre les mots de la lettre, Marie admirait ces belles arabesques régulières sur le papier blanc dont sa grand-mère et Anna traduisaient lentement le dessin en une musique différente de celle de tous les jours mais en pesant sur chaque tonalité avec l'accent du quotidien.

Anna accepta la proposition de séjour.

On fit donc les bagages.

En plus d'une grosse valise, Anna devrait emporter une grande couverture piquée, chose introuvable par ces temps de pénuries. Elle en aurait le plus grand besoin là-bas. Marie serait chargée du sac à provisions. Un voyage ? Une véritable expédition qui ferait l'incontournable crochet par Paris. À Montparnasse, la diaspora bretonne accueillerait les deux voyageuses : elles s'abriteraient pour une nuit chez « la belle-sœur d'une des belles-sœurs de Frañseze ». Marie allait d'une valise au paquet, touchait à tout, se faisait rabrouer par Anna qui bien avant de partir était déjà épuisée.

Afin d'atténuer la nostalgie du pays et l'appréhension de le quitter qui déjà s'installait dans le regard de sa fille, Frañseze racontait son propre périple à Paris. Là, Marie arrêtait son va-et-vient turbulent, se laissait choir en tailleur sur le ciment de la salle commune, le doigt dans la bouche et l'autre se caressant le nez. Toute ouïe, elle écoutait sa grand-mère :

— *Goude ar Brezel Bras e oa evel just ! Maeroñez 'voen lakaet gant ma breur evit e baotr koshañ. Setu, oa dav 'walac'h din mont da Bariz. A feiz, ma Doue ! A-benn, voen digoueet 'barzh Montparnasse, evurusamant e oa c'hortoz c'hanon. Kollet e vijen bet.* C'était après la Grande Guerre évidemment ! Mon frère m'avait demandé d'être la marraine de son fils aîné. Si bien que voilà, il fallait que j'aille à Paris. Ah ! Foi de Dieu ! Lorsque je suis arrivée à Montparnasse, heureusement qu'il m'y attendait. Perdue, j'aurais été !

Elle levait les bras au ciel pour essayer de dessiner la hauteur incroyable des bâtisses parisiennes et Marie ouvrait de grands yeux.

— *An tier a-benn e voemp deut 'maez deus ar gar, oa uhel ! uhel ! ken uhel evit an oabl ! Aet 'voen gant ma dilhad borledenn hag, evel-just, ne voen ket diskabell met koefet ha pintet e-gist eo glet...* Lorsque nous sommes sortis de la gare, les maisons étaient hautes ! Hautes ! Aussi hautes que le firmament ! J'avais revêtu mon costume de *Borledenn*, et bien sûr, je n'étais pas nu-tête mais la coiffe bien posée comme il se doit…

Elle savait planter un décor en quelques mots et Marie, bouche bée, suivait le moindre de ses gestes. Et de poursuivre :

— *Setu mont a reomp dres ar riblenn-straed… Ken klevet, deus war an doenn un' hopal din e brezhoneg: « Ô! Iaou! Iaou! Borledenn, da belec'h oc'h deut da goll ho koef?* » Ainsi nous allions le long du trottoir… Lorsque j'entendis, venant du toit vers moi, un appel en breton : « O ! là ! là ! La Borledenn, où êtes-vous venue perdre votre coiffe ? »

C'était l'un des secrets de Frañseze. Elle dénichait toujours la petite histoire qui permettait de se raccrocher au Pays et rassurait. Ainsi, Paris, puisque l'on y rencontrait des gens qui parlaient breton, ce n'était pas tout à fait une ville étrangère.

Lorsqu'elles montèrent dans le car rouge, Frañseze ne put retenir ses larmes et s'enfuit après les avoir vite embrassées. Marie ne comprenait pas ce chagrin. Pourquoi pleurait-elle ? Les voyageuses devaient revenir avec le printemps.

Les bagages, le car, le train… Mar'Janig les accompagna jusqu'à la gare. Dans la pénombre obligée du couvre-feu et la nuit écourtée, Marie couchée tard la veille sommeillait debout. À peine le temps de grimper dans le wagon, elle jeta un regard fatigué dans le compartiment. Les vitres bleuies par du papier, heureusement translucide, coupaient la lumière du jour. Il les fallait abaisser pour y voir dans la journée. Or, c'était l'hiver : le froid, le vent et les escarbilles obligeaient les voyageurs à remonter le vitrage.

— *E-gist-se na vo ket gwelet an tren gant an avioñoù bombezer.* Ainsi de nuit le train passera inaperçu des avions bombardiers, avait expliqué Anna.

L'explication ne l'atteignit même pas. Son petit poids plume niché dans le filet à bagages où Anna l'allongea, les paupières de Marie retombèrent toutes seules. La petite trouva ce voyage très court car d'un bout de son sommeil à l'autre, elle avait changé de « pays », lui sembla t-il.

Anna ne la réveilla qu'à l'approche de la gare.

« Montparnasse, Montparnasse ! » Le reste de la phrase était vide de sens.

Marie, petite chose pressée dans la foule du couloir à hauteur de bottes, de pantalons, de jupes et de valises, tenait d'une main le sac à provisions et de l'autre s'accrochait au manteau d'Anna. Sa mère avait fort à faire avec les valises et la couverture roulée sous le bras. Enfin l'on descendit de cette chenille géante. Sur le quai, quelques lumignons - également camouflés de bleu - n'arrivaient pas à repousser l'obscurité. Bousculades, courses, appels, sifflements, vacarme des machines sur les rails.

— *Deomp d'ar gêr en-dro ! Mamm, Aon ' meus. Amañ an traoù a zo re zu. Me 'fell din mont d'ar gêr.* Retournons à la maison ! Maman, j'ai peur. Ici, les choses sont trop noires. Je veux aller à la maison.

Marie pleurait, tirait sur le manteau de sa mère. Anna, haletante sous l'effort, trouvait Dieu sait où l'énergie nécessaire pour la calmer. Pour une fois, elle ne perdait pas patience, l'esprit tendu vers cette adresse qu'elle allait devoir trouver dans la nuit. Peu à peu le flot des voyageurs se fit moins dense. Les valises ne heurtèrent plus Marie.

Anna avisa un cheminot muni d'une torche qui lui indiqua la sortie.

Couloirs interminables ponctués de points lumineux bleuis comme les vitres du train. Escaliers, à grimper, à descendre. Marie pleurnichait et trottait comme elle pouvait. Enfin, elles furent dehors, dans le noir. Anna posa les valises pour la énième fois afin de reprendre son souffle et Marie laissa tomber le sac. La petite sentait sa mère épuisée, au bord des larmes.

Elle attendit en silence et lui caressa la main.

Au bout d'un moment, Anna sortit une lampe de poche de son sac et, sous un porche, montra à un passant le croquis qui indiquait la rue et l'immeuble qu'elle devait trouver. Marie écoutait les mots hésitants d'Anna et ceux précipités de l'inconnu, ces mots dont elle se rappelait la sonorité mais dont le sens lui échappait. La longue marche dans la nuit reprit. Le sac de Marie devenait de plomb. Anna s'arrêtait de plus en plus souvent. Exténuée, elle vérifiait l'adresse des lieux, de crainte de dépasser l'immeuble où elles étaient attendues. Elle jetait, juste un instant, la lueur de la lampe sur les plaques.

— *D'am' betra, ' neus ket droad da gaout gouloù?* Pourquoi n'y a-t-il pas droit d'avoir de la lumière? interrogea Marie.

— *E-gist-se 'mañ. Azalek ar mare e vefe dav kaout gouloù eo difennet da zigoriñ 'nezhañ dam' d'an avionoù hag o bombezennoù.* C'est comme cela. Dès le moment où il faudrait avoir de la lumière, il est défendu de l'allumer à cause des avions et de leurs bombes, expliqua Anna.

Comprendre ce qu'était la défense passive et le couvre-feu dépassait la petite. Elle avait entendu les grandes personnes en parler mais tout ce qui touchait à la guerre semblait très loin de la ferme.

— *Un' dra grevus 'glefe beañ pegwir 'lakea difenn war ar gouloù.* Ce devait être quelque chose de grave puisque cela interdisait la lumière, se disait-elle dans sa petite tête tandis qu'Anna rasait les murs et ne s'arrêtait que sous les porches.

Enfin, malgré les ténèbres de ce labyrinthe hostile - bien pire que celui des contes les plus fantastiques de Frañseze, pensait Marie - elles trouvèrent leur havre au haut de l'escalier interminable d'un immeuble parmi tant d'autres!

Malgré la fatigue cela épata Marie. Elle n'en revenait pas!

Elle admira sa mère.

Exclamations, embrassades, couloir étroit, et enfin, un peu de lumière dans une petite pièce. Les grandes personnes parlaient cette langue qu'elle ne suivait plus.

Marie s'endormit avant d'être déshabillée.

Le lendemain, branle-bas dès potron-minet. Anna la réveilla et l'habilla pour venir déjeuner, encore ensommeillée. Toutefois, lui sembla-t-il, ici rien n'avait le même goût qu'à la maison. Il n'y avait pas de lait. Leur hôtesse parlait de « restrictions ».

C'est un mot qui revenait très souvent dans la conversation. Anna avait ouvert une des valises et sorti des victuailles bien enveloppées dans un linge blanc : du beurre, des crêpes de blé noir et, suprême gourmandise, un morceau de lard cru qui arracha des cris d'admiration. Marie se demanda pourquoi.

La petite n'eut guère le loisir de faire le tour des lieux car le temps fut pris de tournis. On s'était pourtant réveillé de bonne heure.

Dégringolade dans les escaliers.

– *Diwezhat a moamp ?* Nous sommes en retard ? demanda Marie à mi-voix.

Il n'y eu pas d'écho. Marie avait beau courir, elle avait du mal à suivre. Autour, tout le monde courait. Pourquoi couraient-ils ainsi ? Leur hôtesse de la nuit portait les deux valises. Avec la même précipitation, elle les accompagna jusque dans le train. Appels. Coups de sifflets. Embrassades et *kenavo !* Au revoir ! Les portières claquèrent. Secousses. Les quais se mirent à bouger.

Le tac tac des boggies reprit sa cadence régulière.

— *An tren-mañ a ya e-gist an hini all !* Ce train fonctionne comme le précédent, se dit Marie. Elle avait, en quelque sorte, apprivoisé cette nouveauté.

Cela la rassura.

Mais cette deuxième partie du voyage devint vite lassante. Car le train s'arrêtait en rase campagne lorsqu'on s'y attendait le moins. Entre deux siestes dans le filet à bagages, Marie s'en inquiéta.

— *Dam' betra omp herpet ?* Pourquoi sommes-nous arrêtés ?

— *Ur gar 'zo bet bombezennet gant an avionoù,*

kai sur. Une gare a été bombardée par des avions, sans doute.

— *Avioñoù ar brezel*? Les avions de la guerre? Anna fit « oui » de la tête en soupirant.

Bon! Encore cette histoire de guerre! Il valait mieux en prendre son parti. Et Marie se précipitait dans le couloir, sourde aux appels d'Anna.

— *Met, koll a rafen ma lutunig*! Mais je vais la perdre, ma lutine!

Marie le sentait bien. Sa mère perdait patience. D'autorité, elle la ramenait dans le compartiment en passant tout au long de l'étroit passage parmi des soldats allemands amusés. Cette petite blonde leur rappelait des souvenirs. Dès qu'elle réapparaissait, ils lui tendaient soit un carré de chocolat ou un bonbon. Bonbon ou chocolat, de toute façon, l'ordre maternel était strict:

— *Rabat deoc'h asantiñ netra gant ar boched*! Il ne faut surtout rien accepter des Boches!

Elle refusait donc.

Piètre tentation d'ailleurs: bonbons ou chocolat? Marie ne se souvenait pas de leur goût... Ça n'existait plus!

Le train reprenait son roulement rythmé. Marie retrouvait le filet à bagages. Elle ne sut jamais quand elle atteignit Lyon. Nouvelle descente. Toujours empêtrées par les bagages, il leur fallut se presser afin de ne pas rater la correspondance vers Chambéry. Couloirs sombres, escaliers interminables, enfin la bonne rame, le contrôle des billets, puis Anna dut scruter la longue suite des compartiments afin de trouver à se caser.

Marie accrochée au manteau de sa mère se cognait à nouveau aux valises. Jupes et pantalons lui fouettaient le visage. Elle suivait vaille que vaille, à l'aveuglette.

— *Dam' betra eo dav beañ ked hir amzer evit ober ar veaj ?* Pourquoi faut-il tant de temps pour faire le voyage ?

— *Ale ! Bale ! Dav eo kaout, pell pa dost, ur pennad mat amzer ! aze mañ an afer !* Allons ! Marche ! Il faut un certaine longueur de temps. C'est toute l'affaire.

Ouf ! Elle retrouva le filet à bagages.

Du haut de ce poste d'observation privilégié, elle s'aperçut qu'en ce pays les soldats ne portaient pas le même uniforme. Ils n'étaient pas chaussés de bottes mais de brodequins et le pantalon resserré dans le bas bouffait au-dessus ; pas de gros manteaux mais une cape. Mais surtout, oh ! que c'était drôle ! Ils avaient un curieux chapeau sombre. Un chapeau de feutrine à grand rebord avec une longue plume piquée sur le côté. Et puis leur langue chantait d'autres tonalités. Derrière la trame de son filet Marie sourit et pensa que :

« *An dud vras gaozez atav deus avioñoù ha bombezennoù met amañ ar soudarded a ya d'ar brezel gant ur bluenn war o zok !* » Les grandes personnes parlaient toujours d'avions et de bombes mais ici, les soldats vont à la guerre avec une plume à leur chapeau !

« Chambéry ! Chambéry ! »

Le jour se levait. Anna brinquebala les bagages

tant bien que mal jusque sur le quai.

Ils étaient là ! Ils attendaient, l'oncle et la tante. Ainsi sa mère ne s'était pas trompée de train dans la confusion noire des gares. Brèves effusions entre les deux femmes. Sa tante, brunette aux yeux noirs encadrés de lunettes et son oncle, mince, guère très grand sous son chapeau. Ils étaient emmitouflés dans leurs manteaux.

— Ce voyage a été long. Tu sembles épuisée ma pauvre Anna !

Ils se chargèrent des bagages.

Marie se dit qu'ils feraient connaissance en cours de route ou plus tard.

Elle avait longuement dormi dans son filet-berceau. Contente d'être sortie de cette chenille noire et fumante, elle fut surprise par le froid malgré son gros manteau. La marche à travers la ville engourdie la réchauffa.

La maison était entourée d'un jardin. « *Dav eo din mont da ziskoachat al lec'h !* » Il faut que j'aille explorer les lieux ! se dit Marie.

— *Marie ! Da belec'h 'maoc'h vont ?* Marie où vas-tu ? Anna la rappelait. Où allait donc encore s'éparpiller son insatiable curiosité ?

Marie en eut vite fait le tour. Hélas ! Le jardin était entouré de grands murs d'un côté et d'une haie à bonne hauteur de l'autre. C'est tout ce que Marie voulait savoir : la dimension de son nouveau monde dont l'étroitesse la laissa rêveuse.

L'oncle et la tante habitaient l'appartement à l'étage. Un escalier extérieur permettait d'y accéder par le pignon. Un couloir coupait le tout en deux.

Première porte à gauche, la cuisine donnait plein sud sur le jardin. C'est là, en soulevant un coin du brise-bise que Marie aperçut les sommets enneigés qui se perdaient dans les nuages. Jusque là, occupée à découvrir la ville et son nouveau cadre de vie, dans le brouhaha des conversations, elle n'avait guère levé le nez. À quoi bon ? Les maisons étaient si hautes. Mais là, fascinée, elle contempla ces cimes irréelles, comme suspendues entre plafond moutonneux et brume légère de ce matin d'hiver : un moment d'émerveillement comme une récompense lumineuse au bout de ce long périple sombre.

Marie aurait voulu retrouver le jardin plus souvent mais ici on ne vivait pas la porte ouverte comme à la ferme. Un poêle à charbon chauffait l'appartement. Pas question d'y laisser glisser le moindre frimas. Cela coûtait trop cher de chauffer, quand encore on trouvait du charbon !

Au-delà du jardin, c'était la grande inconnue de la ville…

— *Rabat deoc'h mont dreist dor ar jardin hoc'h-unañig.* Il ne faut pas que tu ailles au-delà de la porte du jardin toute seule ! avait bien recommandé Anna.

Marie avait baissé le nez en soupirant.

D'ailleurs, comment s'y prendre ? Le loquet placé si haut lui était inaccessible. Où étaient donc la rivière aux petits cailloux blancs, les genêts et les ajoncs odorants dans la lande, les délicates fraises sauvages et les baies noires du sureaux, les myrtilles de juillet, la jument impatiente, les vaches blanches et noires, les grognements de la truie et les cris perçants des porcelets… « *Pit! Pit! Pit! Pit!* »: aucune volaille n'accourait.

Et à nouveau ce fut l'école.

Ce lieu entre tous abhorré!

Tout le monde autour d'elle parlait la langue oubliée. Marie dû se plier à nouveau à la gymnastique de ces mots, ceux des autres.

D'abord écouter.

Comprendre: cela viendrait après.

C'est ainsi qu'afin de réussir à tolérer l'incompréhensible et à ne pas pleurer tout le jour son paradis perdu, elle fit appel à la magie des légendes de Frañseze. Entre ardoise et récréation, entre ronde et comptine, sa fantaisie imaginative déroula le tapis fantasque. Plus rien autour d'elle n'existait si ce n'était la musique de ses mots venus de Bretagne. Ainsi Marie réinventait le monde qu'elle avait quitté pour mieux aborder celui qui lui pesait tant. Mais il y avait, heureusement, le chemin de l'école.

Avec Anna, elle le reprenait chaque matin. Il fourmillait de vies, de métiers, de vélos, de charrettes à l'attelage piaffant qui lui rappelait Ploneiz. Les charrettes au large plateau à quatre roues n'avaient rien du tombereau aux roues et aux rebords très hauts que traînait sa jument. Ils transportaient du bois mais surtout du charbon que les hommes chargeaient sur leur dos. Ils s'encapuchonnaient d'un sac afin de supporter la dureté des boulets ou de l'anthracite.

Il y avait aussi les tommes. Marie restait sidérée devant l'énormité des « roues » de fromage que les livreurs descendaient du plateau de la charrette à même le pavé et roulaient jusque dans le magasin.

Qui dit chevaux, pense immédiatement crottin.

Quoi de plus naturel? Les rues bien sûr en étaient ici et là « agrémentées ». Étalé ou entassé, encore fumant ou gelé par le froid de la nuit, chaque tas - depuis que sévissait la guerre - servait de support à un jeu subtil:

Les Savoyards, pas plus heureux d'être occupés par les italiens que les Bretons par les Allemands, faisaient quotidiennement appel à la dérision afin de manifester leur refus. Aussi se munissaient-ils de quelques plumes - peu importait leur longueur et de quel volatile elles étaient la parure - et, à la sauvette, les piquaient au beau milieu des tas de crottin.

Chaque tas, ainsi décoré - pour le commun des « occupés » - rappelait le chapeau des occupants!

C'était dérisoire et drôle.

Au grand jamais aucune roue n'aurait osé abîmer ces chefs-d'œuvre de la défense psychologique! La circulation se faisait un point d'honneur de les contourner. Pince-sans-rire, les Savoyards conduisaient de travers, attelages ou vélos, avec le plus grand sérieux. Entorses au code de la route, tours et détours sur le pavé... La règle était entendue et respectée avec la gravité d'un devoir qui ne supporte pas d'exceptions!

Ces subtilités locales faisaient rire Marie aux larmes. Il fallait qu'Anna la traîne plus loin car son hilarité trop démonstrative pouvait mal tourner pour elles deux... mais c'était pour mieux passer devant d'autres « tas de dérision ». Et le fou rire continuait de plus belle.

Ah ! ces plumets sur crottin, chemin faisant vers l'école !

Après les ruelles, Anna et Marie traversaient la place des Quatre-sans-cul !

Là, nouvel arrêt.

Imaginez quatre statues d'éléphants accolées l'une à l'autre par l'arrière-train et dont la trompe sert de jet d'eau à l'énorme vasque qui les entoure. Ce spectacle fascinait Marie qui ne se lassait pas de voir scintiller le jaillissement translucide dans les premiers rayons du matin.

Arriver à l'école à l'heure tenait donc du pari impossible mais elles y parvenaient de temps en temps.

Là commençait l'autre monde. Le monde « obligé », fait de règles imposées. Marie s'y soumettait. Pour ne pas avoir d'histoires. Elle avait son portemanteau qu'un dessin différenciait de celui des autres.

« *Un dra a-boez eo ar c'hrog-dilhad: rik-pik na zigou't, ha n'oc'h ket evit mont hebiou a-raok mont kuit!* » C'est important le portemanteau : point d'ancrage à l'arrivée, il est incontournable avant de repartir, constatait Marie.

Repartir !

Marie ne rêvait que de contourner le portail. Ce fut tout de même un peu moins dur que dans la première école car la musique de l'autre langue s'était suspendue au creux de son oreille. Aussi bientôt, outre les mots, elle acquit cet accent qui traîne au cœur des vallées comme aux flancs des montagnes de ce pays. Et elle sut dire « adieu » selon la coutume de Savoie comme auparavant elle bretonnait « kenavo ».

Un jour - on allait vers Noël - son oncle rentra le soir, tout excité, et déposa sur la table, une à une, avec la précaution et la délicatesse nécessaire à une douzaine d'œufs, de grosses pommes grumeleuses, orange et rouge. Elles étaient chacune comme autant de petits soleils. De ces soleils d'hiver, le soir, lorsqu'il bascule au loin, écarlate et rond dans le gris bleu de l'horizon.

— Tu vois, Marie, ce sont des oranges ! lui dit-il avec les yeux brillants d'un gosse devant une friandise enfin accessible.

Et il racontait. Car lui aussi savait raconter les choses et cela avec l'accent de la Chaux de Gillet et cette pointe drolatique qui vous déridait pour la journée. Marie raffolait de ces moments. Ce soir-là, il racontait le périple de sa découverte. Marie ne comprit rien au tour de passe-passe. Cela semblait relever de l'exploit. Mais le bonheur se trouvait là sur la toile cirée ! Sa tante et sa mère, ravies, couvaient du regard ces fruits exotiques et parlaient, une fois de plus, « d'avant-guerre » : c'était devenu leur marotte.

— Tu sais, c'est très bon et juteux. On en mangera tout à l'heure au dessert, avait dit sa tante avec un grand sourire.

Les grands tournèrent le dos.

Marie se demanda pourquoi attendre si c'était si bon ? Goûter. Juste un peu mais tout de suite.

Prendre un « croque ». Subrepticement, elle se saisit donc d'un « petit soleil » et y mordit à belles dents.

— *Erc'h*! C'est pas bon!

L'amertume de la pelure la trahit et lui fit rejeter le fruit.

— Oh! Marie! Tu ne pouvais pas attendre comme tout le monde et qu'on te l'épluche! Évidemment, comme ça, ce n'est pas bon!

Anna la gourmandait sans conviction tant sa grimace de dégoûtée était comique.

À la fin du repas, sa mère voulut lui faire goûter la pulpe mais en vain: elle lui parut trop acide et piquante. Marie rejeta définitivement l'orange.

Petra dreist e kav ar re vras 'barzh ar frouezh-se? Que pouvaient donc les grandes personnes trouver d'extraordinaire à ces fruits? se dit Marie.

Ce furent les friandises de ce Noël auxquelles s'ajoutèrent le gâteau confectionné avec les marrons ramassés dans la montagne par son oncle sans oublier le colis de victuailles expédié par Frañseze, bien ficelé au départ, mais qui visiblement avait été « soulagé » en cours de transport d'une partie de son contenu. C'était ainsi: les grandes personnes parlaient de « marché noir », lucrativement alimenté entre autres, par ces « prélèvements ».

Chaque jour, les mots de son enfance s'éloignaient un peu plus. Bientôt il n'y eut plus qu'une comptine qui surnagea dans sa mémoire. Son oncle en trouvait les chutes si jolies qu'il l'avait apprise et la lui faisait répéter régulièrement:

Bez' voen 'bet 'barzh Langolen,
M'oa ka'et ur rimolenn
Ma chakod 'oa toull
Ma rimolenn 'zo koueet 'ba'r poull!

J'étais allée à Langolen,
J'avais trouvé une histoire à rimes
Ma poche était percée
Mon histoire à rimes est tombée dans la mare!

Les mois passèrent et arriva le mois de mai. Marie souffla ses cinq bougies sur le gâteau confectionné par sa tante. Où celle-ci dénicha-t-elle les ingrédients nécessaires et ces quelques cuillerées de sucre glace qui lui donna ce petit air « d'avant-guerre »? Cela faisait partie des mystères de l'époque!

Avant de quitter Chambéry, Anna s'attacha à lui réapprendre un « *Pesa mod 'ya, Mamm-gozh?* » Comment va, grand-mère?

Afin de prévenir les foudres de Frañseze!

Chapitre VI

— *Penn gallek!* Tête française!

L'exclamation avait claqué dès les premiers pas dans la maison: Marie avait oublié le sésame breton, « *Pesa mod 'ya, Mamm-gozh?!* » comment va, grand-mère, et salué Frañseze en français.

La grand-mère n'avait pas changé: caractère entier mais le visage avait toujours sa douceur. Marie se coulerait à nouveau dans les habitudes de la maison.

Une fois de plus, elle lui sembla plus petite, seules ses odeurs généreuses, intactes, diffuses, affluèrent à ses souvenirs. L'odeur du son dans la maie, du bois dans la cheminée, de la flambée des trognons de choux secs sous l'énorme marmite de petites pommes de terre pour la truie et ses petits, de la pâte que tournait Frañseze sur la *pilig* et puis… tant d'autres! Marie aurait pu reprendre pied dans « sa » maison les yeux fermés tant ces senteurs la guidaient et renouaient avec la vie « d'avant ».

Mais il y avait la langue!

Tout ce que Marie demandait, elle l'exprimait à

nouveau en français, à la grande déconvenue de Frañseze. La grand-mère n'admettait pas que l'on ait pu, une deuxième fois, effacer de la tête de sa petite fille la langue du Pays avec l'autre langue.

Il lui fallut tout reprendre. Et bien plus encore car Marie avait grandi et devait donc, estimait-elle, s'ouvrir à d'autres connaissances, adaptées à cette nouvelle étape.

La petite l'accompagnait au champ ou au jardin. Dans ces moments où Frañseze binait, sarclait, semait, plantait, éclaircissait les semis, chaque occupation, chaque geste, chaque instrument aratoire, chaque plante devint prétexte à apprentissage dans le vaste domaine de sa culture. Elle abordait aussi les mystères de la vie végétale sur laquelle veillent jalousement les lunaisons : ce monde de l'astre des nuits en sa pleine rondeur, le début ou la fin de quartier et son influence étonnante sur la végétation.

Par-dessus tout, Grand Seigneur, trône l'astre du jour !

— *'benn 'maoc'h 'pikat planterezh, diwallit mat da losket kalon ar blantenn digor war wel sklêrijenn an heol!* Lorsque tu plantes, fais très attention à laisser le cœur de la plante ouvert à la lumière du soleil !

Marie retrouvait les consonances oubliées et se surprit peu à peu à comprendre ce que Frañseze lui expliquait. Elle lui répondait toujours en français. Cela ne décourageait pas la grand-mère. Toutefois, la tonalité des mots que Marie entendait ne tournait plus sur sa langue comme avant son grand voyage. Passe encore de glisser une expression ici ou là mais bâtir une phrase tenait de l'exploit. Elle se trompait dans ce qui fait la subtilité de cette grammaire : les mutations. Ces lettres au début des mots qui varient et se jouent de fantaisies dans le cours de la phrase.

— Pourquoi ça change ?

— *Dam' urzh ar gomz e brezhoneg a zo ar mod-se, aze 'mañ an traoù !* Parce qu'il en va comme cela dans l'ordre de la langue bretonne car ainsi sont les choses !

Marie soupirait profondément et partait courir les papillons.

— *Nompas ober drouk da balafenned, sellit deus outo nemetken ha laoskit 'nezh' da valafennañ.* Ne fais pas de mal aux papillons, regarde-les seulement et laisse-les papillonner.

Et les jours passaient. Afin d'améliorer son parler, Marie, en désespoir de cause, mélangeait les deux langues en bravant les moqueries de sa grand-mère.

— *Hopala ! Galleg saout adarre ha brezhoneg moc'h ! N'eo ket a' mod-se na teufec'h 'benn da gaozeal brezhoneg flour* ! oh, là ! là ! Encore du français de vache et du breton de cochon ! Ce n'est pas comme cela que tu réussiras à parler un breton délicat.

Avec la constance d'une pédagogue, Frañseze reprenait son enseignement. Difficile de capter les finesses d'une langue et le naturel avec lequel passer sur les aspérités de sa prononciation. Là aussi, tout était codifié.

— *Lavar d'in founnus-founnus, dek gwech deus*

renk, ar gomz-mañ : « Ar big war 'gloued, ar gloued a bleg » ! Dis-moi très très vite, dix fois de rang ceci : La pie sur la barrière et la barrière ploie.

La comptine cadençait l'expression comique du calembour et Marie y jouait, ravie de relever le défi sans pour autant parvenir d'entrée à pénétrer le jeu. Frañseze obligeait ainsi la petite à une gymnastique des lèvres et des cordes vocales que le français, plus monocorde, n'amenait pas à pratiquer.

Autre variante :

— *Tour bras Pleiben ha kloc'h bras Brasparzh. Founnus-founnus adarre !* La grande tour de Pleyben et la grande cloche de Braspart. Vite vite, à nouveau !

Ou encore :

— *Maen 'uz kar, kar 'uz maen !* Pierre use charrette, charrette use pierre.

Marie s'ingéniait à répéter afin d'atteindre au brio de sa grand-mère. Il lui en fallut de la constance pour y parvenir ! Un véritable *maout* - bélier - à remporter, comme en *gouren*, en lutte bretonne ! C'était bien plus difficile que la première fois qu'elle avait dû retrouver sa langue, mais au fil des jours, les mots de la petite enfance reprenaient leurs droits dans un coulé agréable comme un touché de velours.

Les absents n'étaient toujours pas revenus comme les deux femmes l'avaient espéré lors du départ vers Chambéry. Cependant, leur quotidien, d'une façon impalpable mais vivante, gardait ces présences et rendait leurs retours imminents.

Lettres et colis partaient vers l'Allemagne où se trouvait Youenn. Pour son oncle, cela semblait plus compliqué. Ses lettres arrivèrent enfin, mais indirectement, via Mar'Janig. De plus, Marie n'obtenait que peu d'explications sur ces missives alambiquées.

Et surtout, lecture terminée, chacune était brûlée dans la cheminée...

Anna semblait aller mieux mais l'hiver se profilait déjà : saison redoutable pour elle. Toutefois, elle essayait de participer aux travaux de la ferme.

Cet hiver-là, Frañseze avait acheté une parcelle de jeune ajonc dans une ferme qui possédait de grandes landes.

— *Lann glaz yaouank ar bloaz.* Du jeune ajonc de l'année.

Piquant bien sûr mais point trop dur. Les tiges conservaient encore la tendreté du rameau. C'est grâce à cet ajonc - semé au printemps ou repoussé sur souche, coupé à la faucille en automne et pilé l'hiver à la force du manège - que la petite ferme pouvait disposer de la solidité de Ploneiz.

Mateiz, le grand-père de Reun, en coupait pour la semaine, le charroyait et l'entassait sur l'aire à battre. Broyé ensuite à l'aide du manège, il fournissait un aliment d'appoint, très riche, pour la jument.

Marie aimait regarder ce manège tourner au pas égal de Ploneiz attelée à l'un de ses bras. Le broyeur tournait en grinçant des dents. Anna encourageait la bête de la voix et la touchait au passage. Mateiz chargeait la gueule ouverte de la machine et y poussait l'ajonc à l'aide d'un billot de bois afin que les rouages happent les tiges et les écrasent. Le broyat tombait dans le coffre ouvert. Frañseze le puisait à pleine pelle et l'entassait dans des paniers en bois de noisetier, œuvres des jours de pluie du journalier. On en broyait pour plusieurs jours. Mais il ne fallait pas que ce précieux aliment fermente. La panse de Plonéiz, jument forte et fragile à la fois, ne l'aurait pas supportée.

Écrasé, l'ajonc vert tendre exhalait au centuple le parfum amassé au cœur de ses tiges, de ses épines, de ses fleurs, et le livrait à la fantaisie des vents de passage. L'aire à battre et les abords de la ferme embaumaient de cette senteur entêtante et chaque passant recevait cette volute d'arômes impalpable.

Ultime offrande de l'ajonc en sa dernière exhalaison.

La vente du poulain s'ajoutait à cette économie de subsistance et compensait l'avoine nécessaire à sa mère. En effet, ce picotin prenait dans l'espace cultivé au plus juste, la terre nécessaire à deux frustes bretonnes Pie noire au lait crémeux.

Cela, c'était le choix de l'indépendance : pouvoir travailler « sa » terre et pratiquer les récoltes à l'heure et en temps qui convenaient. Ainsi éviter d'avoir à attendre le bon vouloir d'un voisin à qui il faudrait rendre avec largesse afin de ne pas être en reste. Pouvoir aussi additionner la force de la jument au hongre de la ferme d'à-côté lorsque la charrue ou le charroi se faisait trop rude pour une seule bête.

Cet ajonc, c'était tout cela...

À l'automne, le manège servait à broyer les pommes avant qu'elles ne soient disposées dans le pressoir à cidre. Cette pulpe rosissait puis chatoyait de roux en laissant sourdre son suc jaune clairet. Mateiz l'étalait et l'emmaillotait de paille de seigle sous le chapeau de la presse. Dès lors, l'âme sirupeuse et odorante des pommes s'épanchait et prenait corps dans un coulé sucré d'une douceur suprême. Mais il valait mieux ne pas trop en abuser :

— *Rabat deoc'h dont da dañva re alies ar chug avaloù, dre guzh ! Tapout ar foerell a rafec'h.* Il ne faut pas que tu viennes trop souvent goûter le jus de pommes, en cachette ! Tu prendrais des coliques, sermonnait Frañseze.

Plus que les rappels de sa grand-mère, la nature opérait son œuvre et ramenait vite la gourmande à la modération !

Il fallait presser le marc. Pour cela Frañseze, une fois Mateiz rentré, se suspendait à la barre d'acier afin de serrer encore la vis sur la pulpe et en extraire jusqu'à la dernière goutte. Pendant ce temps, Marie puisait le jus doré dans la fontaine en granit ensuite Frañseze versait le seau dans la grande barrique à l'aide d'un énorme entonnoir.

Marie adorait les odeurs du pressoir.

— *Ô ! C'hwezh vat a zo gant maskl an avaloù e-touez ar plouz !* Oh ! La bonne odeur du marc de pommes mélangée à cette paille !

Et les abeilles, avant l'hibernage, se précipitaient vers cet ultime délice.

Passées les tempêtes des mois noirs, le cidre prenait corps et fermentait tout ce qu'il pouvait dès janvier. Il poussait avec force sa maturation et sa mousse sur la bonde. La meilleure barrique était soutirée deux fois afin d'atteindre au nectar dont on mettrait le contenu en bouteilles. Le reste, transvasé de la tonne aux tonneaux, suivait son cours et assurait la boisson quotidienne jusqu'à la saison suivante.

Tout cela, c'était aussi grâce à Ploneiz. Oh ! La gratitude dans les yeux de Frañseze lorsqu'elle regardait tourner la jument : sans elle, il lui aurait fallu tourner la manivelle à l'identique d'une bête de somme !

Aussi, quelle fut la panique dans la maison, après les bans de ce dimanche ! L'occupant fit proclamer l'ordre « de présenter à la réquisition tous les chevaux, le samedi suivant à Kemper ».

Mateiz fut chargé de la corvée. Avec ordre incontournable de Frañseze d'utiliser a*n holl wez ha c'hallferc'h* - toutes les ficelles possibles, afin de rebuter le choix du recruteur.

Ce samedi-là, très tôt le matin, Marie derrière les battants de son lit entendit s'éloigner les pas de la bête qui peut-être ne reviendrait pas. La veille, elle lui avait caressé le museau, si doux. Elle avait furtivement caché ses larmes pour ne pas ajouter au chagrin de Frañseze. En entendant les fers heurter les cailloux, s'éloigner et peu à peu disparaître, son cœur se serra…

Ô ! *Itron Varia benniget* ! Oh ! Dame Marie bénie, Ploneiz rentra !

Elle boitait lamentablement et boita encore quelques jours, la pauvre bête ! Un clou mal planté l'avait fait boiter, juste au bon moment...

Mais une armée de chevaux bretons allèrent à la guerre...

Au printemps, le semis de pommes de terre se faisait à même le sillon retourné par la charrue. Ce jour-là, les petites fermes s'entr'aidaient. La veille Frañseze annonçait :

— *'Benn ar c'hoazh 'vo hadet an avaloù-douar. Aze 'vo ur c'hrogad etre ar razhed hag al logod!* Demain, les pommes de terre seront semées. Là, il y aura une belle partie entre les rats et les souris ! disait-elle en repoussant sa tristesse.

Les rats et les souris n'avaient rien à voir avec le semis de pommes de terre mais le langage imagé donnait à cette grande journée son petit air drolatique. La veille, Mateiz avait étalé un fumier bien gras et fumant sur la parcelle. Le lendemain, ouvrant le labeur, il traçait un premier sillon à la charrue, arrêtait Ploneiz dans la fourrière, attachait sa corde à une branche de noisetier puis, muni d'une fourche, faisait tomber le fumier dans le creux de la terre fraîche. Les femmes, vouées au semis, puisaient les tubercules dans la charrette à proximité et en remplissaient leurs seaux. Ensuite, elles les jetaient sur ce lit de fumier tiède et les rangeaient à distance régulière. Les mottes suivantes retournées par la charrue venaient recouvrir les tubercules et d'un sillon à l'autre le semis était fait.

Ce jour-là, Marie jetait de côté chaussons et

sabots. Elle adorait courir nu-pieds sur cette terre fraîchement retournée. Crottés de terre et de fumier, ses pieds s'y plantaient, en osmose parfaite avec ce temps des semailles et l'éclosion du printemps.

Pour cette initiation, Frañseze lui avait préparé un seau à sa taille afin qu'elle puisse semer sa part. C'était un petit seau en métal doré qui « avant-guerre » - toujours cette époque de référence ! - avait contenu « 5 kilos de confiture de fraises » : l'étiquette malmenée l'attestait encore. Frañseze l'avait retenu chez la boulangère-épicière-bistro qui autrefois en détaillait le contenu selon les besoins ou le porte-monnaie de chaque famille.

Au gré des saisons, le seau de Marie recevait échalotes, oignons ou toutes sortes de petits sachets de papier aux origines diverses. Frañseze les gardait précieusement - au sec et étiquetés - afin d'y conserver les graines récoltées l'année précédente : poireaux, carottes, plusieurs variétés de salades, betteraves rouges ou fourragères, et puis ce qu'elle aimait par-dessus tout, « *kaol pomp* » - des choux pommés - « *ha kaol glas hañv ha kaol melen goañv ar saout* » et, pour les vaches, des choux verts d'été et des choux jaunes d'hiver dont à maturité elle cueillait les feuilles à pleines brassées. Les vaches en raffolaient. Cela donnait au beurre cette couleur « soleil » si éclatante et ce goût inimitable !

Cette récolte, Marie devait aussi apprendre à la pratiquer.

Les feuilles de choux sont imperméables. Que la rosée soit belle ou l'averse drue, elles recueillent l'eau au cœur de leurs formes arrondies et vous la déversent dans les manches ou à pleins sabots. Il fallait donc acquérir le coup de main pour battre les plants devant soi et faire glisser le roulis de ces grosses gouttes traîtresses sur le sol. Malgré toutes ces précautions, la récolte terminée, Frañseze en sortait trempée et assurée de devoir se changer en rentrant, dès la brouettée déchargée « *didañ nask pep beurc'h* », sous l'attache de chaque vache.

Marie adorait cette douche tiède d'été. La lutine courait dans la forêt verte des choux bien plus haute qu'elle... à condition de respecter la culture. Sous la voûte translucide des feuilles, trouée à l'aplomb de midi, Marie serpentait dans le domaine des fées, de *Meudig*, le petit poucet, ou des géants menaçants. Elle parvenait à les rencontrer ! Bénéficiait de leurs largesses ou échappait à leurs maléfices ! Elle s'inventait ainsi des contes fantastiques qui traversaient cette lumineuse émeraude à la vitesse de carrosses dorés sur rayons de soleil.

Puis venait l'hiver.

L'eau gelée ou les glaçons accumulés sur les feuilles transformaient cette récolte en labeur sibérien. Mais qui d'autre l'eût fait à la place de Frañseze ? Alors, elle serrait les dents et pénétrait l'enchevêtrment des choux en les battant à grands renforts de larges feuilles. La glace tombait en jolis cliquetis et elle attaquait la cueillette de ses mains aux gerçures sanguinolentes.

Prévoyante, elle avait recouvert les tisons de cendres, dans la cheminée de l'étable.

— *Marie pignit war ar sanig ha laoskit da*

gouezho un' duilh keuneud din. Marie monte dans la soupente et laisse-moi tomber un fagot.

Marie ne se le faisait pas dire deux fois tant sa grand-mère, bleue de froid, lui faisait pitié. Elle grimpait à l'échelle. Dans la resserre, elle réussissait à décoincer le fagot salvateur et le laissait choir sur la terre battue près de la cheminée. Pendant ce temps, Frañseze s'était changée. Mais elle claquait des dents tant le froid l'avait pénétrée. Une peu de paille, quelques brindilles jetées sur les braises : vite que la flambée la réchauffe !

Frañseze, accroupie, tendait ses mains crevassées et bouffies. Elle grimaçait de douleur près de la flamme mordant la brassée de fagots. Dans ces moments, Marie saisissait une poignée de foin et avec toute l'énergie dont elle était capable, lui frottait le dos pour la revigorer. À chaque fois, elle la déstabilisait et Frañseze, Cendrillon involontaire, basculait sur la terre battue et la cendre...

La séance de réchauffement finissait en fou rire.

C'étaient leurs parenthèses de petits bonheurs.

Frañseze avait pour Marie la stature, qui sous d'autres cieux, s'appellerait une stature de commandeur en jupons. Elle était au cœur de son monde.

Elle l'était aussi pour beaucoup d'autres à cent lieues à la ronde.

Dépositaire d'une longue tradition de connaissances des vertus médicinales de la flore à portée de main, chaque herbe, mousse fine ou ombrelle grainetée possédait pour elle une vertu précise.

Chacune entrait dans son herbier mental des bonnes choses avec son générique. Marie partageait ses heures de cueillettes particulières et devait enregistrer le nom de chaque plante et sa vertu bienfaisante. La pharmacopée de Frañseze, à l'abri et bien sèche, attendait plusieurs mois son heure. Précédée de longues maturations, de cuissons, de décoctions, elle guérissait les petites misères des humains comme celles des bêtes.

Une naissance - rare en ces temps hostiles - s'annonçait-elle difficile ? La parturiente réclamait les services de Frañseze. On venait la chercher en char à banc. Une vache ou une truie malade ? Elle accourait pour soulager la bête.

À l'automne, ses interventions se multipliaient.

Cette époque des pommes mûres qui s'étalent sous les arbres est la hantise des paysans qui savent leurs bêtes si friandes de ces fruits ! Que le troupeau s'échappe et se bâfre - outre que la fermentation le saoûle - pouvait générer une véritable catastrophe.

En effet, si le diamètre de la pomme que la bête essaie d'avaler dépasse la dimension du gosier, celle-ci s'y coince. La gorge bouchée, la déglutition ne peut plus se faire. La vache suffoque, enfle et crève si l'on n'intervient pas dans l'heure.

Frañseze possédait une méthode efficace pour cette situation extrême. Elle disposait de l'outil adéquat : une planche, plus large en son centre et perçée d'un trou. Elle y passait un tuyau métallique flexible gainé de caoutchouc noir et doté d'un embout de bois.

Elle graissait généreusement le tout avant d'intervenir.

Pour exercer son talent, elle faisait placer la bête, les deux pattes de derrière dans un fossé, l'arrière-train butant dans le talus. Elle exigeait qu'on la lui tienne par le cartilage du nez, la tête relevée, le corps très droit. Elle lui maintenait la gueule ouverte en y plaçant le morceau de bois, la langue bien calée en dessous. Puis, dominant l'animal, Frañseze passait le tuyau flexible dans le trou de la planche et d'un geste ferme, lançait cette gaine dans la gorge de la bête. L'embout de bois brisait la pomme coincée !

D'un tour de main, elle retirait gaine et bois.

Chute de pression ! L'animal tombait à genoux, toussait, soufflait, crachait les morceaux de pommes. Puis, doucement, se relevait. Peu à peu, il se remettait à ruminer. Désenflait. Délivré de son mal.

Un seul essai suffisait à Frañseze. Jamais Marie ne la vit rater son coup.

Elle connaissait aussi la décoction qui guérit les colliques des porcelets ou du jeune veau. Il lui fallait parfois l'aide de Marie afin de mettre sa médecine à l'œuvre…

Ce jour-là, l'orage pointait. Le veau diarrhéique affalé sur la paille dans le coin de l'étable semblait mal en point. Il fallait intervenir.

— *Dalc'hit dezhañ e veg digor* ! Garde-lui la gueule ouverte ! lui dit-elle, après avoir elle-même écarté les mâchoires de la bête.

Marie, lors du sevrage des veaux, avait appris à

faire sucer ses doigts à l'animal afin que celui-ci aspire le lait du seau. C'était son petit veau préféré. Elle passa ses bras autour du cou de l'animal, la joue dans sa fourrure, prenant le relais de Frañseze sans beaucoup d'adresse mais pleine de bonne volonté. Les doigts de sa main gauche lui pinçaient le nez et, de la main droite, elle tenait la langue râpeuse.

Frañseze pouvait officier.

Elle déversa sa cuillerée de potion dans la gueule de l'animal.

D'un bond, la bête la bouscula, étala Marie dans la paille, fonça dans les jupes de Frañseze, l'enfourcha de la tête, et dans cet équipage entreprit un tour de crèche ! Frañseze, tête-bêche sur le dos du veau ! La queue lui fouettait le visage… elle battait des bras et des jambes… sommait l'animal d'arrêter son cirque… La bête s'arrêta net ! D'un coup de rein sec, jeta son fardeau !

La grand-mère heurta sourdement le mur… hurla… roula dans la bouse…

Le veau, épuisé, haletant, se coucha !

D'abord stupéfaite, Marie fut prise d'un fou rire inextinguible !

Ecroulée dans la paille, elle riait et riait encore, sans retenue.

Frañseze se releva, endolorie mais digne, éclaboussée, dégoulinante de bouse verdâtre, la chevelure hirsute.

Tragi-comique !

Le veau haletait.

Marie se remit debout. Pas trop fière.

Elle pouffait, la main sur la bouche.

— *Ha c'hwi 'teu 'benn da c'hoarzhiñ deus droug ar re all? Alvaon!* Et toi tu ris du mal des autres? Polisson!

Ouill! Ouill! Ça tournait mal. Le courroux de Frañseze boitillant passa avec hauteur au-dessus de son hilarité. Elle ramassa fiole et cuiller, poussa la porte de la crèche et la referma au loquet.

Marie était enfermée.

Pratique avant tout, à défaut de pouvoir sortir par la porte, elle se glissa hors de la crèche par la meurtrière de la façade.

Par contre, cet hiver-là, Frañseze eût mille peines à soigner Marie: un rhume suivait l'autre. Le collier d'ail que Frañseze lui suspendait au cou pour aller dormir afin de chasser les vers ne suffisait plus. Ni davantage le bol de lait au miel et autres médecines plus élaborées! La petite toussait, devait rester à la maison: situation difficile à contrôler.

C'était jouer avec le feu.

Il y avait déjà la terrible maladie d'Anna. Mieux valait se fier à l'avis de la faculté: le printemps venu, Marie serait opérée des amygdales... Il restait à la fillette, le vague souvenir de son opération des végétations à Chambéry: dans une salle toute blanche, une odeur de médecine qui vous endort, le haut du nez douloureux au réveil et pour son appétit d'oiseau, une chance, la possibilité de sauter un repas ou deux!

Alors... les amygdales...

Le jour convenu, deux médecins vinrent à la maison.

— *Setu, c'hwi an hin' vo operet hiriv? Mat! Na ' peus ket aon?* Voilà, c'est toi que l'on opère aujourd'hui? Tu n'as pas peur? s'enquit le médecin qu'elle connaissait.

Marie fit non de la tête mais elle commençait tout de même à appréhender le moment. Le chirurgien qui allait l'opérer ne parlait que le français. Dans la chambre de Frañseze, il étala ses instruments sur la nappe blanche de la table et sa grand-mère y apporta une grande bassine d'eau bouillie encore chaude. Puis, avec fermeté, le médecin bretonnant la renvoya à ses occupations. Pas question qu'elle assiste Marie! Frañseze se retira sans un mot.

Il ferma la porte.

Les deux hommes riaient, bavardant de choses et d'autres. Par la fenêtre aux rideaux de coton blanc crocheté, la journée ensoleillée promettait d'être superbe. Assis sur une chaise, protégé par un carré de tissu imperméabilisé, le médecin habituel installa Marie sur ses genoux.

« *Kavet ' mije gwelloc'h la'r vije chomet ma mamm-gozh ganin*! » J'aurais préféré que ma grand-mère reste avec moi! se dit-elle en son for intérieur.

Le chirurgien l'enveloppa dans une grande blouse puis lui mit un entonnoir sur le nez en lui demandant de respirer très fort… un espace sidéral la happa, noir et lumineux… et elle se réveilla sur le lit, la gorge terriblement douloureuse.

Elle crachait du sang mais, dirent les deux médecins, c'était normal!

Avaler, rien que sa salive, lui arrachait des larmes!

Elle en aurait « pour au moins trois jours de douleur », lui assurèrent-ils.

Dès lors, Marie trouva son médecin bien moins sympathique.

Sur ce, ils s'en allèrent vers la maison suivante : car c'était leur journée des amygdales.

Chapitre VII

Dès son retour, Marie s'était lovée dans la salle commune où trônait son lit-clos.

Coincée entre ce meuble auguste et le vaisselier, l'horloge - clous étincelants et bois sculpté - égrenait les heures. Son balancier cadençait le temps de jour comme de nuit, sonnait heures et demi-heures sans jamais troubler le sommeil de Marie. Mieux ! Ses coups résonnaient comme un chant argenté de cymbales et coloraient ses rêves : c'était sa petite musique de nuit.

Frañseze, métronome vivant de ce cadencier des jours, en remontait les poids à échéance régulière.

— *Dav eo din digor dezhi e ene adarre.* Il faut que je lui redonne âme.

Elle tournait la petite manivelle, enroulait les cordes du mécanisme et perpétuait ainsi la vie des heures qui s'écoulaient.

Le vaisselier de chêne arborait les assiettes sur ses étagères à claire-voie et portait en son ventre ciré - clouté de laiton comme les autres meubles - verres, torchons, serviettes et, dans ses tiroirs, les couverts du quotidien. Ah ! ces clous de laitons que Frañseze astiquait avec tant de conviction tous les samedis!

— *Welez ket? E-gist-se e vez' digoret o daoulagad d'an arrebeuri ken ma link 'barzh ar sklerijenn!* Vois -tu? C'est ainsi qu'on ouvre les yeux des meubles au point qu'ils étincellent à la lumière!

Et le métal reprenait lustre comme de l'or.

Accolée au vaisselier, *an armel laezh,* l'armoire au lait, moins riche en fioritures, arborait son âge vénérable sur fronton de chêne solide: 1777. Pourtant cette aieüle ne recevait plus les égards dûs à son grand âge car, hélas! la valeur commençait à se mesurer à l'aune de la modernité!

Pour satisfaire à des besoins pratiques, le plein des portes et le bois des côtés avaient été enlevés, sans façons. Un grillage les remplaça qui, au fil des jours peu ou prou humides, s'était rouillé.

Ainsi affublée, cette armoire recevait le lait frais de la journée, la crème matin et soir, le lait *ribot*, babeurre hebdomadaire, la motte de beurre décorée de sa gerbe de blé, marque déposée de la petite ferme, le *kig-sall*, lard salé cuit dans la soupe, le *gwastell-vras*! - le grand gâteau des jours importants -: toutes bonnes choses qui pour ne pas rancir avaient besoin de respirer, et à la saison chaude, échappaient ainsi à l'avidité des mouches.

L'armoire au lait était le creuset de toutes les gourmandises.

Derrière la porte donnant sur le couloir, se cachait une batterie électrique.

À défaut de pouvoir servir dans les voitures - remisées sous le foin - Les batteries avaient accédé à une autre fonction, aussi noble si ce n'était plus grande : fournir de la lumière.

Frañseze avait pris langue avec le bricoleur du coin.

Ce jour-là, Marie fut à son affaire. Elle joua les utilités, passa le marteau, rapprocha les clous. Aucun détail ne lui échappa : quelques mètres de fil ad-hoc accrochés au plafond et aux cloisons avec des clous recourbés furent reliés aux « têtes » de la batterie sur laquelle ils furent « assurés » grâce à... une bonne épingle à linge, en bois ! Puis, l'homme fixa trois commutateurs, une ampoule dans la salle commune, une dans la chambre de Frañseze, une autre à l'étage dans la chambre d'Anna...

Le tour était joué.

Il suffisait de peser sur le bouton, l'étincelle clignait ! Le modeste lumignon donnait l'illusion d'être raccordé à « l'électricité » comme à Kemper... mais devait s'utiliser avec parcimonie afin de ne pas épuiser la maigre ressource. Aussi, le soir lorsque la flambée les réunissait près de la cheminée, Anna éteignait cette ampoule. Oh ! Que cette économie était difficile à respecter tant la tentation était grande pour Marie... d'allumer, de couper, de recommencer ! C'était magique.

Cette installation faite, deux batteries jouèrent les relais. Anna les emportait sur son porte-bagage à tour de rôle, à quelques kilomètres de là, afin de les recharger à la chute d'un moulin.

— *Splann an ijin-se!* Magnifique cette invention, pensait Marie.

Elle n'exigeait aucun bon d'achat ou tout autre

artifice de cette époque qui n'en manquait pas. Et puisque la pluie bienveillante ne manquerait pas de fournir l'eau de la chute, à aucun moment cette énergie nouvelle ne pouvait subir de « restrictions » !

Sous l'escalier clos, se rangeaient le grand saloir de grès et la petite barrique de lambig, le précieux alcool de cidre. Perpendiculaire à la petite fenêtre barrée de fer à l'extérieur, s'allongeait la table-coffre. Frañseze glissait le plateau de la table et déposait dans le coffre les crêpes de blé noir du vendredi. Ce coffre était à la mesure exacte du diamètre des *piligoù*. Enveloppées d'un frais linge blanc, sans jamais être pliées, elles conservaient tout leur croquant au fil de la semaine, jusqu'à la moindre dentelle.

Un banc à dosseret sculpté, de la même facture que l'ensemble du mobilier, offrait son assise ainsi qu'un banc à tiroir : celui-ci recueillait les lettres et autres écritures.

Dans le coin, une vieille table juponnée de tissu cachait seaux et bassines.

Le fronton de la cheminée accueillait de gros plats de service de part et d'autre d'une petite loge vitrée garnie d'une Vierge à l'enfant polychrome, en faïence de Kemper. Une frise de tissu à petits ramages empêchait la fumée d'envahir la pièce. Dominant le foyer, deux petits bancs permettaient l'hiver de rôtir côté flamme tout en gelant côté salle.

Sur ce foyer, Frañseze cuisait les bouillies de froment, de blé noir ou d'avoine. Pour cela, elle utilisait un chaudron de fonte aux rondeurs noircies par mille flambées et posé sur un trépied. Elle y touillait le brouet à l'aide d'un long manche de bois afin qu'il ne colle et ne brûle pas. Ce long manche de bois.

— *Ken hir evit troad loa an dioual!* Ce manche aussi long que celui de la cuiller du diable! disait-elle, car il mettait une bonne distance entre elle et le feu d'enfer…

La cuisson terminée, elle empoignait à l'aide d'un chiffon *« an div skoarn »*, les deux oreilles du chaudron, et le déposait sur la table, fumant et toussotant à gros bouillons. Avec une cuiller, elle creusait un puits en son milieu et y déposait un gros morceau de beurre sous l'œil attendri de la maisonnée attablée. Muni d'une cuiller, chacun attaquait le repas et se taillait, à même le chaudron, sa part de bouillie à la mesure de son appétit, en prenant bien soin de tremper chaque cuillerée dans le puits de beurre fondu avant de la déguster.

Lorsque l'on touchait le fond, les convives atteignaient *ar greunenn*, la semelle dorée et luisante que l'on détachait avec délectation. Cette part tant convoitée se mesurait à la gourmandise de chacun. Frañseze était passée maîtresse dans l'art de titiller son monde à ce moment du repas.

— *Piv a teuio 'benn d'echuiñ ar greunenn an hin' kentañ? Tailhet 'm eus dija brasoc'h evidoc'h!* Qui réussira à finir la croûte le premier? J'ai déjà taillé plus large que toi!

Et Marie mordait à l'hameçon!

C'était toujours source de chamailleries amusées

et de « vol » au grand dam de celui que se faisait… ou se laissait léser. Ce jeu convivial entrait pour une part de nourriture impalpable dans le plat partagé jusqu'à la moindre croûte.

Seule Anna se servait une assiettée à part et le repas fini, ébouillantait son couvert à l'écart du reste de la vaisselle.

Marie détestait la bouillie d'avoine. Cette mixture grise que Frañseze préparait la veille afin qu'elle ait le temps *da c'hwezan*, de gonfler. La grand-mère savait que ce jour-là, elle ne mangeait pas à sa faim. Elle prenait parfois pitié et lui cassait un œuf dans la poêle à frire.

Coutumes ou innovations : la guerre obligeait à inventer ou renouer avec des modes d'autarcie délaissés afin de suppléer au manque ou à la mauvaise qualité des denrées usuelles.

Pour découvrir ces « nouveautés » anciennes ou nouvelles, Marie se postait aux premières loges, le doigt dans la bouche et l'œil aux aguets, prête à se rendre utile en retour d'un peu de tolérance à l'égard de sa présence curieuse.

Sinon, à son grand regret, elle s'esquivait dans la lande.

Vers cette époque, via la bicyclette de Mar'janig, arriva la machine à griller l'orge. Jusque là, une antique poêle à frire servait à ce fastidieux travail. Dénicher du café relevait du « marché noir ».

Personne dans la maisonnée n'aurait admis d'y souscrire.

De plus, la denrée était hors de prix!

Afin de faciliter la torréfaction « maison », un ingénieux inventeur avait créé un petit barillet de métal percé de trous minuscules, muni d'une tirette ouvrante pour le remplissage, et d'une manivelle. Il s'adaptait sur un support à quatre pieds assez haut pour être placé au-dessus de la braise du foyer. Équipée de cet appareil, Frañseze faisait griller l'orge familiale le soir à la veillée lorqu'elle ne cardait ou ne filait la laine du mouton. Marie prenait le relais de temps en temps: ce moulin valait n'importe quel jouet et Frañseze veillait au bon déroulement du grillage. Macéré, doublé d'un peu de chicorée, ce philtre ne possédait cependant qu'un lointain cousinage de couleur avec le café, breuvage devenue inaccessible.

Mais il y suppléait.

Autre matière introuvable: la laine.

Comme elle avait disparu des étals, il y eut un mouton: calamité qui s'additionna à la fantaisie des bretonnes Pie noire.

Ah! les Pie Noire aux cornes en forme de lyre, aux yeux noirs si doux, au mufle rugueux et humide, à la robe luisante, blanche et noire. Petites, nerveuses, trapues, inattendues les jours d'orage lorsque les mouches, en escadrilles serrées comme les avions de chasse, descendaient en piqué sur leur cuir. Ces jours-là rien ne les retenait. Elles filaient comme le vent, sautaient les talus, cassaient les barrières.

Seule l'eau de la rivière arrêtait leur course.

Mais le pire se passait les jours où rien n'aurait

dû les pousser à musarder.

Ce jour-là, par pur caprice, le mouton - qui faisait partie du troupeau comme Plonéiz - le mouton grimpait sur le talus et filait à l'anglaise, s'octroyant dans le champ du voisin le trèfle défendu ou la céréale à l'époque du tallage.

Ô, ma Doue! Les bretonnes ne supportaient pas l'injustice de leur sort et emboîtaient le pas à la bête bêlante qui, elle, souffrait de solitude dans sa plantureuse pâture!

Marie, qui devait ramener le troupeau dans son pré, soupçonnait très fort le mouton de savoir qu'il était en terres interdites et d'être de mèche avec les fantasques blanches et noires...

Si d'aventure, les bretonnes décidaient que l'escapade avait assez duré, il était possible de leur faire entendre raison. Mais si leur humeur s'entêtait à être vagabonde, vouloir les ramener à la légalité se révélait pire que de les laisser folâtrer. Elles fuyaient à sa vue comme des flèches. Sautaient, cabriolaient, multipliaient les dégâts. En un mot, la narguaient.

Dans ces moments-là, Anna ne pouvait rien.

Frañseze faisait ce qu'elle pouvait.

Marie, de rage, piquait une crise de larmes et courait retrouver Ploneiz dans sa prairie. Elle l'amenait jusqu'au talus de la garenne sur lequel elle grimpait. Là, à bonne hauteur, sautait sur le dos de sa jument et rentrait au pas. Pendant ce temps, Frañseze parvenait à raisonner l'irraisonnable et ramenait à l'étable fugitives et mouton coupables.

Il fallut donc se résoudre à attacher celui-ci dans le verger.

La pauvre bête ne supportait guère son sort et bêlait à fendre l'âme. Un jour, à force de tourner et virer, le mouton sauta sur le talus, embrouilla son attache autour d'un tronc et… « se suicida ».

Marie en fut convaincue.

Il succomba avant que Fañseze - intriguée par son silence subit - n'intervînt.

Après le drame, pratique avant tout, à défaut de pouvoir récupérer une viande non saignée, Anna tondit le mouton et Fañseze lava sa laine dans le courant de la rivière pour en enlever suif et fumier puis la fit sécher à l'ombre. Elle reprit les cardes d'antan, remisées au grenier depuis quelques décennies et retrouva les gestes, non pas oubliés, mais juste mis de côté comme les outils. Puis, à défaut de rouet, elle tourna régulièrement la quenouille et tira le fil de laine du paquet attaché sur une baguette de bambou. Elle fixait cette baguette dans son *koant hiviz* de paysanne « *Borledenn* », corselet qui enserrait sa taille à la guise du pays.

Pelote après pelote, la plus belle laine, celle du dos et des flancs, se muait sous les doigts d'Anna en cache-nez ou pull-overs joliment torsadés. Fañseze tricotait celle du bas-ventre avec quatre aiguilles et la transformait en chaussons aux mailles serrées. Ils réchauffaient les sabots de bois. Pour ces ouvrages la grand-mère s'asseyait tout bonnement sur une chaise devant la flambée tandis qu'Anna, plus frileuse que jamais, s'installait sur le banc près du foyer. La lueur de la lampe à carbure accrochée au manteau de la cheminée, la flamme des brandes devant l'énorme bûche, fournissaient l'éclat et la chaleur suffisantes tandis que les braises, saupoudrées de cendres, cuisaient les pommes et grillaient les châtaignes.

C'est là, entre haut et bas, que Frañseze d'une voix douce ou énorme, enflée jusqu'à la limite de la terreur selon la dramaturgie de l'histoire, ouvrait à Marie les portes de l'enfer et du monde des légendes...

Les flammes s'élevaient, se tordaient comme une chevelure rousse et lumineuse devant la suie noire et devenaient forêts impénétrables. Les chênes multi-centenaires ployaient sous le vent hurlant des tempêtes d'hiver dont les accents venaient du dehors. Ce monde fabuleux se confondait avec la bourrasque qui s'acharnait sur le toit...

Était-ce le présent... Était-ce le passé? Marie suçait son pouce et caressait le bout de son nez. Les yeux ronds, elle écoutait, ravie, transportée *war ur blanedenn all* sur une autre planète.

Un monde paradisiaque s'avançait: les saints guérissaient les malades sans laisser trace du handicap passé, les fées déjouaient les pires avanies des sorcières maléfiques, les géants parcouraient la campagne sur les ailes de l'ouragan... Un jour, à la vitesse d'un cheval au galop, la mer engloutit Kêr Is, la ville capitale de Gradlon le magnifique... La mer où disparut la princesse Dahut frappée par la crosse - méchante selon Marie - de Gwenole. Et au delà de l'incroyable, l'aventure de *Meudig* le petit poucet qui, avalé par une vache, déboula dans son ventre !

— *Hopala ! Pôkezh bihan !* Oh, le pauvre petit !

En sortirait-il ?

Mais oui ! Il s'en était sorti !

La bosse des bossus s'effaçait, les petits devenaient grands, les pauvres, enfin, connaissaient la richesse ! Le diable et l'Ankou liaient pacte, qu'importe ! Ils trouvaient plus futé qu'eux et Lukas, le malin, devait se contenter des méchants...

Plus terrible encore, les morts errants en purgatoire venaient quêter pitié, écoute et prières auprès des vivants afin d'atteindre enfin le paradis fleuri...

Le jeu des mots s'entrechoquait d'onomatopées que la grand-mère choisissait sur la bonne portée. Ainsi suggérait-elle le claquement des os des squelettes par le frôlement des syllabes... comme une main disloquée sur le tissu du dos... et arrachait à Marie des cris de frayeur !

Imprégnée de ce monde d'épouvante, la petite se glissait dans son lit-clos. Sur les murs, les flammes dessinaient des ombres fantastiques, effrayantes, découpées par les sculptures du lit. Elle s'enfonçait au plus profond sous la couette afin de ne plus rien entendre ni rien voir.

Le lendemain, elle en redemandait !

Chapitre VIII

En tête des nouveautés imposées par la guerre se distinguait la fabrication du savon. Cochon et savon, au-delà la connotation musicale des mots, allaient désormais de pair et cette production était venue s'ajouter aux autres.

Dieu sait si ce jour-là il fallait abattre deux journées en une !

Afin d'assister à cette mystérieuse alchimie, Marie sacrifiait beaucoup de patience.

Frañseze, levée bien avant le soleil d'hiver, mettait la lessiveuse sur le feu dans la cheminée de l'étable : pleine à ras-bord. Cette énorme quantité d'eau bouillante servirait à peler la couenne de la bête. La curiosité de Marie, qui la poussait toujours à fouiner là où il ne fallait pas, hantait l'esprit de la grand-mère soucieuse de ne pas l'ébouillanter par inadvertance.

Aussi, la veille, la tançait-elle de première :

— *Ma tostait deus ar pemoc'h a-raok 'vo bet direunet e voc'h lakeet 'barzh e gof marv !* Si tu approches du cochon avant qu'on lui ait enlevé le crin, on te mettra dans son ventre mort !

Pas moins !

Ce n'était pas que le spectacle l'attirât. Toutefois, elle aurait souhaité voir comment cela se passait, d'autant que le va-et-vient matinal de Frañseze la réveillait... Mais les cris stridents de la bête et ses spasmes plongeaient Marie sous les couvertures.

Elle n'en ressortait qu'au bout d'un bon moment, glissait les portes de son lit afin de s'assurer que seules les voix humaines s'interpellaient, et que la bête était occise. Là, elle sautait sur le banc, s'habillait à la hâte, prenait un torchon pour porter jusqu'à la table l'écuelle brûlante dans laquelle Frañseze lui avait préparé et posé près du foyer son « *boued kafe* », du pain trempé dans l'extrait d'orge grillée, du lait et un demi morceau de sucre fourni par sa carte de rationnement J3, celle des enfants.

Ce n'était pas le jour des tartines.

Frañseze avait d'autres chats à fouetter.

Marie calculait méthodiquement son temps pour déjeuner. Le temps nécessaire aux hommes - des voisins venus prêter main-forte - pour gratter le crin du cochon et le hisser sur une échelle debout contre le mur intérieur de l'étable.

Lorsque Frañseze venait chercher la bouteille de *lambig* dans l'armoire ancestrale, Marie la suivait comme son ombre jusqu'à l'étable, là où la bête suspendue offrait son ventre nu au coutelas du boucher. La rasade avalée - c'était le tarif usuel à ce moment du sacrifice - celui-ci, d'un geste sec, ouvrait la chair rose de haut en bas en tenant une grande bassine entre les jambes pour y laisser tomber les entrailles. Les hommes faisaient cercle et, en lapant leur verre, donnaient leur appréciation sur la qualité bouchère de la bête.

Odeur douceâtre de sang frais; relents d'eau bouillante sur chair vive; feu d'enfer sous la lessiveuse; crachotement de l'eau qui bouillonne; franches odeurs de fumier; exhalaisons de bois sec, de vapeur, de fumée dans une chaleur étouffante.

Les vaches dans le bas de la crèche, narines grandes ouvertes et muffle relevé, soufflaient sourdement leur crainte.

Et chacun y allait de son compliment sur la dextérité du maître de la journée.

Puis les hommes ayant fini leur coup de main, hormis le boucher, pouvaient rentrer.

Maintenant commençait la deuxième journée des femmes.

Elles avaient fini la traite, la buvée des veaux, distribué la nourriture aux cochons, balayé la maison et tout rangé; elles arrivaient à deux ou trois, des petites fermes à-côté.

Le cochon dépecé et découpé, Frañseze déposait les morceaux sur un grand drap blanc étalé à même le plancher de sa chambre. Les maisonnées alentour viendraient prendre un choix de rôtis et de viande à ragoût que la grand-mère avait dûment sélectionné pour chacune, au prorata de l'importance de chaque famille.

Cet échange était la règle entre les fermes et permettait une consommation de viande de porc fraîche durant l'hiver.

Le lard refroidi, bien enveloppé de gros sel, assaisonné de poivre, d'échalotes, de gousses d'ail et de laurier irait garnir le charnier. Marie en passait les morceaux à Frañseze et celle-ci les déposait en rangs serrés dans le saloir. Début d'un apprentissage : tout était expliqué, répété afin d'être enregistré.

— *A-benn e voc'h brasoc'h, c'hwi a sallo ar c'hig. Setu sellit mat.* Quand tu seras plus grande, c'est toi qui saleras la viande. Alors, regarde bien.

Marie détestait cette initiation et s'arrangeait pour écourter la leçon.

Anna épluchait ail et échalotes et pourvoyait aux petites besognes, assise dans l'appentis.

Frañseze, au four et au moulin, pourvoyait à tout.

Pendant ce temps dans la salle commune, Matiell et Dell broyaient les bas morceaux, à l'aide de l'outil adéquat arimé au bout du banc. Là commençait aussi le moulinage des nouvelles et Dieu sait si elles y allaient de bon cœur !

— *Merc'h youank ar gêrvoc'h 'zo nevezinti ganti !* La jeune fille de Gêrvoc'h porte de la nouveauté !

— *Petra 'larit azhe ? Nevezinti ? Da biv eo ar c'hrouadur ?* Que dis-tu là ? De la nouveauté ? Et de qui serait l'enfant ?

— *Tamallet 'reont d'ar mevel bras !* On accuse le grand valet !

— *Hañ ! Evel-just aeseoc'h eo laosket golo ar pod war gont ar mevel...* Ah ! Évidemment, il est plus facile de laisser le couvercle du pot sur le compte du valet...

—... *kentoc'h 'vit laosket da glevet e vefe taol intañv ar Gêrlaez... hervez ar son kloc'h meus klevet deus un tu all…* plutôt que de laisser entendre que c'est le coup du veuf de Gêrlaez… selon ce que j'ai entendu, d'un autre côté.

— *A feiz 'vat! Ha kai sur, azhe 'mañ ar wirionez… Peseu' tristidigezh! An dud pinvidik, flabik ouzhpenn, teu "benn atav da ripat o galochoù!* Par ma foi! Et là sans doute se situe la vérité… Quelle tristesse! Les gens riches, et fabriciens de surcroît, réussissent toujours à glisser leurs galoches ailleurs.

— *Setu, ul lapous muioc'h a vo, kai sur. Hag ar verc'hig 'ranko mont kuit seizh lev 'benn 'teuio he zad d'ar gêr deus ar brezel… ma teuio!* Ainsi, il y aura un oiseau de plus. Et la petite jeune fille devra s'en aller quand son père reviendra de la guerre… s'il revient!

Un oiseau de plus: Oh! La belle image pour désigner l'enfant naturel banni, caché, et la mère rejetée sans aménité du giron familial et de la société…

Entre deux coups de langues, les commères réclamaient les ingrédients: Marie une fois de plus jouait les utilités en laissant « traîner ses oreilles ». Sans oser demander d'explications sur les tenants et les aboutissants de cette histoire. Cousue de fil blanc, elle l'intéressait au plus haut point. Toutefois des subtilités lui échappaient. Poser une question innocente? C'eût été à coup sûr, laisser entendre qu'elle avait compris une partie de l'échange.

Or, cet échange était strictement à usage d'adultes.

Pour en connaître plus, mieux valait se faire oublier et devenir aussi transparente que l'esprit des ancêtres !

La machine approvisionnée, trois tours de manivelle plus tard, le cours des nouvelles reprenait de plus belle :

— *Na vo ket dimezet gant ar mevel 'nezhi ?* Elle ne sera pas mariée au valet ?

— *Ar mevel en neus gwraet e soñj dija ha kavet un drujunell dibaoe pell 'zo. Ar friko 'zo 'benn fin ar bloaz !* Le valet a déjà fait son choix et trouvé sa tourterelle depuis longtemps. La noce est fixée à la fin de l'année.

— *Kompren' a ran : ar mevel n'eo ket e affer ! Hag an intañv a zo re gozh ! Pôkezh* ! Je comprends : le valet, ce n'est pas son affaire ! Et le veuf est trop vieux ! La pauvre !

Quand Frañseze surprenait l'attention de Marie à découvrir les choses de la vie, elle s'énervait, la grondait et la reprenait sous son aile.

— *Deuit amañ, ar ragacherezh-se n'eo ket evidoc'h !* Viens ici, ces bavardages ne sont pas pour toi !

Marie devait la suivre sur le champ vers le travail le plus ingrat de cette journée : vider et nettoyer tous les boyaux de la bête. Elle en chargeait la lourde bassine dans la brouette à grandes claies, celle qui servait habituellement à porter le linge au lavoir.

Marie suivait de loin… à cause de l'odeur.

La grand mère lavait les entrailles du cochon dans le courant de la rivière. Pour ce faire, elle coupait à longueur d'andouille tout le gros intestin et le retournait. L'intestin grêle prévu pour les saucisses restait en trois ou quatre morceaux.

Marie poussait ses pas vers le haut de la rivière là où elle était assez éloignée des lieux du grand déballage. Toujours l'odeur… Hélas ! Il fallait revenir et aider Frañseze à enlever la couche visqueuse qui tapisse l'intérieur du boyau. Tenir l'un des bouts que Frañseze avait fermement ficelé : la grand-mère enserrait très fort l'autre bout entre deux grosses aiguilles à tricoter qu'elle faisait ensuite glisser dessus. Elle les débarrassait ainsi du superflu malodorant.

— *Erc'h* ! faisait Marie dégoûtée et elle détournait la tête.

Une fois sur deux les morceaux d'entrailles visqueuses lui échappaient des mains !

— *Ô ma doue* ! *N'eo ket pell ' aio an traoù fall etrezomp* ! Oh ! Mon Dieu ! Avant peu, les choses vont se gâter entre nous.

Frañseze perdait patience !

Le nettoyage terminé, Marie courait pour revenir vers la maison.

Ô ma Doue ! C'était tellement mieux de larmoyer sous l'effet des échalotes et les passer à Dell et Matiell pour le broyage… Enfin les boyaux bien rincés, Frañseze rentrait pour les remplir de la chair assaisonnée. Suspendus sous le manteau de la cheminée, la fumée pénétrait andouilles et saucissons et leur donnait ce goût si fort, inimitable…

Le hachis, additionné des légumes broyés menus et de laurier odorant, remplissait le grand moule du *fourmaj rouz,* le pâté si prisé qui cuirait dans le four après la fournée des pains…

Ce pâté entrait aussi dans le grand partage entre

fermes.

Sa croûte dorée, bien salée, noyée de graisse fondue, embaumait la maison dès la sortie du four. Sans attendre, Frañseze le couvrait d'une planche et le soulevait pour le presser afin que s'écoulât la sauce encore chaude. Dès que celle-ci avait tiédi, elle la malaxait avec un peu de sel fin : cette onction blanche, mâtinée de roux, un régal sur un morceau de pain de seigle !

La plus belle graisse, celle qui entourait les reins de l'animal, bien salée, poivrée et triturée avec beaucoup d'échalotes crues, finement hachées, enrobée dans le péritoine, constituait la graisse salée. Elle servait pendant des mois à tartiner le pain ou à garnir les crêpes de blé noir.

Pour l'heure, il restait à ébouillanter et rincer la vaisselle de ces fabrications. Les mains s'agitaient, les torchons essuyaient, les ustensiles retrouvaient leur rangement et les langues continuaient la mouture des petits et des grands scandales d'autant plus passionnants qu'ils étaient fruits cachés et défendus !

Dell en connaissait une tripotée et pour cause, elle approvisionnait tout le bourg en lait. Chaque soir à la ferme, les habitués en prenaient livraison et livraient les nouvelles. Rien n'échappait au tamis des curiosités, à la perspicacité ni à la mémoire des échanges. Enregistré, bien raconté, laissant juste un suspense au moment pathétique, le récit de Dell valait un appât jeté au fil de la rivière…

— *Klevet ho peus… diwar-benn gwreg an Daol*

Blat... Tu as également entendu dire... Au sujet de la femme d'An Daol Blad...

— *Petra zo dreuz ganti*? Qu'y a t-il de travers chez elle ?

— *Na 'peus ket goueet*? Tu n'as pas su ?

— *Pelec'h 'kred deoc'h 'mije bet klevet? Na welan den ebet, pe ken neubeut all, 'hed ar zizhun.* Où crois-tu que je l'aurais entendu ? Je ne vois personne ou si peu en cours de semaine.

— *Selaouit neuze! Fricotiñ a ra gant he mevel bras... ha hervez a pezh 'meus klevet, 'neus fichet ar visilier dezhi!* Écoute alors : elle festoie avec son grand valet... et selon ce que j'ai entendu, il lui a embelli le vaisselier !

Là, elle s'arrêtait pour juger de l'effet... assistance médusée... puis :

— *Eno 'vo fest ar gouadiennoù 'benn 'teuio ar mestr d'ar gêr deus ar brezel!... Ma teuio... ha teuio yac'h!... Ur c'haouader muioc'h barzh an ti... gwashoc'h 'vit lapous merc'hig ar Gêrvoc'h! Ur vezh evitañ*! Là-bas, il y aura la fête du boudin rouge le jour où le maître rentrera de la guerre !... S'il rentre et... rentre sain !... Un enfant de plus dans la maison... pire que l'enfant naturel de la petite jeune fille de Gêrvoc'h ! Une honte pour lui !

Il restait encore à fondre les graisses de moindre valeur qui serviraient en cours d'année à frire les pommes de terre ou à graisser les *piligoù* le jour des crêpes.

Cette besogne pouvait attendre le lendemain.

Jetés dans le chaudron, Frañseze tournait ces

morceaux grésillants avec son fameux bâton de bois au manche noici de fumée. Son visage rougi par les flammes ruisselait de sueur et la fumée ravinait de noir chacune des rides que la vie y avait tracée.

Dur moment.

Lorsqu'elle estimait que toute la graisse avait fondu, elle saisissait une énorme écumoire et ramassait en surface les peaux vidées de leur contenu. Ces graillons allaient enrichir la nourriture du porcelet suivant qui déjà grognait dans la soue.

Enfin arrivait le moment de l'ultime fabrication, celle du savon.

C'était la nouveauté par excellence avec ce petit côté débrouillardise que Marie aimait chez sa grand-mère. Un troc bien pensé entre une motte de beurre et un pain de soude caustique, troc dont l'intermédiaire était sa tante : la fabrication du savon était assurée.

Frañseze cassait la soude en morceaux et la jetait dans la graisse bouillante. La mixture brune, dûment tournée, cuisait jusqu'à maturation puis Frañseze, aidée d'Anna, la coulait toute brûlante dans une caisse de bois carrée, tapissée de plusieurs couches de papier d'emballage.

— *Rabat deoc'h tostaat ha goashoc'h c'hoazh lakaat ho piz barzh ar zavon bouilh, petram' na 'po ket kin, biz ebet!* Il ne faut pas que tu approches, ni pire encore, que tu mettes ton doigt dans le savon bouillant sinon tu n'auras plus de doigts !

Frañseze peignait les choses au pire afin d'écarter

le danger.

Mais vrai de vrai, ce que c'était tentant pour la petite fille d'essayer… rien que pour voir comment cela serait, une main sans doigts !

Marie résista plusieurs fois à la tentation.

Plus tard, le magma refroidi devenu compact, Frañseze le découpait à l'aide d'un grand couteau et mettait les morceaux à ressuyer sur une étagère. Durcis, ils se prêtaient à tous les usages, lessive, nettoyages et toilette comprise. Quelques morceaux partaient dans un colis vers Chambéry, un morceau de temps en temps pour Mar'janig, un morceau pour Youenn en Allemagne…

Pourquoi son oncle n'en bénéficiait-il pas comme les autres ?

Yann-Reun : un nom à ne jamais évoquer… car Frañseze dès la première syllabe éclatait en sanglots. Pourtant ses lettres arrivaient de loin en loin.

Il y avait ainsi des mystères que Marie n'élucidait que peu à peu, au gré de sa curiosité perspicace.

Comme un puzzle, l'histoire de son évasion se dessinait grâce à ses missives : Yann-Reun, après sa capture dans la pagaille de juin 1940, se trouva quelque part en France dans un camp. Puis dans une prison à Charleville. Ce nom avait souvent sonné à l'oreille de Marie.

Il s'en était évadé, d'où la fouille systématique de la ferme par la Gestapo. Marie s'en souvenait et s'en souviendrait jusqu'à la fin de ses jours tant la frayeur des deux femmes additionnée à son fou rire nerveux l'avait secouée.

Ainsi, par petits bouts, Marie connut le périple

de son oncle. Époustouflante aventure, s'il n'y avait eu cette épée de Damoclès suspendue au-dessus de sa tête...

Dans son camp de prisonniers de guerre, la ration quotidienne relevait davantage de la survie que de la suffisance. Il fallait remédier à la pénurie car si ce régime perdurait, la solidité du jeune homme allait s'en ressentir. D'autre part, dans sa baraque, un petit noyau de prisonniers préparait une évasion. Il était des leurs. Mieux valait être en bonne forme physique et il n'était pas dans la nature de ce jeune paysan breton de laisser venir l'adversité sans la combattre :

« *Ur sac'h goulo na jom ket en e sav !* » Un sac vide ne tient pas debout ! se dit-il.

Il se souvint des collets posés dans son enfance. Trois bouts de ficelles, quelques morceaux de bois, quelques copains à l'affût, un peu de ruse pour la pose à la lisière des barbelés dans un angle adéquat... bien cacher l'attrape...

Le tour était joué. La baraque améliora son ordinaire.

Cela devint une habitude : rien n'est pire.

Le manège fut repéré ou est-ce l'odeur du fricot ?

Une surveillance particulière de la chiourme s'en suivit.

Lors de la pose d'un collet, malgré l'appel des camarades, il n'entendit pas venir la garde. Pire, n'obtempéra pas assez vite car il avait une mauvaise oreille - des oreillons autrefois mal soignés.

Il frôla l'exécution sur place.

Passa pour une forte tête.

S'en suivit une fouille en règle du baraquement.

La découverte d'armes.

Tous furent mis aux arrêts et la forte tête transférée dans un cachot à Charleville.

Après son évasion, ce fut une longue impasse de plusieurs semaines.

Ses lettres contaient son périple, émaillé de phrases bretonnes, parfaitement hermétiques pour les non-initiés... Les trois femmes dévoraient ces courriers d'un épisode à l'autre.

Hélas! à intervalles irréguliers...

— *'Benn pevare, 'vo goueet dre belec'h eo paseet?* Quand saura-t-on par où il est passé? demandait Marie.

— *'Benn ar wech all! Met c'hwi n'ouzit netra!* La prochaine fois! Mais toi tu ne sais rien!

— *Ha 'benn pevar 'vo ar wech all?* Et quand sera cette prochaine fois?

— *C'hwi 'zo kalz re gurius! Diwallit ho feuskennoù ma zegouefe deoc'h kaozeal deus ar lizheri-se maez deus an ti!* Tu es beaucoup trop curieuse! Fais attention à tes fesses s'il t'arrivait de parler de ces lettres hors de la maison!

Lecture terminée, Frañseze brûlait la lettre et la réponse partait, toujours par l'entremise de Mar'Janig... qui apporterait la lettre suivante et la suite de l'aventure...

Marie couvrait d'un mouchoir ce qu'elle savait - ou croyait savoir - et mettait sa curiosité en veilleuse.

Chapitre IX

Vint le temps où Marie dut entrer à l'école communale.

La perspective de ce nouvel enfermement lui apparaissait intolérable. Pourtant, ce serait sa première vraie rentrée. Les deux fois précédentes, elle avait dû s'adapter seule à une situation nouvelle et se couler dans un moule où chacun avait déjà sa place. Ici, pour la première fois, elle partagerait la nouveauté avec les autres et ils additionneraient peu à peu leurs différences.

Le premier jour, quelques mamans accompagnèrent leurs rejetons en pleurs. Pour les autres, les grands ouvraient la route de l'école à leurs cadets qui reniflaient leurs larmes en silence. Quant à Marie, ce lieu détesté était à sa porte. La ferme s'adossait au bourg. Frañseze estima qu'elle s'y rendrait très bien toute seule et se moqua d'elle devant son insistance à être accompagnée.

— *N'oc'h ket ken ur babig, kement-se*? Tu n'es plus un petit bébé tout de même? et d'enchaîner:

— *Neus ket tu d'ober mod all. Gwelit, d'ar skol on aet tri bloaz, nemetken, ha c'hoazh, alies e vije dav din chom barzh ar gêr 'benn e vije divezhioù bras ar bloavezh. Goût a ran lennañ met skrivañ zo diaes din. C'hwi eo dav deoc'h deskiñ an all draoù eo gleet gouzout.* C'est obligé, je ne suis allée que trois années à l'école, et encore, je devais très souvent rester à la ferme les jours de grands travaux. Je sais lire mais j'ai beaucoup de difficultés à écrire. Toi, tu dois apprendre toutes choses que l'on se doit de savoir.

Puisque Frañseze le disait et que, dans les autres écoles, Marie n'avait appris ni à lire et ni à écrire…

Solitaire, elle en prit le chemin.

Dans la cour et la classe, les mêmes odeurs de cahiers, d'encre et de craies assaillirent ses souvenirs. Pourtant cette école était différente : les grandes filles côtoyaient les petites et de l'autre côté du mur, chez les garçons, c'était à l'identique. Tous jouaient dans la même cour.

Elle avait enfilé un autre sarrau de cotonnade à carreaux roses et blancs, toujours cette cotonnade « d'avant-guerre » que Kaou'antinig, la couturière du bourg, avait taillée et cousue en vue de cet événement.

— *A'mod-se e yaferc'h da zeskiñ lennañ ha skrivañ, ha veferc'h, un' devezh zo 'tont, un desket bras* ! Ainsi, tu iras apprendre à lire et à écrire et tu seras, un jour viendra, quelqu'un de très grande connaissance ! lui avait-elle asséné.

Marie en était moins sûre, tant la rebutait déjà de devoir retrouver les rectitudes scolaires.

Néanmoins, il lui fallut préparer cette rentrée. Il lui restait son tout petit « cartable » de la première rentrée à Kemper : petite sacoche de lin blanc sur laquelle Mar'Janig avait brodé une grande fleur rose et des feuilles vertes. Aucun livre ne s'y logerait jamais! Marie le trouvait « riquiqui ». Il l'était vraiment.

Aller acheter un cartable à Kemper?

— Fait de « carton bouilli », celui-ci ne résisterait même pas jusqu'à la Noël, avait estimé Mar'Janig.

De plus, c'était hors de prix. Impossible!

Anna se mit à l'ouvrage et lui tailla un cartable dans le haut d'un sac en lin épais. Un sac qui avait servi à conserver de la farine mais dont le fond s'était usé à traîner ses charges. Ainsi fut réalisé et cousu ce cartable résistant dans un matériau solide grâce à la machine à coudre à pédale de Frañseze. Anna le teint ensuite en bleu marine: toute une entreprise afin de disposer de quelque chose de convenable.

— *E-gis-se na vo ket gwelet pevare e vo saotret!* Ainsi on ne saura pas quand il sera sale! avait conclu Anna, son ouvrage terminé.

« Ça peut être vu comme ça » - se dit en soupirant Marie que la fatalité de la rentrée rendait philosophe avant l'heure.

Dedans, elle rangea: un plumier de bois qui avait appartenu à Anna et qui portait encore les stigmates rageurs de l'élève qu'elle avait été, quelques crayons à la mine peu fiable, dénichés, Dieu sait où! Toujours les fameuses « restrictions »! Et puis l'ardoise bleue et son porte-mine spécial dont la pointe, lorsqu'elle criait sur la surface de la pierre, lui faisait mal aux dents. Le cahier serait distribué à l'école - car le papier entrait dans la longue liste des restrictions - Quant au livre de lecture, « A, E, I, O, U... », maculé de traces brunes laissées par les doigts de générations d'écoliers qui avaient anonné sur ses pages, Anna l'avait acheté dans une famille dont toute la nichée en avait fini avec les lettres.

Ainsi équipée, elle aborda l'année scolaire avec d'énormes avantages : l'école n'était plus pour elle un lieu inconnu. Sa proximité lui permettait d'y aller bien plus jeune que la moyenne des autres enfants. Ceux-ci confrontés aux kilomètres à parcourir à pied, ne la fréquentaient qu'à partir de huit ou neuf ans. Pour eux à midi, pas de cantine mais une demi-pension frugale : bol de soupe et tartines négociés par leurs parents chez un commerçant du village. Marie, comme tous ceux du bourg et des environs, rentrerait dès que la maîtresse relâcherait ses moineaux.

Et puis, grâce à Frañseze, elle maîtrisait deux langues !

Mais cela n'entrait pas dans l'air de ce temps où seul le français bénéficiait d'un à-priori de « langue digne de ce nom » et où la répression du breton faisait partie des règles à subir, à l'école et ailleurs.

Hormis à la maison.

Marie ne s'en rendrait compte que peu à peu.

Pour l'heure, toute à l'attention de trouver ses marques dans cette nouvelle école, elle découvrit que les enfants du bourg mélangés aux petits réfugiés arrivés de la région parisienne utilisaient les mêmes mots que ceux qu'elle avait réappris à

Chambéry. Cependant, les uns et les autres les parlaient différemment. Ceux du bourg les énonçaient avec l'accent chantant de leur breton familial. Ceux de la région parisienne possédaient une tonalité plus monocorde mais toutefois plus pointue car ils n'hésitaient pas à parler très fort avec, dans le débit et l'énoncé, une certitude déconcertante. Leur parole valait vérité, tandis que le français savoyard de Marie évoluait sur une modulation tranquille et elle disait toujours « adieu », comme là-bas.

Par contre, la langue de sa petite enfance, celle qu'elle parlait à la maison, glissait à mi-voix dans la cour et entre les tables de la classe. Les enfants arrivant pour la première fois à l'école depuis leurs fermes lointaines, ne possédaient que ces mots pour exprimer ce qu'ils avaient à dire. Or, ces mots bretons étaient bannis de l'école. Maudits, aussi souvent qu'ils étaient entendus. L'enfant qui persistait à les utiliser était réprouvé! moqué! humilié! puni! Chez les garçons, une institutrice n'hésitait pas, entre autres corrections, à plonger la tête de ses élèves dans le seau d'eau qui servait à laver le tableau de sa craie. L'écho en filtrait régulièrement chez les filles.

Que c'était donc bizarre!

Aussi pour ne pas subir de remontrances permanentes de la part des enseignants, d'être punis ou d'écoper des moqueries des autres monolingues mais francisants, ces petits bretonnants, honteux de ne connaître qu'une langue estimée de bas-étage, et de plus interdite, ces élèves murmuraient leur breton à voix basse. Comment auraient-ils pu faire autrement ?

Ils ne possédaient que ces mots et... n'étaient pas muets !

Dès leur arrivée, ils étaient mêlés dans la petite division à plus jeunes qu'eux. Étaient-ils donc attardés mentaux ?

Oh ! La sourde pesanteur que personne n'expliquait !

Leur apprentissage de la lecture relevait d'un vrai décryptage de hiéroglyphes sans que leur soient données les clefs de la compréhension. Apprendre à lire est une chose difficile. Ça l'est d'autant plus quand il faut apprendre à lire dans une langue étrangère. Heureusement, la complicité des enfants entre eux permettait peu à peu aux bretonnants d'acquérir quelques sésames.

Mais que de larmes ! Que d'angoisse ! L'exclusion morale. La peine de ces grandes filles, dans sa classe, pesait sur le cœur de Marie et elle ne pouvait rien pour elles.

Très rapidement Marie comprit qu'il valait mieux ne pas utiliser cette langue à l'école - si ce n'était en cachette pour dépanner les autres. Pour elle, peu lui importait. Elle passait de la langue qui semblait noble entre toutes, à celle de la maison, sans avoir à réfléchir. Toutefois cette atmosphère pesante entretenait à la longue autour des petits bretonnants un poids mental tel que l'ensemble des enfants le chassait allègrement à l'heure de la récréation, en parlant un français émaillé de mots et de tournures bretonnes.

C'était inévitable.

Même si dans la cour, le breton était hors jeu!

Dès lors Marie dut prendre chaque jour le chemin de l'école. Elle se faisait régulièrement tirer l'oreille par Frañseze qui, entre deux vaches à traire, venait s'assurer qu'elle était bien réveillée et s'habillait afin d'arriver à l'heure.

— *Kleot rit trouz boutoù koad ar re zo tont war droad... deus... daoust pet lev biskoazh! Bez' 'vefent a-raok deoc'h er skol! Na 'peus ket mezh 'c'hanoc'h? Hastit buan! Ma ne glevit ket e vo dav din fustañ 'c'hanoc'h!* Entends-tu le bruit des sabots de ceux qui viennent de...va savoir... combien de lieues? Ils seront à l'école avant toi. Tu n'as pas honte? Dépêche-toi! Sinon, je devrai te fouetter!

Non! Marie n'avait pas honte! L'école? Elle avait déjà donné! Ce monde de contraintes ne lui disait plus rien qui vaille. Elle s'éternisait à déjeuner au désespoir de Frañseze. Elle montait ensuite le raidillon en traînant la jambe et arrivait bonne dernière alors que tous étaient déjà en rangs, prêts à entrer en classe.

Quatre divisions, dans la première comme dans la deuxième classe, menaient au certificat d'études. Peu à peu, les petits réfugiés francisaient les jeux des bretonnants qui bretonnisaient les leurs, cela jusque dans les rédactions. Au grand dam de l'enseignant, le *filipig*, le petit moineau bâtissait son nid dans le *voger*, le mur. Pour les enfants confrontés à l'apprentissage de la lecture, l'osmose au fil des semaines se faisait plus ou moins vite. Dans chaque division, le dégradé des âges n'avait rien à voir avec le degré d'intelligence de chacun et enseigner tant de diversités sur plusieurs niveaux en vue d'une assimilation officielle forcée ne devait pas non plus être une sinécure !

Ainsi, une division calligraphiait sa copie tandis qu'une autre devait trouver solution à un problème d'arithmétique. Une troisième découvrait les affres d'une grammaire qui n'avait rien à voir avec celle contenue dans une phrase bretonne. En effet, selon la volonté ou la fantaisie du locuteur bretonnant, le mot important se met au début ou à la fin d'une phrase. Tout un art laissé à l'imaginaire et qui n'a rien à voir avec la rectitude cartésienne des accords multiples à appliquer ! Sans oublier les genres qui ne coincident pas dans les deux langues.

La dictée se donnait en commun, hormis pour la division en apprentissage de lecture. Le texte, tant dans ses difficultés que sur sa longueur, s'arrêtait par paragraphe d'une division à l'autre jusqu'aux grandes qui écopaient du tout.

Normal, c'étaient les « grandes » !

Pour l'heure, Marie à l'humeur vagabonde avait un mal de tous les diables à fixer son attention et à suivre la baguette de bambou sur le tableau noir qui alignait l'alphabet. Il fallait pourtant dompter ces arabesques, anonner son savoir ou afficher ses lacunes sous le bâton impératif de la maîtresse ou « de la grande fille de la grande division qui avait fini son travail avant les autres ». Et puis, il fallait écrire à la perfection la kyrielle de ces lettres avec leurs liés et leurs déliés, à l'égale de celles tracées par Mademoiselle en bout de chaque ligne.

Marie n'y arrivait pas.

Sa plume s'écartait au contact du papier et laissait choir toute l'encre qu'elle contenait. La tache s'étalait sur le papier malgré - ou plutôt à cause - du buvard rose dont la qualité n'était pas d'avant-guerre ! Elle avait beau essayer d'égoutter cette plume sur le rebord de l'encrier, bing badaboum ! L'encre tombait sur le bois du pupitre et le tachait. Ô ! Quelle honte ! Ou la plume accrochait le papier et le trouait sans aucun respect pour toute la bonne volonté qu'elle mettait à éviter ce désastre. Chaque jour, la maîtresse montrait son cahier à la ronde, comme le torchon à ne pas prendre en exemple. Elle était la risée de toute la classe.

Marie aurait bien jeté cahier, plume et plumier par dessus le talus. Elle rentrait mortifiée.

Mais plutôt crever que d'en parler à Frañseze. Encore moins à Anna !

Enfin ! Un jour - elle ne sut jamais pourquoi - la plume, pourtant la même que la veille, se « civilisa », lui obéit et son écrit glissa sur le papier comme s'il fut devenu de soie. Ce jour-là, la maîtresse montra à la classe la différence avec la page précédente et elle reçut un bon point.

Marie devenait une élève normale.

Les rudiments de lecture acquis et les chiffres indigestes toujours rebelles malgré l'aide des bûchettes, il fallut apprendre à manger des pommes à tous les temps !

— Je mange une pomme, expliqua la maîtresse, tu manges une pomme : c'est le présent.

« Comment, se disait Marie en laissant courir

son regard, peut-elle manger une pomme? Cela fait belle lurette que la saison est finie et pour les suivantes, elles sont à peine en fleurs! Justement, les dernières gelées ont failli compromettre la récolte. Frañseze en parlait à table, il y avait quelques jours à peine ». Et par la fenêtre, au dehors, le pommier du jardin arborait les premiers plumetis roses sur le noir de ses branches...

— Marie! Peux-tu me conjuguer « manger une pomme » au présent?

- Silence...

— Toujours dans la lune! Bien! Pendant la récréation, tu m'écriras une page entière du présent « manger une pomme ».

Elle n'était pas seule heureusement, une grande se battait avec une baignoire percée qu'un robinet grand ouvert s'obstinait à remplir... Une autre avait parlé breton et se trouvait confrontée à des lignes auxquelles elle ne comprenait pas grand chose... Une autre avait fait le pitre... Elle devait s'assagir en calligraphiant longuement « je promets d'être attentive en classe ».

Tant que cette maîtresse resta en poste, les jours suivirent leur bonhomme de chemin. Et puis, elle sentait si bon! Elle portait des cheveux blonds mi-longs et Marie admirait et redoutait à la fois la beauté de son index lorqu'il se posait sur sa feuille: le doigt était parfait mais Marie avait fait une faute ou une nouvelle bêtise! Mademoiselle connaissait son monde, grondait, moquait, récompensait, envoyait au piquet, reprenait, donnait son cours de morale chaque matin en commençant la journée et apprenait à chanter.

Et surtout elle possédait un violon.

Lorsqu'en rentrant l'après-midi - ce n'était jamais le matin - les élèves repéraient le coffret noir ovale sur le bureau, les visages s'éclairaient et chacune se précipitait à sa place.

Dès lors, elle pouvait tout leur demander.

Quatre par quatre, les bras croisés sur le long pupitre, dans un silence religieux, les yeux brillants, leurs sourires flottaient et s'envolaient sur les prémices de ses notes plaintives. Elle jouait les premiers phrasés du chant que les enfants allaient apprendre, puis les accompagnait afin d'éduquer l'oreille à tenir le diapason.

Marie, l'espace de ce moment trop court, emportée par la gamme, pénétrait dans un autre monde.

La leçon terminée, l'institutrice, pédagogue jusqu'au bout, leur jouait une mélodie: pour cet instant seul, Marie lui aurait donné tout l'or de son cœur.

Les mois s'enroulaient et se déroulaient autour de son savoir. Pour ses élèves Mademoiselle savait tout. Mais à une rentrée, elle ne fut pas au-rendez-vous.

Elle avait rejoint une autre école.

Cette année-là on changea trois fois d'enseignantes.

Le temps pour la nouvelle venue de connaître le nom des élèves, d'apprendre à enseigner en même temps quatre divisions, d'évaluer où en étaient les connaissances de chacune… que déjà elle partait.

L'une d'elles arrivait tous les matins de très loin à vélo, lessivée par les averses de l'hiver et les crevaisons multiples du boyau de ses roues. Même avec ses bons spéciaux, elle n'arrivait pas à dénicher de nouvelles chambres à air et quand elle en trouvait, la qualité en était si médiocre que le changement n'en valait pas la chandelle : elle aussi dut renoncer !

Ce fut une année où Marie se surpassa en dessin mais se prit de délicatesses avec les pourcentages, les intérêts et les sacro-saintes règles de grammaire.

Dès que Frañseze constata qu'elle possédait ses lettres, qu'elle savait lire un tant soit peu de texte, elle en déduisit qu'elle pouvait lui enseigner la lecture du breton puisque cette langue relevait du même alphabet.

Ainsi les devoirs d'école terminés, Marie, sous la houlette de sa grand-mère, se plia aux heures supplémentaires. Passées les premières découvertes des modes à appliquer à la lecture de cette langue complètement différente du français, Marie apprit à jouer des yeux sur ces mots qui chantaient habituellement dans ses oreilles. La musique des mots de son enfance donna vie à ces textes comme des notes sur une portée musicale.

Pour se procurer les livres nécessaires à cet enseignement, ce ne fut pas compliqué. Frañseze prit ce qu'elle avait sous la main, à savoir *Kannadig ar feiz*, le bulletin de la foi, petite revue à laquelle elle s'était abonnée et qu'elle avait collectionné des années auparavant. Trimestrielle, elle donnait des nouvelles et apportait quelques images venant des quatre coins du monde de la chrétienté grâce à la plume des missionnaire bretons. Ils décrivaient des peuplades à la peau noire ou jaune, racontaient des modes de vie exotiques, des aventures rocambolesques ou dangereuses qui toujours finissaient bien, par la grâce de Dieu, évidemment! Marie rêvait de voyages lorsque, par chance, la plume alerte savait raconter un monde étonnant, décrire les splendeurs du paysage ou conter des anecdotes surprenantes. Mais, hélas! Le plus clair de ces écrits visait uniquement à édifier la catholicité bretonne pour la propagation de sa foi.

À ce stade de la lecture, Marie la trouvait assommante mais pour Frañseze, l'essentiel résidait dans la rencontre de sa petite fille avec les mots de sa première langue.

Si Marie avait besoin ensuite d'un cours de géographie, de météorologie, d'histoire où d'autres explications afin de comprendre sa lecture, à défaut de connaissances, Frañseze se surpassait et l'embarquait pour des voyages au long cours. Au-delà de l'horizon lointain, les énormes bateaux se jouaient des tempêtes, les barques se riaient des chutes vertigineuses parce qu'un ange gardien veille toujours sur chacun. Frañseze savait si bien broder ses « cours » que Marie ne savait jamais où s'arrêtait la réalité et où commençait la fable ou l'enseignement de la foi.

Tout cela, accroché à l'apprentissage de la lecture bretonne, c'était la vie du monde selon Frañseze!

Il y avait aussi *Buhez ar Sent*, La vie des saints, un livre énorme aux feuilles jaunies, écornées par au moins cinq générations de lecteurs et un siècle de feuilletage.

— *Ma zad-kozh, 'lenne un neubeut pajennoù deus Buhez ar Sent deomp, bemnoz 'kichen tañ ar siminal ha goude-se e konte deomp rimonelloù, kontadennoù, mojennoù deus bep seurt!* Mon grand-père, racontait Frañseze, lisait quelques feuillets de « La vie des saints » tous les soirs à la veillée près de la cheminée et après il nous contait rimes, contes et légendes de toutes sortes.

— *Hennezh ouie kalz muioc'h 'draoù evidon, kalz! Lavaret' 'rae ivez, lar gwechall-gozh - rak kozh-Noe e oa - oa bet koueet war kirvi 'ton 'maes deus ar c'hoajoù bras, kirvi gant koad rouestlet, lugernus ha lemm war o fenn hag e vije dav diwall deus outo!* Il savait bien plus de choses que moi! Il disait aussi qu'autrefois - car il était vieux comme Noé - il avait pu surprendre des cerfs sortant des forêts, des cerfs avec de grands bois sur leur tête, luisants et acérés, dont il fallait se défier!

De ses soirs d'enfance au coin du feu, Frañseze gardait des souvenirs fabuleux et une admiration sans borne pour son aïeul.

Cependant l'épaisseur de ce livre de la « vie des saints », son aspect de grimoire peu engageant pour une petite fille de cet âge, les feuilles détachées dont il ne fallait absolument perdre aucune, ce livre qu'il fallait ménager avec le respect dû à son âge, joint à l'onction du sujet, ne disait rien qui vaille à Marie. Là, vraiment, Marie n'accrochait pas du tout.

Frañseze dut renoncer.

Les séances de lecture se passaient pendant que

Frañseze préparait le souper ou lorsque Marie l'accompagnait pour la traite des vaches. Frañseze assise sur le tabouret à côté de la bête, le seau coincé dans ses jupes, tirait sur les mamelles à deux mains, les yeux rivés sur le texte breton. Marie à croupetons près d'elle, le *Kannadig* sur les genoux, tenu de la main gauche, et l'index de la droite sur la ligne rebelle, attaquait son cours du soir.

À côté d'elle, les jets crémeux, à tour de bras, giclaient d'un trait sourd, du pis dans le seau.

C'est ainsi qu'elle apprit à lire le breton et tant d'autres savoirs, qui de près ou de loin, ne s'y rapportaient pas du tout. Ce furent de magnifiques leçons de choses, ouvertes sur le vaste monde des humains mais aussi, sur le monde encore plus vaste de l'imaginaire de Frañseze dont celle-ci repoussait les limites à l'infini.

Chaque matin, Marie poussait la vieille porte grinçante de l'école communale et grimpait les trois marches qui accédaient à la cour en traînant les sabots.

Mais il y avait aussi les retours d'école.

Les enfants ont parfois une façon cruelle de faire porter à un souffre-douleur les travers vrais ou supposés de leurs parents.

C'était le cas cette année-là parmi les garçons.

Dès que le printemps allongea les jours, malgré la perspective de la longue marche du soir, ceux-ci s'arrêtaient en cours de route tandis que les filles continuaient sans attendre. Cela se passait à proximité de la ferme de Marie. Sur le plat de la route, ils organisaient un match de foot à leur manière. Un sac de chiffons remplaçant le ballon introuvable, les deux équipes tirées au sort « bénéficiaient » soit l'une, soit l'autre, du joueur marqué au fer de l'infamie.

On le tolérait durant le match.

Marie, une tartine dans une main et sa poupée *Kebenn* sous le bras, assistait au spectacle et comptait les buts.

Cela durait le temps nécessaire pour exacerber la colère des perdants ou exaspérer les gagnants par une victoire trop difficile. Mais qu'importait l'issue, la partie à peine finie, les deux équipes s'unissaient pour retomber sur leur victime.

— *Paotr ar marc'hadour saout treut! Paotr ar marc'hadour saout treut*! Fils du marchand de vaches maigres, fils du marchand de vaches maigres, lui criaient-ils à tue-tête, et la vallée s'en faisait l'écho sur des kilomètres.

Les touffes d'herbe vivement arrachées sur le bord des fossés, les cailloux ramassés dans les nids de poules de la route, tout faisait grenaille de bataille, et le pauvre garçon n'avait que la fuite pour ne pas succomber sous le nombre! Il aurait pu devenir coureur de marathon à la vitesse à laquelle il devait filer pour leur échapper: mais il n'en fut rien.

Ce n'était sans doute pas sa vocation.

Ce printemps-là, le gouvernement de Vichy prit une décision surprenante: les enfants encadrés par leurs intituteurs iraient aider à la lutte contre les doryphores. Ces insectes - inconnus jusqu'alors - avaient investi toutes les parcelles de pommes de terre, les grignotaient et compromettaient gravement la récolte. Or, on ne possédait aucune parade à cette invasion. Par ces temps de restrictions, il était d'une importance stratégique de sauver ce qui pouvait l'être… « Et les enfants de toutes les écoles participeront ainsi à l'effort de guerre. » Suivait une pilée de recommandations « agronomiques » qui fit sourire les premiers intéressés - les paysans - mais beaucoup moins les enseignants qui devaient appliquer ces directives peu orthodoxes !

Ainsi en avait-il été décrété dans les hautes sphères.

La pratique releva d'une autre réalité.

Tous les enfants, ou presque, entraînés aux travaux de la ferme, éduqués au respect des cultures, n'étaient pas à même de faire face à un chantier aussi gigantesque. Si dans les premiers jours d'alerte, il eût été possible d'intervenir d'une façon efficace, lorsque la décision fut prise, il était trop tard. Le parasite adulte, aux ailes rayées de noir et jaune doré, largement installé, se multipliait sans vergogne. Œufs et larves couvraient de couleur orange les feuilles squelettiques, réduites à leurs nervures. À longueur de sillons, les plants dressaient sous le soleil leurs moignons dévorés et les doryphores par milliards continuaient à les ronger. Marie, comme les autres, avait apporté son seau et essayait de détacher quelques feuilles mais l'ampleur du désastre rendait vaine toute intervention. Elle aurait même juré entendre les mandibules des insectes croquer encore plus fort, par bravade, le peu de verdure restante !

L'effort de guerre des écoliers tourna court : la supériorité numérique des adversaires leur fit rendre seaux et tabliers. Les paysans coupèrent avec célérité ce qui restait des fanes et les brûlèrent. Il fallut arracher rapidement le peu de tubercules formés afin que les doryphores, qui s'enfonçaient dans la terre, ne dévorent la totalité de la récolte.

Cette invasion avait été aussi fulgurante que celle de l'occupant en « quarante » : pour l'heure, on n'avait pas encore trouvé le remède ni contre l'un ni contre l'autre. Ce fut le constat du moment qui courut, entre haut et bas, dans les brandes… et autour des médiocres tas de pommes de terre.

En fait de parasites, les doryphores ne furent pas les seuls. Marie depuis quelques jours ne cessait de se gratter les cheveux, les bras, le corps :

— *Samm laoù !* Charge de poux ! la houspillait Anna, exaspérée par ce qu'elle prit d'abord pour des tics de mauvaise habitude.

— *Ehanit da ' n em grabisat e-gist-se ! Tennañ gwad e rafec'h hag diskroc'hennañ ho korf !* Arrête de te gratter comme ça ! Tu vas finir par te griffer jusqu'au sang et t'écorcher le corps !

La petite s'arrêtait mais reprenait de plus belle dès que sa mère avait le dos tourné. Un jour, alors que d'une main elle avalait son goûter et que de l'autre elle se grattait nerveusement les cheveux, une précipitation inattendue de petites bêtes grouilla soudain sur la toile cirée !

Anna bondit, horrifiée et chercha dans ce qu'elle appelait ses *bizhier bambouz*, bâtons de bambou - ses cheveux raides - la réalité à laquelle elle n'osait croire : Marie en quelques jours avait accueilli une colonie de poux qui, descendant les étages, s'étaient bel et bien étalés sur tout le corps. Ses cheveux étaient si raides que la petite y passait vaguement le peigne le matin avant de grimper vers l'école. À la belle saison, elle les lavait dans la cuvette dehors au soleil, avec le savon « maison », et l'hiver devant la flambée de la cheminée. Frañseze assurait le rinçage. Et voilà que ces petites bêtes l'avaient prise en traître et envahie !

— *Ma Doue* ! Mon Dieu !

Alertée, Frañseze saisit ses seaux et alla tourner la chaîne du puits.

De la main gauche sous la poutrelle, comme à chaque fois qu'elle y puisait de l'eau, elle freinait la descente du seau qui en tombant, rebondissait sur la surface. Floc ! Il s'y enfonçait, se remplissait. La chaîne s'étirait. Elle pouvait le remonter. Elle pesait des deux mains sur la manivelle et enroulait la chaîne. Le seau plein parvenu à hauteur de margelle, elle le saisissait de la main gauche tandis que la droite bloquait la poutrelle. Elle le vidait dans l'un des seaux de la maison et au suivant…

Après moult tours et retours épuisants, la lessiveuse juchée dans la cheminée sur trépied fut pleine. Frañseze fit un grand feu. Lorsque l'eau fut à bonne température, Anna l'aida à descendre la lessiveuse sur le ciment de la salle commune et Marie s'y plongea. Oh ! L'astiquage des cheveux et de la peau, de la tête aux pieds ! Le gant de toilette lui sembla de corde. Enfin, au bout d'un long frottage, Anna haletante, la sortit de l'eau. Rouge comme une écrevisse mais épouillée !

Dans la foulée, les vêtements subirent aussi l'ébullition salvatrice, les draps du lit, les couvertures, la couette de balle d'avoine, le couvre-pied de plume : tout fut revu, lavé, battu voire brûlé !

Ce fut le lot de Frañseze. Une véritable entreprise de nettoyage.

Mais il restait les lentes, tenaces, brillantes et prolifiques. En une nuit - c'est pas Dieu possible, le terrain devait être propice ! - les colonies se reconstituaient dans les cheveux. Anna dénicha un peigne fin au fond d'un tiroir et se mit en devoir, chaque jour après shampoing, de faire le ménage dans la tignasse de Marie. La tâche devenait désespérante et la Marie-Rose salvatrice absolument introuvable. Anna et Frañseze n'avaient pas subi l'invasion mais à la vue de ces petites bêtes elles se sentaient invariablement le besoin de se gratter. De désespoir, à quelques jours de là, Anna eut une idée : elle lui imprégna les cheveux avec le pétrole de la lampe et lui enveloppa la tête dans une serviette.

Etait-ce le « savon maison » ? Etait-ce l'insistance du peigne fin ou tout compte fait, le pétrole de la lampe ? Les colonies de poux, repoussées dans leur dernier retranchement durent céder, disparaître et enfin laisser place nette.

— *Ha bremañ, diwallit da vont re dost deus ar vugale all. Mag c'hwi 'peus laoù, ar re all 'neus ivez !* Et maintenant, fais attention d'approcher les autres enfants. Si toi tu avais des poux, les autres doivent en avoir aussi !

Ainsi en décréta Anna qui alla prévenir la maîtresse, avec mille précautions car elle se sentait presque coupable.

Les mois passèrent.

Un après-midi gris d'hiver, durant la récréation, les enfants virent entrer un vieux soldat dans la cour des garçons. Ou plutôt, ils l'estimèrent vieux. Il se traînait si péniblement, un havresac sur le dos, la capote sale en guenille, la barbe lui mangeant le visage maigre et pâle.

Les jeux s'arrêtèrent.

Le silence soudain dans la cour des garçons alerta les filles qui se massèrent dans l'espace entre les deux cours. L'instituteur alla vers le soldat. Une poignée de main, quelques mots échangés. Il appela deux grands garçons. Ceux-ci s'avancèrent, perplexes et interrogateurs.

Puis incrédules.

Dans ce vieillard, ils ne reconnaissaient plus leur père.

Moment d'intense émotion. Le pauvre homme ne put retenir ses larmes. Il serra ses fils dans ses bras squelettiques, la tête sur leur épaule.

Le prisonnier de guerre, épuisé, malade, rentrait chez lui.

Ils quittèrent la cour sous le regard attristé des enfants. L'homme s'appuyait sur ses fils et avançait lentement, misérablement. Ils avaient encore un long chemin à faire avant d'être à la maison et le soldat n'en pouvait plus.

La porte grinça sur ses gonds… Ils disparurent.

Le maître siffla la fin de la récréation. Silencieux, les enfants des deux cours se rangèrent pour entrer en classe.

Fugace, une image effleura la mémoire de Marie… Le souvenir du soldat, le barda sur le dos et la valise de bois bleu éraflé à la main, qui dévalait l'escalier et courait prendre son train. Quand reviendrait-il ? Elle ne se souvenait plus de son visage…

Elle non plus, ne le reconnaîtrait pas.

Quelques jours plus tard, la cloche de l'église sonna le glas.

Le prisonnier était rentré pour mourir.

Les deux garçons ne revinrent pas à l'école.

En fin d'année, Reun obtint son certificat d'études à sa grande joie, car du coup, il fit l'orgueil de Mateiz, son grand-père.

Chapitre X

Marie comptait les jours qui la séparaient de Noël 1943.

Un sombre jeudi le secrétaire de mairie, ne sachant que dire, empêtré dans sa démarche, apporta un télégramme à la maison. Juste quelques mots sur un rectangle de papier triste. Anna le parcourut à voix basse et abasourdie regarda sa mère : Frañseze poussa un long hurlement. Un hurlement de bête blessée. L'homme, muet, resta quelques instants rivé sur place. Il marmonna quelques sons emportés par les cris de la mère. Recula et se précipita dehors.

Le zinc du bas de la porte grinça derrière ses pas.

Debout dans le couloir, les bras levés, les mains ouvertes, Frañseze crucifiée, se cognait la tête au bois et s'agrippait à la cloison pour ne pas sombrer dans la folie. Anna, assise sur une chaise près du vaisselier, pleurait, anéantie. La petite s'approcha de sa grand-mère et doucement lui caressa le dos.

— *Ô! Pôkezh! laoskit 'c'hanon! Laoskit 'c'hanon*! Oh! Mon pauvre petit! Laisse-moi! Laisse-moi!

Marie s'écarta. Elle ne comprenait pas les raisons de tant de déchirements. Frañseze se détacha de la cloison, ouvrit la porte de sa chambre, et hurlant toujours sa souffrance, se jeta sur son lit. Les draps reçurent son corps moralement disloqué.

Un peu de solitude cacherait son désespoir. Marie doucement referma la porte et se tourna vers sa mère.

Elle voulut l'embrasser mais Anna l'écarta en lui faisant non de la tête. Le puzzle de ces derniers mois se refit dans l'esprit de la petite, puzzle auquel jusqu'à présent, avaient manqué quelques pièces pour sa bonne compréhension : mais aujourd'hui, enveloppée de désespoir, elle devinait ce qui était arrivé.

De loin en loin, elle avait entendu sa mère évoquer la santé de son oncle. Ses mois de détention l'avaient affecté.

Lorsqu'il fut emprisonné à Charleville, les premiers soubresauts de la Résistance secouaient déjà l'occupant. Afin de décourager les « terroristes » et les couper de la population, les Allemands décidèrent de prendre des otages parmi les prisonniers qu'ils exécuteraient à leur gré, en représailles des sabotages et des coups de mains.

Yann-Reun fut de ceux-là.

Dès lors, sa seule pensée fut de chercher à s'évader coûte que coûte.

« *Gôtoz e-gist un' danvad da veañ' lazhet petram' kemer ar risk da veañ diskennet 'n ur riboulat 'maez deus an toull* » Attendre comme un mouton le poteau d'exécution ou risquer de se faire descendre en s'évadant ?

Il choisit la seconde solution : c'est ce qu'il raconta longuement dans une de ses missives au fil des mois qui suivirent l'exploit.

Toujours méthodique - cette fois sa vie ne tenait plus qu'à un fil - il se prépara avec l'aide d'un copain habitant la ville. Celui-ci réussit à lui rendre visite. À l'intensité du regard, à demi-mot, il comprit la requête du condamné. Risqua le tout pour le tout, y compris pour lui-même, lui fit parvenir un colis qui malgré les fouilles méthodiques laissa entrer une lime.

Le coup classique ! Par quel miracle ?

La barre de fer de la fente coupée, l'extrême maigreur du prisonnier allait l'avantager afin de se glisser dans cet étroit passage. Deux gardes assuraient un aller-retour et se rencontraient de part et d'autre du bâtiment à intervalles constants. Il calcula à la seconde près le peu de temps dont il pouvait disposer. Sa seule issue se situait juste au-dessus d'un mur de verger hérissé de verres coupants ; les branches d'un pommier voisin, providentielles, touchaient presque ce mur. Son agilité naturelle qu'il avait régulièrement entretenue lui permettrait, estima-t-il, d'y sauter. Ces branches lui permettraient d'amortir sa chute et surtout de ne pas se blesser…

Il réussit à s'extraire de sa cellule par la fente, prit appui sur une gouttière et s'élança dans le pommier avec la souplesse d'un chat sauvage. Les branches le reçurent. Quelques craquements. Son calcul se révéla juste. Les gardes se trouvaient de l'autre côté du bâtiment. Il s'avança dans le jardin. Tout à coup! Silhouette d'homme derrière un massif de buis... Le donnerait-il? L'accoutrement du prisonnier ne laissait aucun doute sur son statut.

« *Eñ pe me a vezo* » Ce sera lui ou moi, se dit-il dans un premier réflexe. Puis, il calcula qu'il valait mieux jouer franc-jeu. Le monde entier n'était tout de même pas peuplé de salauds!

Il alla droit vers l'homme, proposa sa dernière cigarette et, sans ambages, lui demanda le plus court chemin - et surtout le plus sûr - pour se rendre chez son camarade. Ce que l'homme, visiblement inquiet de la situation, expliqua bien vite mais sans cacher que cette tentative était vaine.

— Je regrette. Je ne peux pas vous garder. C'est trop dangereux vous allez vous faire repérer tout de suite. Le soir tombe heureusement, n'empêche, il faudra compter avec le couvre-feu, les patrouilles, les dénonciateurs.

— Oui! Je sais! Merci. Grand merci! fit Yann-Reun qui vite s'éclipsa.

D'un porche à un autre, l'évadé prit le chemin de tous les périls. Il croisa plus d'un passant interloqué qui fit mine de ne pas le voir, et pressa le pas!

Le condamné réussit l'impossible.

Au bout de sa peur, il parvint au havre de l'ami.

Le surlendemain, un ouvrier tout à fait ordinaire se rendait à son travail vers l'extérieur de la ville...

Entre mots de passe, longues routes, veilles sur le qui-vive, il emprunta des semaines durant la filière incertaine des passeurs vers une liberté conditionnée. Seul au départ, il suivit à cinquante pas -

selon la consigne - un homme qui portait une hache sur l'épaule. Celui-ci le conduisit dans un bois et sans un mot lui indiqua la direction à prendre.

Au sortir du bois, ils étaient une quinzaine. Peu de mots, la méfiance, toujours la peur au ventre. Une fortune du pot plus que frugale.

Le passeur suivant divisa le groupe en trois et la longue quête reprit. De bois en combes, de vallées en plateaux, le prisonnier parcourut les ravines montagneuses et toucha enfin au but.

Yann-Reun traversa la ligne de démarcation hérissée de herses, de champs de mines et de guérites, contourna les dangers, pénétra en zone libre puis passa en Savoie occupée par l'armée italienne. Gagna Chambéry, la maison amie chez la parentèle...

Il trouva un travail dans une usine. Ne put y tenir très longtemps. Comment reprendre force en travaillant dur après les privations, l'usure morale, les semaines de cavale à travers la campagne, toujours aux aguets ! Comment se refaire une santé et résister à la peur constante ? Depuis de longs mois, il vivait dans la crainte permanente d'être retrouvé par la Gestapo... Cette vie de traque avait peu à peu rongé sa résistance.

Afin de se noyer dans la masse, Yann-Reun trouva un expédient : il signa un engagement dans la Garde Mobile du régime de Vichy.

« Pas d'accord avec cet armistice » écrivait-il « mais versé à l'intendance du côté de Marseille, je brouille les pistes et j'échappe momentanément aux recherches. »

Qui aurait pensé aller le chercher dans ces rangs ? Même si à cette époque les Allemands, trahissant tous leurs engagements, passaient outre aux accords et envahissaient la zone libre ?

Marie n'avait certes jamais su ni compris tous les tenants de cette évasion aventureuse. Elle avait glané ici et là quelques bribes. Elle avait surtout compris ceci : sans toutes ces complicités autour de lui pour le protéger - jusqu'à sa lettre, à peine lue, jetée dans le feu - il ne s'en serait jamais sorti.

Hélas, ses problèmes de santé le rattrapèrent. S'aggravèrent. Il écrivit une longue missive pour annoncer son hospitalisation et essayer de minimiser la chose pour sa mère.

Marie n'osait plus prononcer son prénom tant l'angoisse de Frañseze pesait.

À quelques temps de là, Mar'Janig passa à la maison.

— Elle partait, disait-elle, en zone libre au chevet de son frère.

À demi-mot, Marie comprit que Yann-Reun n'allait pas bien.

Sa mère tenait encore à la main le rectangle de papier, cause de ce désastre, un papier bistre griffonné de quelques mots.

— *Petra 'zo c'hoarvezet*? Qu'est-il arrivé ? lui murmura Marie en larmes.

— *Yann-Reun zo marv*. Yann-Reun est mort.

La mort venait d'emporter le fils de Frañseze

Marie vit sa grand-mère revenir dans la salle commune, ouvrir le cadran de l'horloge et arrêter la course de l'aiguille : une vie venait de quitter l'âme de cette maison. Le tintement du temps devait faire silence pour l'accompagner quelques jours vers l'au-delà.

Le dimanche suivant, un service de prières et la messe furent dits pour le repos de son âme. Pour s'y rendre, Frañseze recouvrit son costume de *Borledenn* de sa grande mante noire de veuve. Même sa coiffe, encapuchonnée, disparaissait comme son visage bouffi de larmes qui ne tarissaient plus. *Ma Doue* ! Que cette cérémonie fut longue et imprégnée de désespoir : une cape noire et argent pour le prêtre assortie au drap du catafalque. Versets et répons à n'en plus finir, monocordes, incompréhensibles. Stations debout et assises, bénédictions et aspersions, balancements odorants de l'encensoir par l'enfant de chœur que Marie apercevait d'habitude dans la cour de l'école. Comme de coutume, l'harmonium ne sonnait pas juste. Anna toussait à s'arracher les entrailles. Elle devait avoir froid malgré sa petite cape de fourrure de lapin qui aurait dû lui réchauffer le dos.

La cérémonie finie, passage obligé près de la tombe où Frañseze se laissa choir sur le rebord de granit. Long moment de larmes silencieuses. Puis les deux femmes et la petite revinrent à la ferme. Le gros fourneau avait gardé le feu et mijoté une soupe. Quelques braises vites ranimées dans la cheminée permirent à Anna de retrouver quelques couleurs. Le temps d'avaler un bouillon et elle s'alita pour bien des jours.

Le repas terminé, Marie enleva jupe et vêtements du dimanche, enfila pull et pantalon, pantalon qu'elle portait l'hiver depuis son séjour à Chambéry. Petit gabarit, elle n'avait guère beaucoup grandi en une année et il bouffait toujours dans le bas grâce à un élastique. Lorsqu'elle l'avait étrenné à l'école pour la première fois dès les frimas de novembre, elle avait été la curiosité de la journée.

« Une fille en pantalon de garçon ! »

Puis les petites réfugiées enfilèrent aussi le leur et ce fut dès lors normal d'arriver ainsi vêtue à l'école.

Ce n'était pas pour autant du goût de Frañseze.

— *Raspaotr* ! garçonne ! avait-elle jeté vers Marie, réprobatrice.

Mais Anna tint bon et Frañseze finit par s'y faire, sauf quand il s'agissait de se rendre à l'église ! Risquer les foudres du recteur ? Hors de question !

Ce dimanche d'après messe, la douceur du lainage sur ses jambes la réconforta. La maison l'étouffait. Elle n'en pouvait plus. Elle compatissait à la douleur mais ne supportait plus cette chape de silence inondée de larmes. Frañseze auparavant d'un naturel si volubile, les mots et le cœur sur la main, vivait aujourd'hui confinée en elle-même, anéantie. Elle vaquait à ses occupations comme une automate.

Marie se découvrait une autre grand-mère.

Elle prit son manteau d'école déposé sur le dossier de la chaise, coinça « *Kebenn* » sous son bras et chaussa ses sabots. Frañseze qui montait une bouillotte pour Anna la regarda partir mais ne dit mot.

Marie s'enfuit vers la rivière et la lande. Elle poussa jusqu'à chez Reun. Seuls, *ar re gozh*, les vieux, se chauffaient près de la cheminée. Quelques mots échangés, un sourire, une caresse sur la joue, elle avait tendu ses mains vers les flammes. La grand-mère lui déposa une pomme chaude sur une petite assiette.

« *Barzh ti ar re all, an traoù na neusent ket memes blaz* » se dit -elle. Chez les autres, les choses n'ont pas le même goût.

— *Mat eo ?* C'est bon ? demanda la grand-mère

— *Ya* ! oui fit Marie en hochant la tête.

À cette époque de l'année la clarté essaie de poindre tout le jour et finit par y renoncer. Le crachin se mit à tisser son voile de bruine. Marie revint par le long tunnel boueux du chemin en sautant d'un rebord à l'autre et jusque sur le talus afin de ne pas remplir ses sabots. Lorsque les grands-parents de Reun venaient au bourg le dimanche pour la messe, pantalons et jupes retroussés pour ne pas les souiller de boue, ils quittaient leurs sabots chez Marie et enfilaient leurs chaussures. Si, malgré toutes ces précautions, la boue avait souillé un vêtement, Frañseze fournissait un peu d'eau dans une cuvette afin de réparer les dégâts.

En rentrant ce soir-là, Marie se dit qu'elle avait beaucoup de chance d'habiter au bord de la route caillouté.

Le jour de Noël approchait, jour où sa tante Mar'Janig passait toujours à la maison. La maison de Frañseze : le havre de tous. Un havre si triste depuis que le malheur s'y était abattu...

Comme chaque année, Marie avait aménagé une crèche dont un jour Mar'Janig lui avait offert les personnages pour ses étrennes. D'une année sur l'autre, une petite boîte de carton en fournissait la forme et Marie l'habillait du même papier d'emballage qu'elle avait peint de brun et de vert pour simuler l'aspect d'une grotte. Quelques boules et guirlandes étincelantes accrochées à une branche de sapin, le tout installé sur le banc-coffre au pied de son lit-clos, et c'était déjà Noël !

Le père Noël, on en parlait un peu mais, réaliste, Marie n'y croyait guère.

Elle comptait plutôt sur la générosité de sa tante.

L'an dernier, un petit baigneur de celluloïd garnissait ses sabots. Tout beau, tout neuf il n'avait pas réussi à chasser de son cœur sa poupée de chiffon, *Kebenn*, pourtant sale et dépenaillée à l'égale, estimait Anna, de la figure légendaire peu engageante.

Aussi Marie l'avait lavée.

Croyant être parvenue à améliorer sa physionomie, après séchage au soleil, triomphante, elle lui avait présenté l'objet de son affection. Au regard perplexe de sa mère, Marie comprit qu'elle n'avait amélioré ni son visage ni le mauvais caractère que l'entourage prêtait à sa protégée.

Pourtant, aux yeux de Marie, *Kebenn* demeurait la confidente des jours heureux ou malheureux, même si, pour le reste du monde, c'était sans issue.

Il lui fallait donc se faire une raison.

Elle se dit que, puisqu'à force de vivre, les grandes personnes finissent par s'user et mourir, c'était ce qui avait dû arriver à *Kebenn.* Sa poupée était morte sans qu'elle s'en aperçoive si elle n'avait plus le pimpant d'autrefois.

Puisque l'on enterre les morts, Marie se décida à enterrer *Kebenn.*

Munie d'une houe, sans rien dire à personne - surtout pas à Frañseze, recroquevillée sur son chagrin - en pleurant, elle creusa dans le jardin une tombe pour sa poupée. Éperdue de détresse, elle déposa sa *Kebenn* chérie avec précaution dans le trou et la recouvrit de terre. Puis elle enfonça une croix de bois mal fagotée, en tête de sa sépulture en marmonnant des prières comme elle l'avait vu faire par les grandes personnes au cimetière. Comme si tout cela n'était pas assez triste, le ciel lui-même se mit à pleurer et Marie, désespérée, dégoulinante d'eau et de larmes dut abandonner sa *Kebenn* à sa nouvelle destinée.

Au paradis des poupées !

En voyant rentrer sa petite fille crottée, mouillée en son cœur autant que ses vêtements, Frañseze leva les bras au ciel, la déshabilla bien vite, la lava, l'enveloppa dans un drap plié en deux et la planta devant la flambée, sans chercher davantage…

Le spectacle de la flamme sécha les larmes de Marie…

Enfin la nuit de Noël 1943 se profila avec la perspective d'une belle veillée et des messes de minuit.

Mais hélas ! Pour Anna cela était hors de question. Quant à Frañseze, assister à ces offices de fête équivalait à une réjouissance. Écorchée vive, toute de deuil et de chagrin, elle ne pouvait sans trahir un souvenir si cher, se retrouver parmi les fidèles pour chanter la Nativité. Toutefois, elle avait pourvu la cheminée d'une bûche à la mesure de la tradition : elle l'avait roulée dans la brouette qu'elle avait ensuite poussée jusque dans la maison près de la cheminée. Là, elle l'avait adossée à la fontaine de l'âtre. Voilà pour une chose ! Ensuite, elle avait gratifié chacune des bêtes d'une double ration de foin : car ce soir-là, elles ne dorment pas. Elles parlent entre elles et avec les saints qui viennent les visiter. Tout cela, en plus de l'ordinaire… et aller à la messe de minuit ?

Non ! Frañseze irait se coucher.

— *'benn ar c'hoazh e yafen d'an oferenn.* J'irai à la messe demain, avait-elle laissé tomber.

Néanmoins, Marie l'avait entreprise sur le sujet entre deux jets de lait sortant du trayon.

Cela avait été un non catégorique ! De ceux, qu'en bonne négociatrice, elle estima sans appel. Alors germa dans sa tête une autre formule qui peut-être réussirait à ébranler la volonté de Frañseze : pourquoi ne pourrait-elle pas accompagner ceux de la ferme d'à-côté ? Elle reviendrait de même.

Il était encore assez tôt pour qu'elle aille quémander chaperon.

— *Droad 'meus da vont da c'houl gant Dell ? Hag 'benn m'ho echuet dibriñ koan e yafen di evit mont d'ho heul. Lavaret ya, din*! Ai-je le droit d'aller le demander à Dell? Et quand j'aurai soupé, je pourrai aller chez elle afin de les accompagner. Dis-moi, oui!

— *C'hwi zo un torr-penn hag un torr-revr ouzh-penn! Mat… kerzhit da wel' Dell da c'houl ganti emell' deusoc'h!* Tu es un casse-tête et un casse-cul de surcroît! Bon… File voir Dell et demande lui de s'occuper de toi!

C'était la bonne formule.

Marie ne se le fit pas dire deux fois, grimpa sur le banc, décrocha la lampe Tempête, passa son manteau d'école et courut dans le noir brumeux jusqu'à la ferme d'à côté au risque de se remplir les sabots dans les ornières.

Évidemment ce fut oui. À toutes jambes, elle revint avaler une soupe, réussit à gâcher la coupe d'un morceau de pain. Frañseze ne supportait pas le gâchis de cette nourriture noble entre toutes et traçait un signe de croix au couteau sur l'envers de la miche ronde avant de l'entamer.

Tant pis! Les remontrances seraient pour plus tard.

Marie s'envola de la maison en jetant:

— *M'an 'kuit, klev' a rit*? Je pars, m'entends-tu? Avant que sa grand-mère n'ait répondu, l'obscurité l'avait happée sous les hautes futaies.

Se mêler aux gens alentour pour la veillée était pour Marie un bonheur ineffable. Des grands, des vieux, des jeunes, des femmes et deux grand-mères: du tricot, des ragots, des histoires, des rires et des fous rires, des pommes et des châtaignes cuites, du cidre doux et puis la coinchée ou la belote!

Les femmes n'aimaient pas jouer ou plutôt mettaient leur point d'honneur - *d'ober un dra vat bennaket gant o daouarn* - à ne s'occuper les mains qu'avec quelque chose de bon: l'air du temps était ainsi fait et les ragots trouvaient leur moment pour se raconter! Bref! Afin d'organiser deux équipes de joueurs, il manquait un ou... une joueuse. C'est ainsi que la huitième...

— *Desket 'vo deoc'h*? Veux-tu que l'on t'apprenne?

Marie n'attendait que ça!

Entre trois parties de belote et une coinchée, elle ne vit pas l'heure tourner et le temps de partir pour les trois messes de minuit arriva.

Elle trottina entre Dell et Matiell qui lui donnèrent la main afin de suivre le falot qui les précédait, camouflé sur le dessus - défense passive oblige. Les yeux peu à peu s'habituent au noir et devinent les obstacles. Glace sur les nids de poule. Les sabots glissent. On se retient de justesse. Manteau de nuit, pénombre de l'église mal éclairée. Quelques lampes à pétrole ou à carbure fumaient accrochées au mur. Solennels candélabres de laiton, bien astiqués mais peu garnis: restriction de bougies!

Les femmes conduisirent Marie près de la crèche installée sur l'autel du transept sud. Une grande crèche: quatre poteaux de bois mal dégrossis avec un toit de paille de seigle bien taillée, orné de lierre. Sur la paillée du sol l'enfant-Dieu souriait à sa mère. Quelques personnages, un ou deux moutons et sur le côté, un ange tout de blanc vêtu, auréolé d'or. À chaque fois qu'on lui versait une pièce de monnaie dans l'escarcelle - ô merveille ! - il hochait la tête pour remercier. Marie se plaça à cet endroit précis afin de bénéficier de toutes ses salutations.

L'office commença. La grand-messe d'abord *war an ton bras,* sur l'air d'importance de toutes fêtes sonnées et carillonnées. Chants grégoriens pas toujours justes et en harmonie, mais qu'importe, il y avait du cœur. L'harmonium suivait comme il pouvait. Il pouvait sonner faux puisqu'il tonnait dans un registre puissant ! Accorder l'instrument n'était pas l'urgence de l'époque.

Lors de son sermon, le recteur Kadiou, en termes sibyllins, évoqua la situation militaire. Silence impressionnant. Plusieurs fois vint et revint le nom de Stalingrad... Tout le village connaissait sa T.S.F. Apparemment, il lui parvenait de bonnes ondes. Ainsi chaque semaine, avec beaucoup de précautions, en invitant benoîtement à prier pour les soldats de tous les fronts, dessinait-il l'air de rien, les avancées et les reculs des uns ou des autres, les hécatombes, les destructions terribles, les nouvelles de la guerre, celles que ne donnaient pas la propagande !

— *Pedomp evit ar soudarded hag evit ar brizonerien ivez. Evit dezhé beañ' etrezomp diank hag dibistig a-raok gouel Nedeleg da zont.* Prions pour les soldats et aussi pour les prisonniers. Afin qu'il soient parmi nous, sans entrave, sains et saufs avant la Noël prochaine.

Me ho salud Mari, *leun a c'hras*	Je vous salue Marie, pleine de grâces

An aotrou Doue e zo ganeoc'h	Le Seigneur est avec vous
Benniget oc'h dreist	Vous êtes bénie entre
an holl wragez	toutes les femmes
Ha Benniget eo ar frouezh	Et, Jésus, le fruit
eus ho korf, Jezuz	de vos entrailles soit béni,
Santez Mari, mamm da Zoue	Sainte Marie, mère de Dieu
Pedit evidomp pec'herien	Priez pour nous
	pauvres pêcheurs
Bremañ ha da eur hor marv	Maintenant et à l'heure
	de notre mort.
Evel-se bezet graet.	Ainsi soit-il.

À minuit, celui que tout le village appelait, cher frère, s'époumonna avec un Minuit chrétiens tonitruant qui se voulait soprano. Marie se prit les oreilles des deux mains !

Tout cela c'était Noël et l'encens, en suspens, embaumait l'église.

Puis les yeux lui picotèrent et sa tête retomba sur le bras de Dell qui finalement la posa sur ses genoux.

Elle la réveilla alors que l'assemblée entonnait une mélodie que Marie découvrait pour la première fois. Elle voltigeait sur trois temps et lui fit dodeliner de la tête encore ensommeillée.

War ar menez ar bastored	Sur la montagne, les pasteurs
A-greiz diwall	En gardiennage
o deñvedigoù,	de leurs moutons
Kerkent en noz sklêrijennet	Dès la nuit illuminée,
O neus klevet e-barzh an neñvoù :	Ont entendu dans les cieux :
Nouel ! Nouel ! Nouel da Jezuz !	Noël ! Noël ! Noël à Jésus !
Nouel ! Nouel ! Nouel da Jezuz !	

Longtemps, ce chant lui bercerait d'autres Noël.

Retour sous la lumière glacée de la lune. Dell la conduisit jusqu'à la porte, jamais bouclée, et la guida jusqu'au pied du lit clos.

— *Echuet an oferennoù* ? Finies les messes ?

Frañseze ne dormait pas et s'enquerrait de la soirée.

— *Ya ! N'eo ket bet re bell gant an div diwezhañ !* Oui ! Il ne s'est pas éternisé avec les deux dernières.

— *Mersi bras deoc'h. Ar bihañig 'no' kemend-all c'hoant da vont da oferenn hanternoz !* Grand merci ! La petite avait tellement envie d'aller à la messe de minuit.

— *Kousket 'nezhi ur c'hrogad mat ha 'meus dihunet 'nezhi evit dont d'ar gêr. Nozvezh vat deoc'h !* Elle s'est endormie pendant un bon moment si bien que je l'ai réveillée afin de rentrer. Bonne nuit !

— *Nozhvez vat deoc'h ivez ! Ha bennozh-Doue c'hoazh !* Bonne nuit aussi ! Et grand merci encore !

Marie se déshabilla bien vite à la lueur des tisons. A*n etev Nedeleg*, la bûche de Noël énorme, rougeoyait. Sûr ! Elle ne s'éteindrait pas avant le premier de l'an.

Le lendemain Mar'Janig arriva très tard. Il était plus que midi. Marie commençait à désespérer : elle avait crevé deux fois en route. Ah ! Ces boyaux de vélos !

La petite l'embrassa bien fort et ensuite joua la distraite en lorgnant ses sabots bien secs, spécialement astiqués à la cire d'abeille pour l'occasion, déposés sur le rebord de la cheminée.

Ses sabots, comme par enchantement, disparurent sous un paquet.

« *Evit beañ reizhus an traoù 'vefe gleet d'in kaout daou* ! » Normalement, il devrait y en avoir deux ! se dit-elle mentalement en s'avançant sous le regard, enfin amusé, des trois femmes. Le deuxième était bien là mais dans le même paquet, pour cause de restriction de papier !

Elle en sortit d'abord *Les malheurs de Sophie*, puis *Les petites filles modèles.*

Marie s'y plongea. Longues journées de lecture et de relecture, sauf celle des *Petites filles modèles* qui l'assommèrent. En revanche, *Les Malheurs de Sophie* la firent rire aux larmes ou se révolter contre ce général Dourakine qui faisait fouetter les gens qui travaillaient pour lui. Le général fouettait même l'espiègle Sophie ! Mais, elle, elle s'en sortait toujours.

D'une année sur l'autre, elle enrichit sa collection : elle lut et relut cent fois *Robinson Crusoé*, se passionna pour son fidèle Vendredi, courut les mers imaginaires aux trousses des marins de *L'Île aux trésors*, sauta les pages trop dures de *David Copperfield*, se prit au romantisme de *Qu'elle était verte ma vallée !*, se délecta de la cocasserie de *Pinocchio*, pleura toutes les larmes de son corps sur l'aventure de Rémi, le *Sans famille* ! Bien plus tard, elle se régala de *Treize à la douzaine* : Ah ! ce livre-là, un livre américain, c'était à mourir de rire ! Mais ce fut bien après la guerre : autant évoquer une autre planète !

Marie aimait tant rire ! Et voilà que le rire s'ajoutait maintenant aux interdits familiaux. Le cœur de Frañseze saignait tant qu'il ne supportait plus les grelots de sa gaieté.

Encore moins la musique.

Or, Anna depuis l'époque de sa jeunesse, possédait un phono. La petite valise noire trônait sur la table de sa chambre, sous la soupente, la pile de disques près de lui.

Dès que Frañseze partait faire le tour du propriétaire le dimanche dans ses champs ou chez une voisine pour bavarder un peu, partager un goûter, Marie poussait la porte de la chambre d'Anna où elle ne mettait jamais les pieds par ailleurs car c'était aussi l'un des interdits. Ces jours-là, avec la complicité de sa mère, exceptionnellement, elle se glissait jusqu'à la machine magique.

Anna fermait la fenêtre : rien ne devait sourdre vers le voisinage qui pouvait se scandaliser or, le son de la machine ne pouvait se modérer ! Puis, elle ouvrait la valise fabuleuse, remontait le ressort à l'aide de la petite manivelle, choisissait avec Marie la rondelle de cire noire décorée au centre de dessins colorés, la posait sur le plateau et abaissait l'aiguille sur le sillon.

À l'instant, le monde de la musique s'invitait dans la modeste chambre.

Moment fantastique !

Un peu d'insouciance revivait pour Anna. L'époque des jours heureux.

Quand reviendraient-ils ?

Pour l'heure, charleston, polka, mazurka, fandango et paso-doble, rhapsodie, valse, marche et tango, le jazz-band se déchaînait dans un one-step effréné ou un fox trot cadencé. Anna lui prenait les mains et esquissait avec elle les premiers pas de danse... un, deux, trois... un, deux, trois... un, deux, trois, quatre... Les notes s'envolaient, légères. Le temps n'existait plus. Anna se détendait, souriait, oubliait quelques instants ses quintes de toux et le mal qui la minait.

Marie se prenait à rêver d'une maman enfin guérie.

Mais pour couper aux flonflons et aux rythmes qui la fatiguaient vite, Anna passait à d'autres mélodies.

Comment se trouvaient-elles là? Achetées sans doute au hasard, ou par simple curiosité: le grand air d'*Élégie*, l'opéra de Werther, un extrait de *La Traviata*, de *Rigoletto* et du *Requiem* de Guiseppe Verdi, *Petite musique de nuit* de Mozart, *La truite* de Schubert...

Marie adorait *La Traviata* et ses arpèges colorés.

Ces instants rares étaient une oasis de lumière.

Mais ces moments volés ne duraient guère. Bien calculés - mais comment comptabiliser l'impalpable - ces moments de bonheur simple pouvaient se passer sans incident. Mais que survienne Frañseze plus tôt que prévu, nos deux complices envolées sur l'onde des sons, se faisaient surprendre!

Bong! Bong! Bong!

Quelques coups de manche à balai cognés contre le plafond les ramenaient sur terre et Frañseze, en pleurs, les maudissait d'avoir oublié l'espace d'un instant que l'*Ankou*, la mort avait fauché son fils en pleine jeunesse et qu'un absent attendait, là-bas de l'autre côté des frontières, de revenir parmi les siens.

Du coup, les deux fautives se sentaient malheureuses comme les pierres, se juraient de ne plus contrarier Frañseze et puis... recommençaient à la première occasion, envoûtées par la boîte ensorceleuse !

Marie ne comprenait pas Frañseze : elle fredonnait encore de temps en temps, au rythme de son écrémeuse ou lorsqu'elle trayait les vaches...

Mais à coup sûr, elle ne supportait plus la musique moulinée, venue d'ailleurs.

Chapitre XI

Marie ne vivait que pour le temps béni des vacances où, la bride sur le cou, elle parcourait la campagne. Jeudis et dimanches, lorsque les giboulées se prolongeaient, elle bâtissait dans la grange, de bric et de broc, de bouts de bois et de morceaux de ficelles, une maison pour son baigneur. Quand elle l'avait bien bichonné, elle avait moins mauvaise conscience de l'abandonner pour aller courir au loin. Elle n'arrivait pas à lui trouver un nom à cet enfant et pour cause, il n'avait pas et il n'aurait jamais dans son cœur la place de *Kebenn*! *Kebenn,* malgré son visage de tissu délavé, ses oripeaux de chiffon, ses jambes maintes fois recousues comme sa tête d'ailleurs, avait gardé dans le souvenir de Marie les formes d'une fantasmagorie irremplaçable : elles allaient de conserve, en grande conversation. Marie assurait questions et réponses… ou était-ce l'inverse ? Elle n'aurait su le dire. Mais voilà :

— *Aet 'ezh' a 'lec'h eo aet eost ar C'harleñeg*! Elle est allée où s'en sont allées les moissons d'antan : ainsi parlait Frañseze lorsqu'elle évoquait les choses disparues ou les époques révolues.

Kebenn n'était plus. À quoi bon y revenir ? Marie couchait son baigneur et le cœur léger, s'en allait musarder par les sentiers.

Parfois même, entre midi et deux, avant de retourner à l'école !

Cette fin d'hiver, il manquait du petit bois pour démarrer le poêle de la classe. Comment allumer un feu sans fagot ? La maîtresse tournait et retournait les bûches, s'y noircissait ses jolis doigts et une heure après, on gelait toujours ! En grand secret, Marie, Nicole et Louise - deux réfugiées parisiennes, délurées dans la cour, empruntées dans les buissons mais pleines de bonne volonté ! - décidèrent qu'avec un peu de débrouillardise, elles réussiraient à glâner assez de bois mort pour finir la mauvaise saison. Elles se l'étaient dit à la récréation et la dernière cuillerée avalée, rendez-vous était fixé à l'entrée du vieux chemin que Marie savait bien pourvu.

Elles en ramassèrent tant et tant que même lorsqu'elles décidèrent de revenir vers l'école avec leur brassée, il y eut encore ici et là, quelques bûchettes qui les sollicitèrent ! Comment résister ? Impossible ! Vint le moment où surchargées, elles durent à regret revenir vers le bourg.

Quand elles approchèrent de l'école, le silence de la cour les inquiéta un peu. Tout à leur affaire, elles n'avaient pas entendu l'horloge de l'église sonner les deux coups. Pourquoi s'alarmer ? Bof ! Pas de quoi casser trois pattes à un canard ! La maîtresse serait contente : elles apportaient du fagot pour huit jours au moins si ce n'était davantage.

La porte de la classe résista à Marie, encombrée de bois, la main mal assurée. La maîtresse se précipita pour l'ouvrir.

Quelle fut sa surprise !

Mais le spectacle des trois gamines disparaissant presque derrière leur fagotée n'eut pas l'effet escompté par nos bûcheronnes improvisées. Pas du tout. D'abord interloquée, l'institutrice ne tarda pas à retrouver de la voix. Rouge de courroux, elle n'entendit aucune explication et leur ordonna :

— Allez dans le bûcher vous débarrasser du bois, vous laver les mains, secouer toutes les brindilles de votre sarrau souillé. Et vite fait, revenez en classe rattraper le temps perdu !

Ma Doue ! Ça sentait le roussi.

Cela fait, elles firent une entrée penaude devant une classe peu solidaire et l'institutrice hors d'elle qui parlait « d'école buissonnière ».

« Buissonnière ! Buissonnière ! » se dit Marie dans le brouillard de ses larmes de dépit, « évidemment qu'on a été dans les buissons puisqu'on a ramené du bois ! »

— Que je ne vous y reprenne pas ! leur asséna encore la maîtrese et pour vous ôter l'envie de recommencer, vous m'écrirez pour demain, une page de : « Je ne ferai jamais plus l'école buissonnière. »

— C'est pas juste ! On voulait l'aider et voilà comment elle nous dit merci ! se dit Marie, en jetant un coup d'œil à ses comparses, aussi désemparées qu'elle.

La leçon de choses était presque finie, elles durent emprunter un cahier à leur voisine et recopier la leçon pendant la récréation.

Marie détestait l'école mais ce jour-là, elle détesta sa maîtresse.

Leur escapade resta sans lendemain.

Marie ne voyait plus Reun. Dans les premiers mois qui avaient suivi son certificat d'études, elle l'avait aperçu le soir, de temps en temps, en retour de journée. Il avait d'abord accompagné son grand-père puis il avait volé de ses propres ailes, comme un homme. Il s'était gagé dans une ferme jusqu'à la fin de l'année. Puis il quitta ses premiers patrons et Marie n'eut plus de nouvelles.

Mateiz, interrogé par Fañseze restait dans le vague :

— *Ar re yaouank, an devezh hiriv, n'eo ket aes dont 'benn deus outo.'Benn gaozean e ra skouarn vouzar! Na ra mann ebet!* Les jeunes, au jour d'aujourd'hui, il n'est pas facile d'en venir à bout. Lorsque je lui parle, son oreille est sourde! Il ne veut rien entendre.

Ce soir-là, on frappa à la porte, côté route. Fañseze alla ouvrir. Deux grands gaillards demandèrent à entrer.

Ils demandèrent d'abord du pain.

— On a beaucoup marché, nous venons de Kemper. On cherche à se cacher dans une ferme pour échapper au travail obligatoire en Allemagne. Vous savez le S.T.O. Vous en avez entendu parler?

Frañseze qui les avait fait entrer, les écoutait sans rien dire, les mains sur les hanches. Elle se tourna vers Anna :

— *Daoust pa lâront gwir pe gaou, neus ken gallek ganto ! Amañ forzh peseu' mod na vo ket moaien da zalc'hen 'nezhe* ! Va savoir ? Disent-ils vrai ou faux ? Ils ne parlent seulement que le français ! Ici de toutes façons, on ne pourra pas les garder !

Anna n'eut pas le temps de répliquer :

— C'est vrai, je ne parle pas le breton, mon copain non plus, dit l'un d'entre eux, ma mère n'a pas voulu me l'apprendre. Mais elle le parle tous les jours, aussi, je le comprends. J'ai compris tout ce que vous avez dit. Mais si vous pouviez nous garder, rien que cette nuit, ce serait déjà beaucoup. Et nous donner un peu de pain…

Frañseze hésitait encore puis, s'adressant à eux :

— *Piv zo gouest da lavar din, lar' c'hallan kaout fiziañs ennoc'h ? Lar' na yafec'h ket da ziskuilhet c'hanomp goude-se d'ar Boched ?* Qui pourrait me dire que je peux avoir confiance en vous ? Que vous n'irez pas ensuite nous dénoncer aux Boches ?

La réponse du jeune, en français, fut aussi claire :

— C'est vrai, vous ne nous connaissez pas. Mais je vous comprends ! Ce que je dis est vrai ! On nous a prévenu qu'il y aurait une rafle ces jours-ci à Kemper. Alors, on a fui.

Néanmoins Frañseze restait sur ses gardes :

— *Gant piv 'peus bet titour deus an dra-se ?* Qui vous a donné ce renseignement ?

— Une femme de ménage de la Kommandantur, répondit-il aussitôt.

Frañseze regarda le bout de ses sabots, indice habituel de grands doutes. Leur histoire semblait se tenir mais comment vérifier ? Ils étaient si jeunes : des enfants encore, jetés sur les routes.

Il y eut un long silence et puis, sans ambages :

— *Mat ! Nemet evit an noz-mañ, peogwir 'komprenit 'c'hanon ! Met 'rabat deoc'h ober trouz ha dav a vo deoc'h mont kuit gant ar sav-heol.* Bon ! Seulement pour cette nuit puisque vous me comprenez ! Mais ne faites pas de bruit et il vous faudra partir avec le levant.

Sur ce, Frañseze retourna aux soins de ses bêtes. Anna leur servit du pain, du lard et une bolée de cidre. Puis elle les mena jusqu'à la soue vide où l'on avait entassé le reste de paille de l'année en attendant une nouvelle pensionnaire pour les lieux.

Lorsqu'elle revint à la maison, elle réalisa que Marie avait assisté à cette arrivée inopinée. La petite pouvait bavarder, risque inouï par ces temps de dénonciation courante !

— *C'hwi, mag lavarit un' draig bennaket da un didevez, memes deus ar c'hêrioù tro-war-dro : e vo diskroc'hennet mik ho feskennoù deoc'h ! Komprenet ho peus ? Ha komprenet mat ?* Toi, si tu dis la moindre chose à quelqu'un des environs, même s'il est d'une des fermes environnantes : tes fesses te seront écorchées vives ! As-tu compris ? Et bien compris ?

Marie fit oui de la tête et se ramassa un peu plus dans son coin de cheminée. C'est ainsi qu'habituellement les choses importantes lui étaient inculquées. La proportion de la menace ne l'effrayait plus. Mais cette fois tout de même, elle entrevoyait la dimension du danger qu'encourraient les deux femmes.

Le spectre des soldats allemands qui avaient déboulé dans la maison pour la fouiller, passa une fois de plus comme une mauvaise lueur dans ses souvenirs.

« *Ha ma tegouefe dezh' dont en-dro, rik an noz-mañ ?* » Et si, pile ce soir, ils revenaient ?

« *E-gist logodenn ar parkeier, 'jomfen mut ha dis-drouz !* » Je serai aussi muette et silencieuse qu'un mulot des champs, se dit Marie en faisant coulisser les battants de son lit.

Hélas ! les jeunes gars ne se réveillèrent pas pour partir à l'heure convenue. Ils durent rester une journée supplémentaire pendant laquelle Frañseze sortit de ses gonds plusieurs fois pour les faire taire afin que personne ne devine leur présence. La nuit suivante, elle se leva pour les réveiller et leur faire reprendre la route.

À déjeuner, en lui coupant sa tartine, Frañseze évoqua leur départ dans la nuit en regardant la petite avec insistance. Cela, Marie le savait, avait valeur de mise en garde. Elle mordit dans son pain.

De les savoir partis soulagea Marie.

La guerre s'intensifiait chaque jour et frappait presque à la porte. Depuis longtemps, de son lit-clos, Marie entendait le roulement sourd des bombardements de Brest tandis qu'un grondement plus lointain se déclenchait côté sud-est : Lorient subissait aussi son martyre et le ciel dans le soir reflétait les incendies.

Une nuit Marie entendit gronder au-dessus de la

maison. Un orage ? Non ! Des moteurs hurlaient dans la nuit.

Et ce fut l'enfer...

Sifflements, rafales, éclairs zébrèrent les rideaux. Marie se dressa, hurlante... cris happés par le vacarme... miaulements de fauves... descentes des machines... glissades déchaînées vers le toit... *ma Doue*!... terreur ! secondes d'éternité !... cascades d'impacts... le sol trembla d'épouvante... la cloison du lit vibra... cogna le mur... trépida...

Marie, horrifiée, sauta hors du lit.

Frañseze accourut en chemise, nu-pieds, affolée :

— B*ez' maoc'h bev c'hoazh ?* Êtes-vous encore vivantes ? hurla-t-elle.

Anna dégringolait l'escalier, un paletot vite jeté sur le dos.

Le ciel allait-il s'écrouler ?

— *Neo ket koueet... ar bombezennoù gwall bell*! *Gwellet e... vo benn arc'hoazh.* Les bombes... ne sont pas tombées très loin ! On le verra... demain, dit Anna.

Elle claquait des dents.

Le tonnerre des avions en colère s'éloignait. Il se tut. Mais la terreur - qui n'avait même pas duré le temps de la décrire - les secouait encore de tremblements nerveux, Marie collée à sa grand-mère.

— *Bihañig, kerzhit en-dro d'ho kwele. Sklaset a rafer ho treid war ar simant.* Mon petit, retourne au lit. Tu vas geler tes pieds sur le ciment ! lui dit Frañseze en lui caressant les cheveux pour la calmer.

Marie se précipita à l'abri du duvet mais chercha le sommeil, en vain.

Que s'était-il passé ?

On ne put que supposer un scénario : depuis quelques temps déjà, les Anglais équipaient certains de leurs chasseurs de bombes sous les ailes. Alourdis par leurs charges, destinées à Lorient ou Brest, ceux-là avaient raté leur objectif. En dérive dans la nuit, un ennemi plus rapide car moins encombré les avait pris en chasse. Manœuvres en piqué, vacarme, rafales de traceuses et lâcher de bombes dans les champs : l'échappée était à ce prix !

Miracle ! Les bombes tombées entre Kiriou et Stankoù n'avaient atteint aucune ferme. À part les vitres et les fenêtres soufflées par l'impact, les murs avaient résisté. Les habitants des fermes proches des impacts l'avaient échappé belle. Dire leur frayeur rétrospective ? Ils avaient cru leur fin dernière arrivée.

L'*ankou*, la mort les avaient frôlé de ses oripeaux !

Les bombes avaient creusé six trous énormes dans l'argile des prairies. Le village entier s'y rendit le dimanche suivant. Une véritable procession ! On était en février. Le froid avait gelé l'eau qui s'y était accumulée et la glace reflétait le ciel.

— *Diwall da gouezhañ barzh an toull!* Attention de tomber dans le trou !

Anna dut rappeler la petite téméraire et la menacer car Marie s'avancait jusqu'au bord au risque de rouler au fond sur cette terre fraîchement creusée. Ah ! Pourtant ! Quelle tentation ! Y jeter des cailloux et briser ce miroir : un geste de revanche sur la peur subie.

Les trous ? Il faudrait les combler avant la belle saison. Ce travail que les voisins viendraient épauler n'était que broutille. Les Anglais avaient pu s'éclipser.

— *Doue! Evit ar wech-mañ, 'oa deus an tu mat!* Dieu, cette fois, se trouvait du bon côté du manche ! selon Frañseze.

Le rythme des bombardements avait augmenté. Maintenant d'un jour sur l'autre, on était encore debout lorsque les premières vagues de bombardiers arrivaient dans le soir. Le souper avalé, en silence chacun regardait l'horloge et la maisonnée se précipitait à l'arrière de la maison. Au premier roulement sourd, Frañseze se figeait. D'un geste furtif, se signait.

— *Pôkezh tud! Daoust pa neusent bet amzer da vont da skoachet!* Pauvres gens ! Ont-ils eu seulement le temps d'aller se mettre à l'abri ?

Avec la régularité de métronomes, menaçantes, les lourdes vagues de bombardiers s'avançaient en grondant. Aussitôt, les pinceaux lumineux des projecteurs s'allumaient et balayaient la nuit. La défense aérienne accrochait dans le ciel le rideau diabolique de son feu d'artifice. La chasse allemande, très haut, à l'affût, attendait l'heure propice pour fondre sur les assaillants.

Le pilonnement commençait.

La première fois que Marie suivit les grands, elle battit des mains tant le spectacle la saisit d'admiration. D'une gifle que la petite ne pourrait effacer de sa mémoire, Anna lui ôta son enthousiasme et l'expédia tout droit au lit ! Avait-elle oublié le combat aérien au-dessus de sa tête ?

Aussi, par la suite, sans bien comprendre ce que pouvait être le désastre d'un pilonnage de cette intensité, elle écarquillait les yeux devant cette scène dantesque tandis que les grandes personnes médusées, se lamentaient sur le sort de…

—… *ar pôkezh tud 'zo didañ*! les pauvres gens qui sont dessous!

Une explosion un peu plus forte!

— Ô! *Bez' neusent bet un'*! Ils en ont eu un!

Navrés, la main sur la bouche, les « spectateurs » ne pouvaient que constater. Était-il allemand, était-il anglais? Il partait en fumée! Dans la seconde des hommes mouraient.

— *Kredañ 'ra deoc'h? Ô! spontus eo*! Tu crois? C'est une épouvante! *Doue e bardoni!* Que Dieu lui pardonne! ajoutait tout bas Frañseze, angoissée.

Oraison funèbre murmurée.

Toutefois sans oser le dire, Marie pensait: *Ô! Pegen splann eo an abadenn spontus-se!* Oh! que ce moment d'épouvante est splendide!

Les lueurs éclaboussaient le nord-ouest, très haut, dans un grondement de tambours lointains. Les faisceaux lumineux se croisaient fouillant le ciel. De minuscules boules de feu multicolores explosaient. Des traçantes zébraient le firmament d'un bout à l'autre. Des traînées noires étiraient leurs crayonnages de fusain sur le reflet des incendies. Ciels aux moirures fascinantes.

Feux des hommes: le soir s'embrasait.

Feux de Dieu, le couchant rougeoyait.

Puis, peu à peu l'incandescence infernale des machines s'éteignait dans le ciel obscurci.

Le soleil, apeuré par le vacarme diabolique des hommes, s'enfuyait de l'autre côté de la terre. Marie en était persuadée.

Bien plus tard, la guerre finie, Marie découvrit Brest rasée. Tout au long de la rue de Siam défoncée, des tas de pierres. Sur chacun d'eux, un chiffre: le désastre était numéroté! Elle resta sans voix. Ce monde minéral, étalé dans une apocalypse indescriptible, avait-il été fait autrefois de chaudes maisons? Ô désastre de l'après spectacle: un gigantesque cimetière de pierres, de poutrelles, de charpentes!

Mais on était à l'aube d'une autre époque…

Pour l'heure, elle ne comprenait pas.

Comment expliquer que dans un même temps, on puisse se désoler et se réjouir tout à la fois! Elle, on pouvait toujours la fesser, la gifler et l'expédier au lit lorsqu'elle battait des mains devant la « féerie ». À ce même moment les « grands » étiraient des mines aussi longues que des jours sans crêpes et s'appesantissaient sur *ar pôkezh tud*, les pauvres gens!

Mais à peine le bombardement terminé, chacun regagnait ses pénates en constatant:

— *Klasket 'neusent! Tapañ'rafen ur fust da vont d'ar gêr! An traoù 'michans yaio war wellaat!* Ils l'ont cherché, ils attraperont leur roustée pour retourner à la maison! Les choses espérons-le iront vers le mieux!

Et ils disaient cela d'une façon jubilatoire!

Il y avait de quoi perdre son latin… et son breton avec.

Dès lors Marie ne chercha plus à comprendre.

À quelques temps de là, un matin de très bonne heure, Marie fut réveillée par un brouhaha de voix dans la maison. Toujours aux premières loges dans son lit-clos, elle avança le museau afin de découvrir dans la pénombre ce qui rassemblait tant d'hommes. Combien étaient-ils? Une bonne douzaine: des « vieux », des jeunes, certains presqu'imberbes.

Et il y avait… Reun.

Ils avaient déposé leurs bardas derrière la porte du couloir près de la batterie. Frañseze activait la flamme sous le gros faitout où l'eau bouillait. Elle le descendit du trépied, y jeta la chicorée et l'orge grillée finement moulue. Le temps que la mixture macère comme il se doit, elle mit sur la table la grosse miche de dix livres de pain de seigle, le morceau de lard cuit la veille dans la soupe, et le reste du beurre. Puis elle posa une pile de bols en bout de table avec l'indispensable cuiller pour chacun. Les hommes se les passèrent tandis que Frañseze filtrait le mélange dans la cafetière ventrue.

Elle commença le service.

— *Na meus ket sukr 'c'hanon, evel-just, met ma c'houzanvit « saccharine », bez' zo.* Je n'ai pas de sucre évidemment, mais si vous supportez la « saccharine », il y en a.

Peu bavard, les hommes se servirent. Lampèrent leur café et vidèrent leur bol jusqu'à la dernière goutte. Les paupières lourdes, ils luttaient contre le sommeil. Cela ne dura guère. Rassasiés, la fatigue les chassa hors de la maison.

Le matin, soucieuse, tandis qu'elle lui coupait ses tartines, Frañseze s'enquit de sa nuit.

— *Na 'peus ket klevet trouz an noz-mañ ?* Tu n'as pas entendu de bruit cette nuit ?

— *Peseu' trouz ?* Quel bruit ? demanda Marie avec une innocence feinte.

— *ô ! Netra !* Oh ! Rien ! répondit la grand-mère, d'un air faussement détaché. Marie mordit dans le reste de pain puis demanda une crêpe de blé noir et tandis que Frañseze la servait :

— *Ar bara zo kasti'et kalz dibaoe dec'h ! An dorzh 'zo aet da vik ?* Le pain s'est beaucoup amaigri depuis hier ! La miche s'est-elle consumée ? demanda-t-elle avec le sérieux d'une grande personne.

— *Ale ! Genaoueg ! Droch ! Drebit founnus ha troc'hit d'ar skol !* Ah ! Niaise ! Sotte ! Mange bien vite et file à l'école !

Il ne fallait tout de même pas la prendre pour une idiote. Marie avait vaguement entendu Anna et Frañseze parler de « Résistance » : oh ! par bribes car dès qu'elle approchait, leur conversation se suspendait.

Elle se dit que ces hommes en faisaient partie, y compris Reun.

Lui revinrent en mémoire les explications évasives de Mateiz.

Mais toutes ces choses-là - Marie le savait - entraient dans le champ de plus en plus large de celles dont il ne fallait absolument pas parler.

Jamais ! Au grand jamais ! Ni pour de l'or, ni pour de l'argent.

Chapitre XII

Quand Frañseze partait pour les champs inondés de soleil, elle cherchait toujours à se faire accompagner de Marie :

— *Elumet eo an amzer!*, le temps est allumé ! disait-elle.

La bonne occasion de dispenser l'enseignement tant cultural que culturel.

— *Dav eo deoc'h deskiñ ar pezh ' meus da zeskiñ deoc'h. Pelec'h e vo gwraet 'mod-all evit lezañ 'n eil rummad tud d'egile anaoudegezh ar yezh hag an traoù hag ya d'o heul? Lârit din, 'ta!* Il faut que tu apprennes ce que j'ai à t'apprendre. Sinon comment fera-t-on pour léguer à la génération suivante la connaissance de la langue et tout ce qui l'entoure ? Dis-moi un peu ? insistait-elle.

La remarque ne la préoccupait guère tant Marie vivait avec la certitude que Frañseze serait éternellement là pour répondre aux questions dont elle ne possédait pas la clef. Aussi, la grand-mère empruntait-elle les méandres des légendes pour lui passer le relais de sa culture séculaire et l'attirer vers les sillons.

À cette époque sans retraite ni « sécu » paysannes, ceux qui reprenaient la ferme avaient leurs vieux parents à charge, parfois malades ou impotents. L'obligation est une chose. Toute autre est la générosité. La hantise des anciens épousait la crainte de se trouver un jour de trop dans la ferme de leurs enfants, après avoir besogné toute une vie pour leur léguer cet outil de travail.

Tandis que s'activaient les bras sur l'ouvrage qui se prête si bien aux choses de l'esprit, Frañseze avait à cœur de raconter les mésaventures des enfants ingrats et les bonnes surprises qui attendaient ceux qui accueillaient leurs vieux parents avec les égards qui leurs étaient dûs. Subterfuges, tours pendables, tout était bon pour donner à l'histoire le petit côté drôle et chasser la leçon de morale.

Pour la rejoindre aux champs, en chantonnant, Marie jouait à cloche-pied entre les deux tracés creusés dans le chemin par les grandes roues ferrées des charrettes. À peine avait-elle fait quelques pas sous le tunnel des grands arbres qu'elle découvrait, accroché à une ronce, le *koant hiviz* de Frañseze, ce corselet doublé de cotonnade chaude qui enserrait *ar jiletenn*, le gilet. Celui-ci pendait quelques pas plus loin à une branche de noisetier.

Amusée, Marie se mettait à la « cueillette » des vêtements de sa grand-mère. Quelques coudées plus avant, elle dénichait les bas de laine sur une touffe de houx.

La petite savait qu'elle allait trouver Frañseze en bras de chemise et trempée de sueur. Dans les beaux jours elle se dévêtait ainsi en cours de route, sans arrêter sa marche, sachant que Marie lui ramènerait le tout afin qu'elle ne prenne pas mal après sa suée.

La grand-mère se munissait d'une houe et emportait une binette pour la petite fille, sûre que tôt ou tard, elle la verrait arriver. Avant de lui donner l'outil, elle attachait un chiffon sur le manche afin que les frottements ne lui blessent la peau.

— *Ho kroc'hen 'zo tener c'hoazh, merc'hig, setu eo dav deoc'h lakaat ho taouarn war al lien evit nompas ober « morc'h bihan »!* Ta peau est encore tendre, petite fille, aussi il faut que tu mettes ta main sur le linge pour ne pas te fabriquer des « petits cochons »!

C'est ainsi qu'elle désignait les ampoules.

Cela, entre beaucoup d'autres choses, faisait partie de leur complicité.

Autres obligations régulières: les colis et le courrier pour le prisonnier en Allemagne. Le tout relevait de codifications méticuleuses et tatillonnes: aucun colis ne devait partir sans être accompagné du « bon » que le prisonnier avait expédié à sa famille.

Les années passant avaient ordonné ces préparatifs.

Contenu et contenant obligeaient à de longues recherches. Y compris carton, papier et ficelle devenus un problème de négoce et de troc. L'hiver, il était possible d'y mettre un morceau de lard et une andouille bien fumée mais l'été, les trois ou quatre semaines que durait le trajet interdisaient - à la demande du prisonnier lui-même - l'expédition de ces denrées périssables. En revanche, il suggérait l'envoi de bien des choses devenues introuvables. Il ne soupçonnait pas les pénuries. Anna et Frañseze échangeaient ce qu'elles pouvaient et essayaient de pourvoir au manque par des substituts : la boîte de saccharine remplaçait le sucre attendu. La Croix-Rouge pourvoyait à quelques carences mais les familles citadines, bien plus nécessiteuses, avaient priorité. Normal. Aussi plutôt que de se déplacer jusqu'à Kemper pour subir un refus, mieux valait s'en tenir à ce dont on disposait à la ferme.

Ce jour-là, emballage, ingrédients et paperasses réunis s'étalaient du haut en bas de la table. Anna pesait soigneusement l'ensemble sous le regard curieux de Marie, le pouce dans la bouche et l'index caressant le nez. Le total ne devait pas dépasser un poids réglementaire sinon le colis pouvait revenir ; c'était déjà arrivé.

Anna reportait le détail du contenu sur un morceau de papier et le collait à l'intérieur à l'aide de glu - fabrication « maison » car depuis belle lurette on ne trouvait plus de colle dans le commerce. Ainsi Youenn pourrait vérifier si l'envoi n'avait pas été trop soulagé de marchandises !

Restait à poster le paquet.

Anna s'en chargeait quand le temps et sa santé le lui permettaient. Sinon les cinq kilomètres à vélo étaient pour Frañseze. À vélo ? Façon de parler car il lui était presqu'impossible de pédaler à cause de sa mauvaise jambe : va pour la descente et le petit plat. Quant au reste du chemin, elle s'appuyait sur sa machine et avançait à pied.

Le colis arrivé à bon port, le prisonnier disposait d'une carte-réponse de remerciements, pré-imprimée, qu'il signait et adressait à sa famille : la boucle était bouclée.

Autre rite : l'écriture de la lettre.

Depuis que Marie savait lire et écrire correctement, Anna lui laissait un petit espace sur le peu dont elle disposait : vingt-quatre lignes exactement sur un imprimé codifié. À chaque fois elle trichait et inscrivait la date dans le triangle de l'encoche. Cette feuille-enveloppe pliée en quatre se fermait par une pointe arrondie passée dans une petite fente. L'adresse se mettait au dos dans les formes prévues, expliquées en allemand, traduites en français minuscule. Pour être sûre de ne pas gâcher l'écrit et le peu d'espace par une tache malencontreuse, Marie devait reporter son brouillon sur le papier officiel, au crayon gris. Moments de négoce pugnace avec Anna car elle ne manquait jamais d'inspiration et se serait approprié toutes les lignes !

— *N'eo ket just ! Dam' betra c'hwi 'peus droad da gaout muioc'h 'blas evidon !* Ce n'est pas juste ! Pourquoi tu as le droit de prendre plus de place que moi ! criait-elle à sa mère.

À chaque fois, c'était une cote mal taillée. Marie se rebiffait et, la rage au cœur, s'enfuyait jeter en pâture au vent les mots qu'elle n'avait pu écrire à ce père lointain.

La réponse de Youenn revenait, avec parfois, plus

de parcimonie imposée comme cette carte de sept lignes, du 14 juin 42, à en-tête de *Kriegsgefangenenlanger* camp de prisonniers de guerre N° 1035 :

« Bien chers tous,
Je me porte toujours très bien portant et espèrant qu'à la réception de ma carte, vous serez tous de même. Est-ce qu'il y a un poulain cette année ? On m'a acheté une faux neuve cette année, peut-être quand j'aurai usé celle-là, j'irai à la maison. Bons baisers à tous. Yves. »

Fenaison en Europe centrale… Les pensées du prisonniers voguaient vers les siens et le poulinage de Ploneiz. Oh ! La chanson de la faux dans l'herbe mûre de *Foenneg Ar Stêr…*

Afin de faire passer quelques informations précises, soutenir le prisonnier et se revigorer elle-même, Anna pensa écrire en breton.

— *Allas ! Allas ! Ma Doue benniget !* Hélas ! Hélas ! Dieu béni !

Astuce mais déconvenue totale. Dans sa réponse le prisonnier insistait pour que jamais plus Anna n'utilise ce subterfuge : la lettre avait été passée à l'encre de Chine et la garde chiourme, cynique et goguenarde, lui avait remis ce papier parfaitement illisible.

Frustré, il dut attendre la lettre réglementaire du mois suivant.

Ainsi s'en allaient victuailles, correspondances, pensées et nouvelles du Pays, bonnes ou tristes, parfois énigmatiques par le biais de métaphores ou de jeu de mots.

« Yann-Reun s'est tiré ! Mes compliments ! » avait-il répondu le 22 février 42 à l'astuce linguistique, répétée de part et d'autre, qui lui apprenait l'évasion de son beau-frère. Quelques mois plus tard, sa mort en décembre 1943 - hélas - avait demandé moins de circonlocutions.

Un jour, Youenn expédia une photo carte postale, réalisée sans doute par les services de la propagande nazie. C'est ainsi que Marie put, avec l'aide de sa mère, repérer son père sur cette photo parmi les prisonniers d'une ferme du stalag VIII A, bien rangés devant la petite bâtisse qui, la nuit, leur servait de geôle. Durant la journée, ils travaillaient dans les champs de betteraves à sucre.

Rien que des Bretons, avait-il expliqué, sauf un Marseillais !

Mélange détonnant !

Afin de lui rendre la pareille, mais avec des images moins officielles, de temps à autre, Mar'Janig arrivait le dimanche, munie de sa boîte magique.

Ce jour-là, c'était fête toute l'après-midi. La lourde petite boîte noire ouvrait son soufflet et affichait petits boutons métalliques et poussoirs. Elle faisait partie de ces objets devenus introuvables qui fascinaient Marie. Sa tante manipulait, visait, essayait, calculait les distances. Puis, ces mises au point minutieuses terminées, prédéclenchait une minuterie, posait l'appareil à hauteur adéquate sur un support improvisé et courait se placer dans l'espace qu'on lui avait réservé.

— Clic! Clac!

La boîte fixait ce moment pour l'éternité!

— Clic! Clac!

Le gros hanneton noir ouvrait son œil et engloutissait l'instant qui revenait en images quinze jours ou trois semaines plus tard, enregistré sur minuscules cartons sépia dentelés ou papier blanc brillant. Une fois le temps, Mar'Janig, après mille et une recommandations, lui confiait l'objet de tous les mystères afin qu'elle puisse s'essayer au tour de passe-passe.

— Tu ne bouges surtout pas! Tu retiens ta respiration et tu pèses... là! C'est tout!

Marie saisissait l'appareil avec déférence, ajustait son œil sur le viseur en essayant de ne pas « décapiter de têtes » selon la recommandation de sa tante, respirait un bon coup et pesait sur le « clic! clac!...»

C'était dans la boîte!

Le dimanche de Pâques 1944 s'annonça bientôt et le soleil aidant, les taches de rousseur du visage de Marie refirent surface à son grand désespoir.

— *Bez' 'mañ ho pikoù-pan war wel adarre. 'Mañ an aoñv o tont*! Tes taches de rousseur ont réapparu. L'été arrive! lui faisait-on remarquer dans le voisinage.

Marie enrageait.

Ce dimanche-là Mar'Janig devait rentrer: cela

faisait partie des rythmes de l'année qui s'égrènent comme la pluie et le beau temps. La grand-messe finie, elle aurait dû être là depuis longtemps, même avec une demi-douzaine de crevaisons ! Marie avait couru cent fois jusqu'au bas de la côte espérant enfin l'apercevoir. Hélas ! La silhouette attendue ne se profilait pas à l'horizon. Le repas « s'usait » à attendre près des braises. Bourrées d'anxiété, Frañseze et Anna finirent par se mettre à table avec Marie.

En fin d'après-midi, un homme arriva à vélo. Il le posa contre le mur de la maison entre le rosier grimpant et la touffe de pivoine en boutons. Il entra en tortillant sa casquette, s'enquit de la bonne adresse des lieux et, comme quelqu'un qui aurait le feu aux trousses, débita ce qu'il avait à dire :

— *Tont da lavar' deoc'h emaon : Mar'Janig na c'hallo ket dont hiriv nag an divezhioù a zo 'tont : er prizon sant Charlez eo bet lakaet an noz passeet.* Je viens vous dire : Mar'Janig ne pourra pas venir aujourd'hui ni les jours qui viennent ; elle a été emprisonnée à Saint-Charles la nuit passée !

La foudre tombant sur la maison n'aurait pas plus saisi Frañseze. Elle s'écroula sur une chaise. Anna s'assit lentement. S'appuya sur la table. Se prit la tête des deux mains.

— *N'eo ket posubl ! Ur gudenn 'zo bet ! Petra 'c'hall ar Boched tamall da ma c'hoar ?* Ce n'est pas possible ! Il y a erreur ! De quoi les Boches peuvent-ils accuser ma sœur ?

Anna écroulée, résumait la situation d'une façon toute simple.

L'homme debout au milieu de la pièce ne savait que dire ou ne pouvait en dire plus. Il balbutia quelques mots et s'en alla aussi vite qu'il était entré.

On l'entendit reprendre son vélo...

Le soleil aidant, Anna décida de se rendre à vélo le lendemain jusqu'à Kemper. Frañseze toujours inquiète pour sa santé fragile essaya de la retenir.

Mais en vain !

— *Kemer a rafen an amzer 'vo dav din kemer evit nompas tapet ur c'hwezadenn ! Traoñ 'zo da vont muioc'h evit krec'henn.* J'y mettrai le temps qu'il faut afin de ne pas prendre de suées ! Il y a plus de descentes à l'aller qu'il n'y a de montées.

Quelques jours passèrent...

La parentéle avait dû l'accueillir et l'aider dans ses démarches. Il fallait dénouer les fils de ce qui, à ses yeux, ne pouvait être qu'une grossière méprise.

Elle revint en fin de semaine par le car du samedi soir.

Marie, à l'affût, courut prévenir Frañseze toujours noyée de travail mais qui accourut sur le champ.

— *Deut oc'h 'benn da welet 'nezh' ?* As-tu réussi à la voir ? demanda t-elle nouée d'inquiétude.

Anna fit non de la tête. Elle s'était assise, visiblement épuisée.

— *Goulet 'meus gant an apotiker-louzaouer 'lec'h voe labourat, eñ 'nije gallet sikour c'hanon da wel 'nezh'. Lâret 'neus, ya, din. Na meus ket gallet kaout alc'hwez he c'hamb. Ranket a rafen mont en-dro.*

Matreze 'c'hallfen kaout neuze an droad da wel 'nezh'. J'ai demandé à l'herboriste chez qui elle travaille, s'il pouvait m'aider à la voir. Il m'a dit oui. Je n'ai pas pu avoir la clef de sa chambre. Il faudra que je retourne. Peut-être alors pourrais-je obtenir le droit de la voir.

— *He c'halc'hwez ?* Sa clef ?

— *Ya, he alc'hwez 'zo gant ar Boched.* Oui, sa clef est avec les Boches.

Tout était dit. Il n'y avait plus rien à entendre. Frañseze, anéantie, cassée en deux, claudiqua vers le travail à finir...

Marie accompagnerait sa mère à Kemper. Ainsi en avait décidé Anna qui essayerait de voir sa sœur : si elle essuyait un refus, la faveur serait-elle accordée à la petite ? Il fallait tout essayer afin que Mar'Janig ne se sente pas abandonnée même si les raisons de son arrestation demeuraient aussi obscures qu'avant les premières recherches d'Anna.

Elle prirent le car le samedi suivant. Marie se sentait toute légère dans ses petits souliers de vernis noir récupérés Dieu sait dans quel grenier ! Mais ils étaient comme neufs et c'était un vrai bonheur.

Elles traversèrent le cœur de la ville pour se rendre chez l'herboriste, rue Astor. Il reçut Anna un bon moment dans l'arrière-boutique tandis que Marie furetait dans le magasin, fascinée par les flacons de toutes les formes, de toutes les couleurs et qui embaumaient. Les clientes faisaient leurs emplettes. La vendeuse allait et venait d'un bout à l'autre des vitrines vers le comptoir.

Anna revenue, Marie la sentit tendue comme un fil ténu, prête à craquer. Elles reprirent la rue…

— *Da belec'h maomp 'vont*? Où allons-nous?

— *Da di ar Gestapo, ru Laeneg. Matreze, 'neus lâret din an apotiker e rafent droad deomp da vont da wel Mar'Janig. An dud-se zo pratikoù en e di. Setu! Klevet mat ho peus: ma na 'mo ket droad, 'c'houlfen droad evidoc'h gwel' 'nezh'. Komprenet mat ho peus? Setu, dreist-holl, dalhit o teod: na gaozeit ket deus « Boched » a-dreuz hag a-hed!* Au siège de la Gestapo, rue Laennec. Peut-être, m'a dit l'herboriste, qu'ils nous donneront le droit de voir Mar'Janig. Ces gens-là sont ses clients. Voilà! Tu as bien entendu: si je n'obtiens pas le droit de la voir, je demande ce droit de visite pour toi. Tu as compris? Alors surtout, garde ta langue: ne parle pas de « Boches » en long et en travers!

Marie fit oui de la tête.

Au détour de la rue René-Madec, elles abordèrent la rue Laennec. À mi-parcours à gauche, une courette munie de grilles hautes devant une maison bourgeoise: le siège de la Gestapo.

Guérite dans la cour avec ses soldats en armes. Marie serra très fort la main de sa mère. Celle-ci présenta un papier à une sentinelle. Il y jeta un œil, leur fit signe de le suivre. Quelques marches à monter. Il ouvrit la porte. Les fit entrer dans le hall. À gauche un grand escalier grimpait vers l'étage. Il l'escalada, puis redescendit aussi vite et repassa devant elles, l'arme toujours à la bretelle. Bruits de bottes sur le plancher, voix d'hommes dans une langue que Marie ne comprenait pas. Des soldats allaient et venaient, noirs ou vert-de-gris. L'attente s'éternisait, angoissante. Anna toussait comme d'habitude. Enfin un grand officier noir dégringola de l'étage. Très raide, il vint vers Anna. Lui hacha en quelques phrases correctes les réponses aux questions qu'elle ne posa même pas !

— Bonjour, madame. Votre sœur a été arrêtée parce qu'elle fabriquait des fausses cartes d'identité pour les terroristes. Elle a été interrogée longuement. Nous avons des preuves. Voici la clef de sa chambre. Vous pourrez la rencontrer ce matin à la prison St-Charles à onze heures précises. Sachez, madame que c'est une faveur.

Ces quelques phrases débitées, il s'inclina, se retourna d'une pièce et remonta l'escalier quatre à quatre. Anna, livide, la clef dans la main, n'avait dit mot. Des soldats allaient et venaient. Elle se ressaisit et comme une automate se dirigea vers la porte, Marie agrippée à ses basques.

Arrivée sur la place Terre-au-Duc, une quinte la cassa en deux, elle s'arrêta et s'appuya à un mur entre deux portes. Marie lui caressa la main. Autour d'elles les passants se pressaient, indifférents. Elles remontèrent lentement le Picheri en s'arrêtant de temps en temps afin qu'Anna puisse retrouver souffle. Une auto « officielle », enrouée, annonça son passage. Quelques vélos dévalaient la pente tandis que d'autres cyclistes remontaient à pied en poussant leur machine dans la raideur sèche de la côte. Elles abordèrent le champ de foire où l'herbe poussait sous les longues rampes de fer, attaches vides de tout bétail ou de chevaux. Guérite, soldats armés devant l'entrée monumentale des remparts. Au sommet de la Tourbie, la tour de guet, les Allemands s'interpellaient, joyeux, aveuglés de soleil printanier. Côté Likès, silencieuses, elles abordèrent le raidillon vers le bourg de Kerfeunteun et St-Charles. Une patrouille allemande descendait en chantant au pas cadencé :

« Ali, alo, ali ! Ali, alo, ali !
Ali ! Alo ! Ali ! Alo ! A, a, a, a... »

La marche polyphonique et martiale résonnait dans le matin clair.

— *Na selleomp ket deus outo ! Groet egist ma ne welefec'h ket 'nez'.* Ne les regardons pas. Fais comme si tu ne les voyais pas.

Marie fixa le bout de ses souliers. Les soldats passés, elle se retourna subrepticement. Anna lui secoua la main.

— *Nompas sell war ho lerc'h deus outo !* Ne te retourne pas pour les regarder !

Enfin elles arrivèrent sur le faux plat. Sur le haut mur de pierres sèches, les bois torsadés d'une glycine commencaient à se garnir de tendre verdure, toute bourdonnante d'abeilles. Anna s'arrêta pour la énième fois afin de reprendre haleine. Elle se pencha vers Marie et reprit les ordres déjà si souvent répétés :

— *Rabat deoc'h asantiñ netra gant ar Boched ma tegouefe dezhe kinniget un dra bennaket deoc'h ! Ha komprenet 'peus mat, ma na 'mefe ket droad da wel 'nezhe', c'houlfen droad evidoc'h. Komprenet mat o peus ?* N'accepte rien qui te soit offert par les Boches s'il se trouvait qu'ils t'en offrent ! Et tu as bien compris que si je ne peux pas la voir, je demanderai ce droit pour toi. Tu as bien compris ?

— *Ya*. Oui, fit Marie sans trop comprendre ce que ce pourrait être.

Une guérite, deux soldats en armes : le chemin caillouteux grimpait vers St-Charles coincé entre les pignons des maisons. Anna présenta son papier. Ils les laissèrent poursuivre. Elles avançèrent sur le chemin raviné qui se courbait sur la gauche le long d'un mur. À droite, côté campagne, des barbelés serrés rendaient toute échappée impossible. Au détour du chemin, devant la grille fermée, des chevaux de frise hérissaient leurs piques ainsi qu'une autre guérite flanquée de ses soldats armés.

Elles continuèrent d'avancer.

Nouveau contrôle. La grille s'ouvrit. Deux soldats écartèrent les chevaux de frise pour qu'un sidecar puisse sortir et qu'elles entrent.

Pétarades, fumées grises, odeurs d'essence.

L'un des gardes les accompagna. Elles traversèrent la cour sous les grands marronniers dominés par les deux immeubles, disposés à angle droit côté gauche. Le soldat marchait vite. Anna peinait. Elles montèrent les quelques marches qui donnaient accès, après la porte, à un grand vestibule carrelé. Un immense escalier s'envolait vers les étages. Un couloir sombre coupait l'intérieur sur toute sa longueur. Un officier vert-de-gris les fit entrer dans une grande pièce de l'autre côté du couloir. Au milieu, une énorme table. La haute baie, grillagée à l'extérieur, maillait la pièce de dessins réguliers découpés par la lumière du soleil.

L'officier s'adressant à Anna lui demanda d'ouvrir son sac. Sans attendre, il le lui prit des mains. Renversa le contenu sur la table. Étala. Fouilla sans précautions. N'y trouvant rien à redire, sèchement lui intima :

— Ramassez ! Reprenez votre sac, madame.

Il appela, donna un ordre puis se tourna vers Anna qui avait tout ramassé pêle-mêle.

— Vous allez pouvoir parler à votre sœur en ma présence. Je suis interprète. Vous ne devez parler que de votre famille et de façon distincte. Tout autre sujet est interdit.

Toujours cette saccade verbale…

Et la prisonnière arriva.

Elle était de la pâleur des murs chaulés. Marie se laissa embrasser. Anna ne put retenir ses larmes. Mar'Janig non plus. Les deux sœurs tombèrent dans les bras l'une de l'autre. Puis elles se ressaisirent. Anna donna un mouchoir à sa sœur qui en était dépourvue.

— Vous ne devez rien donner à votre sœur ! L'interprète l'arracha des mains de sa tante, l'examina et le lui rendit.

Puis il s'assit nonchalamment sur le coin de table et échangea quelques mots avec la garde qui avait amené Mar'Janig.

Il y eut un long silence entre les deux sœurs.

« Elle est grosse, la garde », se dit Marie. Robe vert-de-gris avec épaulettes réglementaires. Un visage gras et des cheveux filasses ramassés en chignon. La petite, que tout le monde semblait avoir oubliée, debout au milieu de la pièce, observait les lieux et les personnages de ce théâtre codifié.

Enfin, malgré les contraintes, les deux sœurs commencèrent à parler, par monosyllabes, presqu'à mi-voix. Agacé, l'interprète les rappela à l'ordre :

— Parlez plus fort. Je ne vous entends pas !

Sursaut des deux femmes !

Secousse de Marie !

Il avait coupé net les quelques mots des deux sœurs. Marie leva le regard vers Mar'Janig et remarqua une grosse tache bleue sur sa tempe.

Anna balbutia quelques mots vers l'interprète : pouvait-elle montrer une photo ?

— Quelle photo ?...

Nouveau sursaut.

— Ce sont deux amis, près de la tombe de notre frère, expliqua-t-elle à mi-voix.

Il y jeta un coup d'œil rapide et sans un mot la tendit à la prisonnière.

Un soldat vert-de-gris passa et caressa les cheveux de la petite. Marie recula et se blottit près d'Anna. Il plongea la main dans sa poche, en sortit un bonbon jaune et, se penchant, le tendit à la fillette avec un grand sourire. Marie fit non de la tête et se mit le doigt dans la bouche. Façon peu prosaïque de couper les ponts mais que Marie trouvait, en général, fort efficace. En effet, il n'insista pas et s'en alla.

— L'entretien est terminé... Redonnez la photo à votre sœur.

Et tout alla très vite. Les deux sœurs s'embrassèrent. Effusions et contraintes. Mar'Janig effleura les cheveux de la petite, passa devant la garde-chiourme et disparut dans le couloir.

La porte claqua.

Anna reprit la main de Marie. Elles se dirigèrent vers la sortie, descendirent le perron, traversèrent la cour. Anna allait d'un pas mécanique aussi rapide que lui permettait son essoufflement permanent. Marie avait du mal à la suivre et courait comme elle pouvait.

Dans les grands arbres de la cour les oiseaux chantaient.

La grille s'ouvrit pour laisser passer les deux visiteuses. Guérite, soldats en armes, chevaux de frise, chemin caillouteux raviné...

Au delà des fils de fer barbelés, le printemps courait sur la vallée des bocages verdoyants.

Tout à coup, entre guérite et soldats armés, il sembla à Marie que ce printemps était emprisonné.

Enfin ! Le bourg de Kerfeunteun.

La cloche se mit à sonner l'Angélus de midi.

Il faisait soleil.

Marie frissonna.

Il faisait chaud et pourtant quelque chose de glacé l'étreignait jusque la moelle.

Chapitre XIII

Mai 44 étirait son long ciel pluvieux qui n'en finissait pas de pleurer sur ce printemps pourri. Mais qu'importe le temps mauvais, une bonne nouvelle venait enfin éclairer la vie. Inattendue! Incroyable!

Au retour de l'école, Marie retrouva Mar'Janig!

Ô! Ma Doue! Si fragile, si amaigrie, si cassée par la violence, les interrogatoires interminables, la peau diaphane à force de peur et d'angoisse et la persistance d'une douloureuse entérite durant tout le temps de son incarcération. Ses vêtements flottaient sur sa maigreur.

— *Ur burzud eo kavout 'nezhi' en-dro!* C'est miracle de la retrouver! expliqua Anna qui désespérait depuis la visite à la prison de la voir libre. Ou même de la revoir un jour…

— *Aet on da wel stad ho kambr…* Je suis allée voir l'état de ta chambre… *Gwad 'oa pep lec'h barzh ho kambr. Lopañ war o kwar 'neusent gwraet?* Il y avait du sang partout. Ils t'ont battue? s'inquiéta Anna.

Mar'Janig fit oui de la tête. Laconique, encore « ailleurs ».

Puis par petits bouts, l'ancienne prisonnière de St-Charles, douloureuse, ébranlée, se décida à raconter son histoire.

— L'herboriste est intervenu...

Depuis l'occupation allemande, il avait réussi, sans concession aucune, à capter la confiance d'une certaine clientèle d'officiers.

Jouant le tout pour le tout, il prit rendez-vous avec celui chargé de la prison St-Charles.

Avec science et conviction, il lui expliqua par le menu « la maladie » - rare selon lui - dont souffrait son employée depuis de longues années. Maladie dont le temps d'incubation était variable d'un sujet à l'autre et transmissible par un virus que l'on n'avait pas encore réussi à isoler...

— Il aidait, expliqua-t-il, la pauvre jeune femme à se soigner grâce à ses très grandes connaissances du bienfait des herbes. Mais l'armée allemande, appuya-t-il, pouvait-elle continuer à risquer une contagion à laquelle elle ne saurait parer ?

Pour ce qui était du chef d'inculpation qui l'accablait :

— Avait-elle avoué ? Avait-on trouvé du matériel chez elle ? Non ! Alors, cette histoire de fausses cartes d'identité ? Fabriquées par son employée aux coutures dans le magasin de lingerie attenant à son officine ? Tout de même ! Il l'aurait su ! Et puis, ce jeune homme, arrêté lors de la rafle, il avait donné le nom et l'adresse de Mar'janig, mais avait-il cette fausse carte d'identité sur lui lors de l'arrestation ? Non ! Il se rendait chez elle ? Certes, ce jeune relevait du S.T.O. et se devait de respecter le couvre-feu mais « on se rend aussi chez une jeune femme pour autre chose ! » avait-il ajouté d'un air entendu avec un clin d'œil volontairement égrillard.

Notre affabulateur aux potions salvatrices, semblait si sûr de son fait que l'officier allemand le crut sur parole. Sur le champ, soulagé de pouvoir écarter un risque grave en un moment crucial pour l'armée allemande, il accéda à la demande de l'apothicaire.

C'est ainsi que celui-ci, avec un bel aplomb, sortit de St-Charles accompagné de son employée, malade rare et incurable !

— Incroyable mais vrai, concluait Mar'Janig en secouant la tête.

Puis, elle se taisait, cassée, pensive, épuisée alors que sa sœur et sa mère en redemandaient.

Ô ! se disait Marie dans son coin, *« Mag a teufe a-benn, un bennaket da ijinañ ur vojenn ken fentus evit da ma zad dont d'ar gêr ! »* Si seulement quelqu'un pouvait inventer quelque chose d'aussi drôle qui ramènerait mon père à la maison !

La petite écoutait... Bien des choses lui échappaient mais sa tante était là.

Elle allait rester dans la maison de Frañseze le temps nécessaire pour se faire oublier. D'autant que, de plus en plus, les conversations quotidiennes évoquaient les coups de main de la Résistance et la nervosité croissante de l'occupant. Là-dessus, les points de vue de tout un chacun ne concordaient pas avec l'action de ceux-ci :

— *Da glask beañ gwelloc'h evit an holl, daoust na lakafent ket an dud 'barzh an dañjer ?* En cherchant à être meilleur que les autres, n'allaient-ils pas mettre les gens en danger ? disait-on couramment.

Mar'Janig se taisait.

Et l'on fut en juin !

Le ciel pleurait toujours et Frañseze se lamentait :

— *Ar foenn, na vo ket moaien da zestum 'neañ' ar bloavezh-mañ !* Le foin, on ne pourra pas le ramasser cette année.

À quoi la petite vieille du penn-ti d'à côté, Marig, au visage tout fripé comme la pelure d'une pomme en fin d'hiver répliquait comme un écho :

— *An heol n'eo ket bet manket morse da zont evit ar foenn 'pa' an eost. Doue atav 'sikour an holl evit na vo ket breinet frouezh an douar !* Le soleil n'a jamais manqué de venir pour les foins ou la moisson. Dieu toujours vient au secours de tous pour sauver les fruits de la terre !

Lorsqu'elle se réveilla ce matin-là de belle heure, un sourd grondement roulait dans le lointain. Intriguée, Marie sauta du lit pour aller regarder par la fenêtre : au-dessus de la maison, en vagues successives voilées par les nuages bas, une sinistre armada d'avions poussifs avançait.

D'habitude ces bruits inquiétants grondaient dans le soir.

Frañseze trayait ses Pie noire. Marie s'habilla d'un tour de main et après avoir lampé son bol de *boued-laezh-dour-livet*, sa soupe de lait et d'eau colorée, un bout de crêpe de blé noir au beurre dans la main, elle se glissa dehors. Bizarre… Ce bruit sourd et continu ne ressemblait pas du tout aux coups de boutoir à répétition des bombardements de Brest. Pas d'impacts non plus dans le ciel où un petit vent nerveux poussait les nuages. Pas d'éclairs au-dessus ni à l'autre bout de l'horizon : ce ne pouvait être le tonnerre. Sûr, au-dessus et pas très haut, des avions rôdaient ! À quel camp appartenaient-ils ? Elle s'arrêta pour écouter : le bruit des moteurs allemands était lourd. Or, celui-ci sonnait clair malgré l'effort.

Kamaladed an tu all deus ar mor, e-gist lavar Frañseze, les camarades de l'autre côté de la mer, comme dit Frañseze, conclut Marie.

Tout à coup dans la vallée, il y eut comme des crissements de milliers et milliers de criquets. Le soleil, par magie, accrochait ses rayons dans une myriade de touffes ondoyantes qui descendaient lentement, portées par le souffle de la brise.

Blev aelig? Des cheveux d'anges ? se dit Marie, ébahie.

Le ciel, de désespoir, fatigué de la folie meurtrière des hommes, tondait-il la gent céleste ?

Marie courut à perdre haleine vers les prairies afin de toucher ces choses légères et merveilleuses qui descendaient avec tant de grâce depuis l'Au-delà ! Elle sauta par-dessus la barrière, enleva ses sandales aux semelles de bois et les jeta près du talus. Elle entra nu-pieds dans l'herbe haute encore mouillée des averses de la nuit. Ici et là, les houppes descendant de l'espace s'échouaient en douceur sur le faîte des herbes montées en graines et devenaient réalités moins surnaturelles : des poignées de longues et fines lanières brillantes, légères, étincelantes comme d'étonnantes aigrettes d'argent sur l'émeraude mouvante de la prairie piquetée de boutons d'or. Avec précaution, la petite saisit l'une d'elles, y plongea la main.

Les fibres crissèrent joliment : symphonie cristalline sur étoupe d'étain…

Marie se dit que ces « choses » simuleraient une neige merveilleuse autour de sa crèche pour la Noël prochaine. Elle commença sa cueillette dans l'herbe en fleurs et en graines, avec un peu de mauvaise conscience : Frañseze interdisait fermement de traverser, ou pire, de parcourir les récoltes mûres. Bah ! l'herbe relèverait bien la tête pour regarder le soleil - enfin au rendez-vous du printemps - avant d'être fauchée.

Elle ne décida de remonter à la maison que lorsqu'elle eut plein les bras de sa « neige » providentielle et s'aperçut, en enfilant ses sandales, que sa robe trempée collait à ses jambes et gouttait sur ses pieds ! Elle posa sa cueillette, enleva sa robe, la tordit du mieux qu'elle put et la remit. Elle pouvait remonter à la maison. Le soleil sècherait le reste !

Lorsqu'elle passa la porte - ouverte dès la belle saison - Frañseze et Anna mouraient d'inquiétude, non pas de la disparition matinale de Marie - la petite parcourait la campagne à longueur d'année - mais de l'absence de Mar'Janig.

Elle était partie à vélo la veille en promettant de revenir ce matin. Mystérieuse, elle avait refusé de donner le but de son voyage.

Or, midi approchait.

Depuis l'aube, ce vacarme dans le lointain et au-dessus de leurs têtes vrillait le cœur des deux femmes. Marie l'avait complètement oublié mais il perdurait sans discontinuer. Elle remarqua aussi qu'elles avaient dû pleurer mais cherchaient à ne pas le laisser voir... Sa merveilleuse brassée lumineuse passa inaperçue comme sa robe mouillée !

Apparemment, il y avait un mystère « Mar'Janig ».

Les fausses cartes d'identité ? Marie avait bien surpris quelques bribes de conversations ici et là. Elle s'était dit qu'on ne voulait pas qu'elle entende mais que le dos tourné, les trois femmes avaient dû se raconter tout ce qu'elles voulaient lui dissimuler !

Eh bien, Non !

À l'évidence, Anna et Frañseze n'en savaient pas davantage et ne pouvaient que supposer les raisons de ces escapades. Mar'Janig, ayant repris un peu de force et de couleur, s'absentait ainsi de plus en plus souvent sans jamais vouloir donner la moindre explication. Ce qui était source de disputes fréquentes entre les deux sœurs. Frañseze essayait de les raisonner. Sans y réussir.

Dans ces moments, Marie prenait la poudre d'escampette et ne revenait que l'atmosphère calmée...

Puisque l'Angélus de midi avait sonné, Frañseze mit la soupière fumante sur la table. La veille, elle avait sacrifié et plumé une vieille poule de trois ans en fin de ponte, et l'avait fait mijoter avec les légumes depuis l'aube.

Elles mangèrent en silence.

Mar'Janig ne revint qu'à la nuit et apprit à la maisonnée, soulagée de la revoir saine et sauve, « que le débarquement venait d'avoir lieu en Normandie ».

Du coup, Marie alla chercher sa récolte pour la lui montrer.

— Les avions ont dû jeter ça pour brouiller les ondes, expliqua sa tante.

Marie apprit ainsi que les pilotes se concertaient par radio et qu'à terre on pouvait surprendre ce qu'ils se disaient. Aussi aujourd'hui, journée capitale entre toutes, pour que l'ennemi ne puisse comprendre leurs échanges, « les camarades de l'autre côté de la mer » avaient imaginé de troubler l'écoute des radios avec ce subterfuge inattendu.

— Leur radio, c'est un peu comme ton poste à l'œil vert de Kemper ? demanda Marie qui s'appuyait toujours sur des choses concrètes afin de bien comprendre.

— Oui ! Mais ta tante n'a plus de poste, coupa Anna paniquée. La Gestapo l'a emporté. Il n'était plus dans sa chambre après son arrestation… *Na gaozit da zen ebet, tro-war-dro, deus an dra-se…* Tu ne dois parler de cela à personne autour de toi ici. ni de la radio de tante ni de la radio des avions !… *N'ouzit netra ! Komprenet ho peus* ? Tu ne sais rien ! Tu as compris ?

Explication bilingue, Marie fit oui de la tête et soupira.

Les trois femmes essayaient en vain de reprendre

le cours d'une conversation normale. Le mystère qui pesait sur les absences de Mar'Janig, malgré ce qui semblait aujourd'hui être de bonnes nouvelles, plombait l'atmosphère de cette soirée.

— *An avionoù 'neus diskarget, sur, pouez an ifern war penn an dud paour a zo 'chom e-kichen ar mor*! Les avions ont déchargé, au moins, le poids de l'enfer sur la tête de ces pauvres gens qui habitent ce bord de mer! pensa Frañseze tout haut, et sur cette funeste remarque se dirigea vers sa chambre.

— Oh, oui! fit Mar'Janig dans un souffle lorsque sa mère eut refermé la porte. Et du côté des Boches, ces jours derniers, un convoi dans lequel sont montées toutes les prisonnières de St-Charles est parti vers une destination inconnue, vers l'Allemagne sans doute! Toutes mes amies de cellule…

Elle ne put finir et fondit en larmes.

Un lourd silence écrasa l'instant…

— *N'eo ket echuet ar brezel c'hoazh! Peseu' mod oc'h gouest da vont hag da zont hep diwal deus ar pezh 'zo tro-war-dro deusoc'h? Na gomprenan ket noc'h ken*! La guerre n'est pas encore finie! Comment te permets-tu d'aller et de venir sans te garder de ce qui se passe autour de toi? Je ne te comprends plus! Anna avait explosé n'en pouvant plus des tensions de ces derniers jours.

— Ne me demande rien, souffla Mar'Janig et elle s'enfuit vers la chambre de Frañseze où elle avait son lit.

Les jours suivants, le beau temps s'était enfin installé. Le tournis monstrueux des avions au-dessus de leurs têtes devint intermittent. Le grondement lointain et permanent s'apaisa peu à peu puis s'éteignit. Cependant les bombardements sur Brest et Lorient continuèrent le soir. Ces ciels rouges et noirs l'angoissaient. Marie ne pouvait plus les regarder.

La fenaison terminée sans enthousiasme, la moisson s'annonçait dans l'ambiguité de sentiments contradictoires. Coupe, mise en gerbes et gerbières, charroi et battage, toutes ces journées de dur labeur étaient avant-guerre des moments de liesse. Elles n'étaient plus aujourd'hui que pesanteur écrasée de soleil et de fatigue.

Pourtant pointait une sorte d'effervescence dans les esprits au gré de la guerre dont on ne savait où elle en était.

Anna, rongée de toux, d'inquiétude, de maladie, s'étiolait un peu plus chaque jour. Depuis le débarquement aucune nouvelle ne lui parvenait du prisonnier. Plus de missive ni dans un sens ni dans l'autre, plus de colis si vitaux pour sa survie. Plus rien ne passait.

Les jours s'étiraient. Chacune des deux femmes vaquait à ses occupations comme une automate.

Restaient les escapades soudaines et inquiétantes de Mar'janig... Celles-ci piquaient la curiosité de Marie.

— *Da belec'h maoc'h 'vont?* Où vas-tu? demandait-elle innocemment.

— Qu'est-ce que tu dis ? *Al liorzh bihan dreñv an ti*! Le petit verger derrière la maison répondait Mar'Janig s'amusant de la comptine bilingue qui joue sur la rime des deux langues comme un poème énigmatique.

Et elle s'en allait en pesant sur sa pédale…

Fin juin 44, un groupe de jeunes hommes s'arrêta à la ferme. Parmi eux, l'un habitait le village, l'autre Kemper. Ce dernier, fils d'un marchand de vélos, avait fait un crochet jusqu'à chez sa tante, deux fermes plus loin, à *Kervouziern Nevez*, histoire de la saluer au passage. Ils déboulèrent dans la cour comme un ouragan d'espoir et balayèrent la désespérance d'un grand éclat de rire. Fougue, exubérance, enthousiasme communicatifs chassèrent comme une tornade la tristesse de la maisonnée.

— *Frañseze! kasea rafem ar Boched d'ar gêr. An devezhioù-mañ 'vo dav dezhe kemer an hent! Poent eo, 'gred ket deoc'h?* Frañseze ! Nous renverrons les Boches à la maison ! Ces jours-ci, ils devront en reprendre le chemin ! Il est temps, tu ne crois pas ? s'exclama le neveu de la voisine qui dans son élan, embrassa la grand-mère.

Mar'Janig se trouvait là.

Tous semblaient la connaître. Il y eut un rapide conciliabule. Une fois de plus, elle alla prendre son vélo, l'enfourcha et fila dans la descente.

Sa robe d'été volait au vent, si courte qu'elle lui valait régulièrement les remarques acerbes de Frañseze. Mais à ce moment précis le souci de la mère était autre :

— *Da belec'h 'mañ 'vont d'an eur-mañ hep lâr ger ebet?* Où va-t-elle à cette heure, sans dire un mot? s'inquiéta-t-elle une fois de plus.

— *Nompass klask goût re, mamm-gozh, met ni, rankomp goût dre belec'h e ya bale ar boched. Setu, Mar'Janig raio ur sell ha teuio en-dro!* Ne cherche pas à trop savoir, grand-mère, mais nous, il faut que nous sachions par quels lieux vont les pas des Boches. Aussi Mar'Janig va jeter un œil et reviendra! lui dit en riant le neveu de la voisine.

Frañseze, qui détestait que l'entourage lui donnât du *Mamm-gozh*, grand-mère, réagissait en général avec vigueur, mais là, elle resta sans voix: elle venait d'avoir l'explication des multiples absences de sa fille et mesurait le danger qu'elle encourait régulièrement alors que, depuis si peu, elle était sortie de geôle.

Elle fit un demi-tour brusque, traversa la maison, se dirigea vers l'étable et alla pleurer son angoisse, assise sur son trépied de bois, la tête appuyée sur le ventre de ses bretonnes Pie noire.

Il était l'heure de la traite.

Les jeunes, sur le qui-vive, descendirent le vieux chemin caillouteux, prêts à sauter de l'autre côté du talus à la première alerte.

Marie pensa à Reun.

Mar'Janig rentra alors que la nuit s'installait. Frañseze lui avait laissé une écuellée de soupe au creux du fourneau dont les braises mêlées de cendres persistaient jusqu'au petit jour.

Ce matin de fin juin 44, la cloche tinta le glas.

La nouvelle se propagea comme une traînée de poudre : le fils du boucher-paysan du bourg avaient été tué. La stupeur frappa le village, pris entre deux sentiments contradictoires. Devait-on… Pouvait-on seulement se réjouir du recul des armées allemandes, alors que la mort frappait l'un des siens au cœur ?

La charrette remontait la côte.

C'était une charrette à large plateau, rebords écourtés et roues caoutchoutées. On en fabriquait depuis peu ainsi chaussées de rebus d'automobiles début de siècle ou véhicules d'armées, vite recyclés. Marie en repérait tout de suite l'approche car seuls les sabots du cheval claquaient sur les cailloux. Les roues de latex usé tournaient, rapides, silencieuses.

Elle attendit son passage sur le pas de la porte.

Ce matin-là était un matin de sinistre charroi. Le père, très droit, d'un pas ferme menait son cheval à la bride et, depuis Kergrenn, ramenait la dépouille de son fils à la maison dans la charrette de la ferme. Près du cercueil, assise sur une chaise, la mère enveloppée de deuil, dont on devinait le visage rougi sous la cape noire, passa… Mater Dolorosa de cette ultime tragédie.

Malgré la chaleur de l'été, Marie frissonna. « *L'Ankou* », la mort bretonne, venait de passer sans faire grincer les roues de sa charrette.

Comment était-il possible que ce jeune homme, si vivant l'avant-veille, soit inerte aujourd'hui, enfermé dans une caisse de bois ? Elle se remémora la mort de son oncle et le désespoir inconsolable de Frañseze.

Le cœur de Marie se serra.

L'après-midi, sous l'éclat du soleil dans un ciel bleu sans nuages, le village entier entoura la famille. Des alentours les gens accoururent dans l'église trop petite pour les contenir tous. Les portes ouvertes, la cérémonie s'élargit à l'ensemble de ceux qui se tenaient sur le placître et parmi les tombes blotties au pied du clocher. Frañseze et Anna s'y rendirent. Anna avait emporté un bouquet de marguerites magnifiques et le cercueil disparaissait sous les fleurs cueillies dans les jardins.

Longuement, sinistre, la cloche sonna le glas.

Dans les premiers jours d'août, un parachutage d'armes eut lieu à Stang Vras, près de Langolen. Cela, les gens ne le surent que bien plus tard. Disposant enfin des armes nécessaires, la Résistance délivra Kemper le 8 août. Dans la soirée qui précéda, le fils du marchand de vélos de Kemper, le neveu de la voisine qui, lors de son passage à la ferme avait donné du *Mamm-gozh* à Frañseze, fut tué aux abords de Kermahoñed avec une vingtaine d'autres camarades.

Fauché cet enthousiasme qui avait tant fait vibrer Marie!

Coupé le fil des rires et de la vie!

Ô! Ma Doue! Que cela était dur à comprendre.

Pourtant ces groupes de jeunes hommes, dans un élan de liberté comme seul leur âge peut en impulser, avaient délivré leur Pays.

Sans l'intervention d'aucune armée.

Hormis le parachutage indispensable.

Guerre ou pas, Marie avait grandi. Elle avait sept ans. Aussi Frañseze lui confiait la surveillance du grain étalé sur l'aire après la récolte. Le jour du battage, les femmes avaient tourné le tarare afin d'éventer la balle du grain qu'ensuite elles avaient ensaché à la pelle. Mais, pour qu'il ne fermente pas, il fallait étaler le contenu des sacs sur d'immenses bâches et, pieds nus, le remuer en y traçant de jolies mosaïques afin qu'il sèche.

Pour cela, il fallait écarter les poules. Dès qu'elles pouvaient aborder l'étalement, non contentes de picorer à tort et à travers, elle grattaient le tas à coups de griffes généreuses et jetaient la bonne provende, au loin, sans égards. La solution idéale : les enfermer ! Mais elles avaient besoin d'herbe et de bien d'autres choses afin de pondre.

Frañseze optait pour les deux : le grain bien sec et les œufs dorés... car il y avait Marie.

Entre deux sillons creusés dans le grain et une chasse aux poules, elle chantait comptine en se balançant de branche en branche sur le prunier sauvage couvert de fruits mûrs qui dominait les lieux.

Ô ! le régal en chantant...

— *Balinn ! Balaon !*	Balinn ! Balaon !
Marig zo klañv	Marig est malade
Hag a bareo	qui guérira
gant louzoù kreñv	Avec des médicaments très forts !

La récolte sèchait au soleil bienfaisant.

Le soir venu, aux premières loges dans son lit-clos, l'oreille fine de Marie saisissait les quelques bribes que Mar'Janig confiait à sa sœur au retour d'une énième mission de reconnaissance. La colonne allemande remontait Ti Sanker vers la presqu'île de Crozon, ou Brest - elle n'aurait su le dire - lorsqu'elle l'avait croisée.

— *Na 'p eus ket distroet diouzhtu 'benn 'peus bet ar strewell deus outo?* Tu n'as pas fait demi-tour lorsque tu les as entrevus?

— Mais il fallait que je les détaille, que je voie à peu près le nombre d'hommes, le matériel. Ils n'ont pratiquement plus de camions. Ils remontaient avec des voitures de transport à chevaux! Qu'est-ce que tu crois? C'est ce qu'il fallait savoir! Je filais, crois-moi. Pas de freins! Ils m'ont sifflée. Ils avaient même l'air d'apprécier mes jambes à l'air! Tu parles si je m'en fichais. Au moins pendant ce temps-là, ils ne se méfiaient pas. À Gurvili, la maison était en feu. À Kemper, il n'y avait pas un chat dans les rues. La préfecture a été incendiée, il y a quelques jours. Mais on a réussi à limiter les dégâts. Après, je suis revenue par les vieilles routes.

— *Petra zo c'hoarvezet rik gant ar rummad re-yaouank a zo bet lazhet 'fin miz Even e Kergrenn?* Qu'est-il vraiment arrivé au groupe des jeunes qui ont été tués en fin juin à Kergrenn?

— Tu as dû en entendre parler déjà, non? Le 26 juin au matin, les Boches ont surpris un groupe à *Gwellenn*. Tous ont été exécutés. La ferme incendiée. Dans l'après-midi vers quatre heures, même chose à *Penn ar C'hoat* plus près de Kemper. Le feu.

La mort. Vers neuf heures du soir, les Boches étaient à *Kergrenn*. Fusillade et incendie… Ils ont été « donnés », ce n'est pas possible que ce soit arrivé par hasard ! Les fermes se trouvent à dix kilomètres l'une de l'autre à peine. Pas de survivants ! Personne n'a pu prévenir le groupe suivant. Chaque fois, les hommes ont été surpris, sans échappatoire aucune. Faits comme des rats !

Il y eut un long silence et Mar'Janig reprit :

— Ils ont été donnés, ou un résistant torturé a parlé. Si tu savais comme je suis contente d'être sortie sans parler. J'ai réussi à me taire…

— *Ma ouezfe mamm !* Si maman savait.

— Tu ne lui dis rien surtout ! Elle en a déjà assez à porter !

— *Met, ehanit bremañ neuze !* Alors, arrête !

— Oui, je pense arrêter mes missions puisque Kemper est enfin libre, et reprendre mon travail. Tu te rends compte Anna ? On a gagné !

Elle laissait enfin exulter sa joie.

Cet élan tomba à plat. Le cœur d'Anna n'y était pas.

— *N'eo ket echuet ar brezel c'hoazh. N'eo ket deut ar brizonerienn d'ar gêr !* La guerre n'est pas encore finie. Les prisonniers ne sont pas rentrés.

Un leitmotiv que Marie allait souvent entendre dans les mois qui suivirent.

Chapitre XIV

Depuis quelques semaines, des voitures passaient, drapeaux aux portières. Souffle de liberté comme les gens en espéraient depuis si longtemps! Anna, prise dans l'enthousiasme du moment, s'était cousu un *Tri liv,* Trois couleurs, fait de morceaux de tissu - pourvu que les coloris y soient et que le tout soit bien repassé! Quant à la hampe, un vieux manche d'outil fit l'affaire. Elle l'avait arboré à la fenêtre de sa chambre dès la libération de Kemper.

Puis ramassé.

Frañseze avait haussé les épaules et continué son travail, non sans grommeler:

— *Gant ar banniel e vez kaset an dud dal lazh e-gist ar loened d'ar voserezh!* Avec le drapeau, on mène les gens à la mort comme les bêtes à l'abattoir!

Puis l'été habillé de tricolore s'était effiloché.

Mar'Janig avait retrouvé ses pénates mais revenait régulièrement afin de s'approvisionner. En retour, elle sortait toujours quelque petite chose de ses sacoches de vélo devant une Marie à l'affût.

Ce dimanche-là, elle déballa une pièce de tissu

blanc à l'aspect inconnu, soyeux mais un peu rêche, d'une brillance cassée, en apparence fragile. Ce n'était ni soie, ni cotonnade, ni satinette, ni aucune autre trame de sa connaissance mais extrèmement solide. En effet, le fil de la coupure s'effilochait et Anna essaya de le rompre avec les doigts : la fine fibre résista. Il lui fallut des ciseaux. Qu'était-ce ?

— C'est de la toile de parachute ! déclara Mar'Janig assez fière de son effet.

-*Pelec'h ho peus bet titour deus an dra-se ?* Où as-tu déniché ça ?

— Les Américains appellent ça, du Nylon ! répondit Mar'Janig de façon détournée.

Anna émerveillée, n'en revenait pas.

Fraňseze, à cent lieues de ces histoires de chiffons, à ses yeux futiles voire méprisables - *kiz kêr,* la mode de la ville - déclarait-elle avec un peu de dédain, s'affairait à la surveillance d'un lapin aux carottes qu'elle servirait avec des frites à la graisse de porc. Les pommes au cidre doux cuisaient dans le four. Tout cela fleurait bon dans la maison mais les deux jeunes femmes ne voyaient déjà que ce qu'elles pourraient tirer de cette providentielle pièce de tissu.

Le repas pour les deux sœurs fut de lapin aux carottes, frites, pommes cuites... et de toile de parachute sans qu'elles ne réussissent jamais à faire la part de ces ingrédients peu compatibles dans un même menu.

La dernière bouchée avalée, la vaisselle vite échaudée, la table dûment lavée au « savon-maison », elles y étalèrent la nouveauté américaine pliée en deux et, par-dessus, y piquèrent un patron. Mar'Janig procéda à la coupe de deux corsages. Anna fut désignée d'office pour border les pièces fraîchement taillées afin qu'elles ne s'effilent. D'un coup d'aiguille à l'autre, les deux vêtements furent montés, prêts à être cousus. Mar'Janig repartit le soir avec ses provisions pour la semaine et le corsage qu'elle coudrait avec sa machine. Comme elle, sa sœur pèserait sur la pédale de la sienne afin d'arborer cette nouveauté.

Anna, lorsqu'elle sortait, s'endimanchait toujours du costume de *Borledenn* du terroir mais, dès l'après-messe et dans la semaine, elle reprenait la mode de la ville qu'elle protégeait d'un sarrau, mode qui prévalait de plus en plus. Ainsi Marie estimait qu'en une seule maman, elle en possédait deux. Très différentes.

La petite adorait caresser la satinette de la jupe paysanne du costume ordinaire mais surtout le velours noir du vêtement d'apparat. Sur cette jupe sombre Anna nouait un tablier de satin ou de voile léger couleur pastel, brodé de fils lumineux et de perles multicolores. La collerette de dentelle blanche empesée du *koant hiviz,* corselet lui encadrait joliment le visage. Sur ses cheveux noirs ramassés en chignon, cette maman-là posait une coiffe blanche brodée et à guides dont les cordons se nouaient sous le menton.

Au contraire de sa fille, le costume de Frañseze ne la revêtait jamais de couleur ni d'éclat mais de noir. Son fond de coiffe était aussi de satin noir sous la dentelle blanche. Les guerres n'avaient que trop parsemé sa vie de deuils pour qu'elle se permît la moindre fantaisie vestimentaire s'il n'y avait eu la couleur de ses cheveux. Avec l'âge, la grand-mère était devenue d'un blond lumineux après avoir toute son existence supporté un roux flammé : son désespoir ! Sa longue chevelure, qu'elle peignait soigneusement après l'avoir lavée, brillait au soleil. Elle la coiffait en chignon, coussinet de sa coiffe.

Toutefois la dentelle de cette coiffe devait toujours être de blancheur éclatante. Pour cela, au moins deux fois l'an, elle la faisait bouillir sous le haut champignon de la lessiveuse puis, comme le reste du linge blanc une fois rincé, la passait dans un bain bleui par une poudre spéciale. Puis cette dentelle sèchait, étalée à même l'herbe, sur un linge blanc.

Le jour du repassage, avant toute chose, elle délayait dans un bol une cuillerée d'amidon en morceaux. Cet ingrédient devenait introuvable au fil des années de guerre, aussi utilisait-elle son ultime boîte avec parcimonie. Lorsque le mélange avait pris la consistance idéale, elle y plongeait la dentelle des coiffes et des collerettes.

Tandis que les parures s'imprégnaient de la mixture, le fer d'un poids imposant chauffait grâce aux braises dont elle l'avait garni. L'outil arrivé à bonne température, utilisant sa pointe et avec une infinie délicatesse, elle ouvrait cette trame en la protégeant d'un tissu. Ainsi les dentelles ne risquaient pas de roussir ni la cendre de s'y répandre et d'anéantir l'ouvrage. Celles-ci ouvertes, entre une once de patience et un doigté sans égal, elles prenaient la raideur idéale de l'apprêt et arboraient alors la finesse de leur broderie.

Marie admirait la dextérité de Frañseze au sommet de son art.

En silence !

Mieux valait car un coup de fer de travers et le chef-d'œuvre courait à la catastrophe.

— *Ur vorledenn 'rank beañ pintet mat, petr'amp eo ur vezh gwel' 'nezhi' ! Gwelloc'h eo dezhi kalz, beañ diskabell ! Ha koulskoude, rabat eo mont war an tremar hep koef* ! Une Borledenn se doit d'être bien coiffée, si elle ne l'est pas, c'est une honte de la voir ! Mieux vaudrait pour elle être nu-tête ! Et pourtant, il ne faut pas sortir sans porter de coiffe.

C'est ainsi que toute une part de philosophie sur la présentation de soi et le respect de l'autre passait pour Frañseze par la blanche dentelle, superbement portée, de sa coiffe.

Les dentelles dûment repassées, le reste de l'ouvrage relevait de l'enfance de l'art.

Lors d'un mariage, Anna se revêtait de velours.

Mais auparavant se déroulait la séance des frisures : les cheveux de Marie frisés au fer chauffé dans la braise.

Pour cette séance délicate entre toutes, Anna asseyait la petite sur la table : lorsque l'outil rougeoyait, elle en coinçait les pinces dans un morceau de papier épais pour lui ôter quelques degrés avant d'aborder la mèche fragile des cheveux à boucler… sur une tête virevoltante.

Pari quasi impossible !

— *Kalz blev 'zo da frijañ c'hoazh? Skuiz on!* Il y a encore beaucoup de cheveux à friser? Je suis fatiguée, soupirait Marie.

Imperturbable, Anna allait de son chantage:

— *Chom barzh gêr 'fell deoc'h petr'amp dont d'ar friko?* Tu veux rester à la maison ou venir à la noce?

La ténacité d'Anna rivait Marie sur ses fesses le temps qu'il fallait pour obtenir un résultat qui ensuite ne pouvait supporter la moindre goutte de pluie. Sinon, tout tombait à plat.

Dire la surveillance que supposaient ces boucles amènerait à décrire la punition que s'infligeait la maman durant toute une journée afin de recevoir quelques compliments pour son bout de chou.

C'était ainsi!

À l'automne 44, on battit le blé noir aux fléaux à défaut d'essence pour alimenter le vieux 12 CV Bernard. Pour *an eost gwenn* - la moisson blanche - comme pour *an eost du* - la moisson du blé noir - il entraînait habituellement la mécanique de battage, hormis le tarare manuel, l'affaire des femmes. Même avec des bons, le précieux liquide était introuvable sauf au marché noir dont le prix était hors de portée de bourse pour Frañseze.

On eut donc recours à l'ancienne méthode afin de sauver la récolte.

Les hommes, anciens de quatorze! ahanèrent, poussifs. Car cette forme de battage demandait une condition physique solide et une capacité à tenir le rythme la journée entière. Néanmoins, ils battirent jusque tard dans la nuit les étalements successifs de tiges, les épis au cœur de la ronde. Assise sur l'échelle meunière dans le *karrdi al leur* - le hangar de l'aire à battre - Marie, à la demande de Frañseze, avait apporté la lampe tempête afin de les éclairer pour terminer l'ouvrage. Elle contemplait l'adresse des anciens à manier les outils d'antan. Ainsi palliaient-ils par ces gestes antiques la carence d'une modernité, somme toute, fragile.

Après la moisson, comme à l'accoutumée, le recteur passa à vélo pour recevoir le denier du culte et après lui le bedeau, un sac de jute sous le bras, accompagné du fabricien de la trève et de sa charrette attelée. Chaque maisonnée y allait ainsi chaque année de sa pièce ou d'une part de grain selon les disponibilités en liquidités ou en nature.

Puis on ramassa les pommes de terre et arriva la nouvelle de la délivrance de Brest. Au nord-ouest, les sinistres rougeurs du soir disparaîtraient enfin !

Marie en fut soulagée.

Au sud-est resteraient celles de Lorient...

Un jour de septembre, elle accompagna Frañseze à Kemper. Au passage de l'octroi, route de Brest, le fonctionnaire monta dans le car et contrôla les marchandises agricoles. Silence assourdissant sur son passage. Frañseze paya la redevance sur quelques douzaine d'œufs et deux ou trois poules. Elle les vendrait aux halles dans la fièvre du marché nouvellement rouvert.

Après, ce fut l'extraordinaire après-midi ! Un défilé était annoncé.

L'été de la St-Michel rayonnait de soleil comme

la joie des gens amassés le long des quais de l'Odet.

Elles y allèrent accompagnées d'une *Borledenn* de connaissance rencontrée le matin sur le carreau des halles.

Et la parade commença : cuivres en tête, sonnant un peu faux mais qu'importe ! C'était de la musique ! Couleurs et profusion de drapeaux flottant au vent, porteurs martials. Suivaient les jeunes soldats...

La *Borledenn* avait déjà sous la coiffe sa petite idée des bons et des mauvais sujets ! Ceux qu'il fallait applaudir et ceux à qui il valait mieux ne pas trop tresser de lauriers.

— *An F.F.I, ar re-se 'zo ar re vat. An F.T.P, ar re-se 'zo komunisted...* Les F.F.I, c'est les « bons » mais les F.T.P sont communistes... commenca-t-elle...

Frañseze hochait la tête en regardant passer ces jeunes échappés au S.T.O. Elle eut sans doute comme Marie l'idée de chercher à repérer ceux qu'elle avait recueillis deux nuits et une journée...

— *Ar re-se, ar gomunisted, 'vidon, eo dav diwall deus outo !... War-lec'h e vo Amerikaned ive, zo lâret...* Ceux-là, les communistes, à mon avis, il vaut mieux s'en méfier ! Derrière, il y aura aussi des Américains, paraît-il, continuait le mentor.

— *Hañ* ! fit évasivement Frañseze qui visiblement trouvait qu'elle en savait beaucoup. Pour ne pas être en reste, elle expliqua :

— *Eno, en Amerika, 'zo kalz Bretoned ivez. Ur eontr da ma merc'hig neus kuitaet Bro hag aet di' da glask fortun' di...* Ah ! Là-bas, en Amérique, il y a aussi beaucoup de Bretons. Un des oncles de ma petite fille a quitté le Pays et s'en est allé y chercher fortune...

« Oh ! là ! là ! se dit Marie, si Frañseze commence à raconter les histoires de famille à cette *Borledenn* assommante... »

Elle se glissa jusqu'au bord du trottoir où elle s'assit : ainsi aux premières loges, elle les applaudit tous.

Pourquoi faire un distinguo ?

Ils étaient tous soldats maintenant ! constatait Marie. Tous avaient délivré Kemper, non ?

Avec ou sans uniforme. Le costume de ville avec béret ou calot faisant office, l'arme en bandoulière, ils allaient au pas avec une fierté certaine dans l'allure.

Puis, oh ! surprise ! Pétaradantes, tonitruantes et ornées de drapeaux étoilés, arrivèrent les jeeps américaines et leurs soldats tant attendus, venus d'un autre continent ! La foule hurla sa joie sur leur passage. Délire collectif. Vivats à n'en plus finir.

Derrière courait une nuée de gamins : et pour cause ! Les soldats amusés jetaient à la volée des choses colorées.

Rapides comme un vol de moineaux, les enfants sautaient ! Les garçons bousculaient les filles !

Dans la ruée collective, Marie réussit à saisir une papillote.

Vite décortiquée, elle se mit à « explorer » la chose inconnue.

C'était sucré.

— Un bonbon ? se demanda Marie tout haut. C'est malléable comme de la pâte à modeler.

— Ouais ! T'as de la chance ! C'est un chewing-gum ! constata avec envie un garçon, déjà connaisseur.

— On peut l'étirer hors de la bouche, souffler dedans, faire des bulles, fit un autre. Vas-y, essaies !

Aussitôt fait ! Marie n'en revenait pas.

C'était nouveau ! C'était américain !

Le défilé terminé Marie, sourde à toute raison, houspillait Frañseze :

— *Matreze, an Amerikaned a teuio en-dro !* Peut-être que les Américains vont revenir !

— Ô *Penn kleiz !!! Aet int kuit ! Riñset ganto ho sac'h lipigoù !* Tu es une « tête gauche » ! Ils sont partis ! Vidés, leurs sacs de bonbons ! constatait Frañseze.

— *Ya ! Met memes tra, matreze 'teufent en-dro !* Oui ! Mais peut-être qu'ils reviendront quand même ! s'entêtait Marie.

— *Peoc'h merc'hig ! Ô ! Ma selaoufen 'noc'h, c'hwi, ma bae, dennfec'h laezh gant un' tarv.* La paix, petite ! Oh ! Si je t'écoutais, je crois que tu trairais un taureau.

Il était grand temps de revenir vers le car. La faire taire tout au long du voyage releva de l'impossible. Dans le brouhaha du car, Frañseze se résigna à l'entendre et finit par supplier, mais en vain !

— *Ô ! dre c'hras Doue ! Gwrit peoc'h ! Alvocad plouz kerc'h ! C'hwi zo gwasoc'h 'vit un' tal'bre.* Oh ! par la grâce de Dieu ! Tais-toi ! Avocat de paille d'avoine ! Tu es bien pire qu'un tintamare.

Après la flamboyance de ces journées baignées de Marseillaise, vint *an diskar-amzer*, la saison qui va vers le repos - l'automne où les feuilles jaunissent et tombent, les arbres se mettent en veilleuse, la terre s'endort d'un sommeil réparateur - mais ce temps de répit pour la nature siffla ironiquement le retour à l'école…

Marie, sans enthousiasme, dut reprendre livres et cahiers.

Avant la Toussaint, on arracha les betteraves et dans les Mois Noirs plus moroses que jamais, les jours s'étirèrent sans fin. Anna s'accrochait à la moindre nouvelle apportée par les journaux, ou glanée ici et là… Avancées et recul des armées alliées, côté ouest comme côté est.

Le parachutage d'armes du début août tant attendu par la Résistance avait permis de délivrer des villes. Dont Kemper. Toutefois l'instabilité de l'époque avait aussi multiplié les risques. Ces armes incontrôlables favorisaient l'insécurité. Les histoires les plus folles, vraies ou fausses, colportées de hameaux en villages, couraient sur les règlements de compte, les jugements hâtifs, les exécutions sommaires, la tonte des femmes qui fréquentèrent l'occupant. Des bandits de grands chemins, profitant de l'impunité de ce moment trouble, organisaient des expéditions punitives pour faits de marché noir avérés ou pas. Ils vidaient, disait-on, les lessiveuses de leurs billets de banque, les crèches et saloirs, laissaient ou non vie sauve aux incriminés et incendiaient le reste.

Marie écoutait ces histoires terrifiantes que les

grandes personnes répandaient d'un jour sur l'autre. Il était devenu aussi quotidien de prendre nouvelle de ces exactions que de parler de la pluie et du beau temps. Mais, quoique largement initiée aux histoires effrayantes de revenants que Frañseze lui racontait, ces échos la glaçaient d'effroi. Elle s'attendait chaque soir au pire en rejoignant son lit-clos. Dès lors, chaque nuit, ogres épouvantables et horribles sorcières peuplèrent son sommeil agité. Hurlant, elle se réveillait dans le noir. Frañseze accourait, cherchait à la calmer, sans comprendre ce qui se passait. Marie ne savait pas expliquer ses frayeurs.

Décembre 1944. Un Noël de plus s'avança, nimbé de tristesse.

Anna n'était que l'ombre d'elle-même et Frañseze ne donnait plus le change. Le soir, à peine la soupe avalée, elles se couchaient. Finies les longues soirées auprès du feu… Finie aussi l'époque bénie des légendes. Le voisinage compatissant perpétuait la tradition et invitait de temps en temps autour de la flambée, des pommes, des châtaignes, de la belote et des coinchées. Les hommes dans ces maisonnées avaient « fait la Grande Guerre dont ils étaient sortis vainqueurs alors que… juin 1940… la débâcle… ». Les plus jeunes n'avaient pas encore l'âge requis pour porter les armes lorsque « celle de 39 » s'était déclarée. Cette époque difficile pour tous avait ainsi creusé des différences. Aussi chez ceux-là, la tradition des veillées perdurait chaudement autour du foyer.

Y participer, pour Anna, était hors de question.

Frañseze faisait un effort mais le cœur n'y était plus.

Marie s'y précipitait. C'était l'un des moyens de fuir la mélancolie de la maison.

Lors des autres échappées - lorsque le temps d'hiver le permettait - la petite courait les chemins profonds, se blottissait dans les arbres creux, le fouillis de la lande, ou suivait au fil de la rivière la course des bûchettes qu'elle lui confiait : l'armada de ses bateaux, sur une mer que Marie n'avait jamais vue, se frayait une passe entre les roseaux et les longues chevelures vertes, ondoyantes, et dans son imagination, gagnait toujours le large pour se jouer de tous ses ennemis.

Ainsi allaient ses escapades ; sinon, l'évasion rêvée serpentait dans ses livres.

Mais elle ne put échapper à une inscription en règle au catéchisme.

Sur les vieux bancs de bois, d'un côté s'asseyaient les garçons, de l'autre les filles. En principe, ces leçons - en français ou en breton selon le choix des parents - devaient édifier la foi des enfants par le truchement de questions et de réponses. Anna avait décidé d'inscrire Marie dans l'enseignement en français puisqu'elle avait appris à lire en français, faisant donc fi de l'enseignement breton de Frañseze.

Déchirement inutile puisqu'au final, la petite bénéficia de l'enseignement dans les deux langues alternées car les leçons de catéchisme étaient dispensées dans la vieille chapelle, à la même heure.

Ces questions parfaitement hermétiques - en français comme en breton - apprises par cœur, faisaient que ce « caté » dénué de pédagogie obtenait inévitablement le résultat contraire. Le « caté »? Marie lui appliqua le même régime que celui qu'elle appliquait déjà au calcul qu'elle détestait: l'enseignement lui passait cent mille toises au-dessus de la tête.

Mais, *Ma Doue*! Sa grand-mère veilla sur cette apprentissage:

— *Deuit amañ da wel hag-eñ ouzit ho katekiz*! Viens ici voir si tu sais ton catéchisme!

Marie subissait.

Frañseze savait la leçon par cœur en breton et faisait mentalement la traduction. Les leçons particulières de Frañseze se passaient toujours à l'heure de la traite.

Vérification faite, Marie savait rarement sa leçon de « caté » et, donc, dut s'y mettre de temps en temps.

Quant à l'apprentissage de la confession, à genoux derrière le rideau délavé de ce meuble impressionnant, attendre dans l'obscurité l'ouverture de la grille: il lui colla à jamais la terreur de devoir s'inventer une culpabilité qu'elle ne se connaissait pas! Seuls les garçons osaient des rires et des gestes obscènes lorsque le recteur avait le dos tourné mais ils ne parvenaient pas à communiquer leur hilarité aux filles, plus conditionnées et respectueuses des lois établies.

Marie ne brilla pas beaucoup en instruction religieuse.

Juste assez pour recevoir au cours du printemps la « petite communion » et l'onction de la confirmation. Pour rien au monde, Marie ne se serait permis de mortifier Frañseze et Anna dans un domaine auquel elles tenaient tant ! Pour l'occasion, l'évêque - soi-même - s'était déplacé. Marie avait revêtu une robe blanche dénichée dans une armoire amie et un paletot fait de la laine angora tondue sur le lapin élevé dans le clapier familial. Frañseze avait filé la laine en y glissant un fin fil de coton récupéré sur un vieux vêtement et Anna tricota un paletot superbe qui hélas ! perdait ses poils. Une malédiction sur le velours noir du costume d'Anna.

Ainsi allaient ces mois d'après Libération mais la guerre continuait...

Les troupes avançaient, prenant en tenaille ce qui restait de la « Grande Allemagne ». Courant février 45, Anna avait enfin reçu un avis de la Croix-Rouge. Elle apprit que son mari « avait été évacué du stalag VIII A vers les Sudètes Tchécoslovaques ».

Puis... plus rien.

Un lourd silence tomba, tissé de non-dits quotidiens. Marie cherchait sur la carte affichée sur la cloison de la salle commune quel chemin avait parcouru son père. Sur papier cela faisait juste la largeur de sa main... Si peu d'espace ! Mais les grandes personnes hochaient tristement la tête lorsqu'elle en parlait.

Aussi décida-t- elle de ne plus l'évoquer.

Depuis plusieurs mois déjà, les prisonniers revenaient, deux ici, quatre là. Dès que dans le village ou les environs lui était signalé l'un de ces revenants, Anna se précipitait à vélo pour quémander quelque nouvelle.

Avec la peur au ventre de recevoir une terrible nouvelle.

Hélas ! d'un prisonnier à l'autre, personne n'avait vu son homme. Elle s'épuisait à cette interminable quête. Bientôt, lorsque la bonne nouvelle arrivait chez l'une ou chez l'autre, Anna ne parvenait plus à partager leur joie. Puis un jour, elle renonça à sa glane d'espérance. Son visage terreux, creusé par l'inquiétude, en disait long sur son angoisse permanente.

Au cours de cet hiver dont le froid moral imprégna ensuite le printemps, Marie dut quitter son lit-clos.

— *Dam betra n'on ket gouest da jom 'barzh ma gwele kloz ? Ar gwele-se zo bras walac'h 'vidin. Kouezho 'rafen deus igile all, pegwir 'neus riblenn ebet !* Pourquoi je ne peux pas rester dans mon lit-clos ? Ce lit est assez grand pour moi. Je tomberai de l'autre puisqu'il n'a pas de côtés ! pleura-t-elle.

Mar'Janig était revenue à la charge ces derniers temps, estimant que cette vieillerie était indigne d'une petite fille de notre époque. Minées, l'une et l'autre par la maladie et le chagrin, Anna et Frañseze finirent par se rendre à ses arguments et la petite dut intégrer le lit de côté « style 1900 », l'exacte réplique de celui de Franseze, dans la chambre de celle-ci.

Dès lors, Marie se sentit assujettie à sa grand-mère : finie l'indépendance de ses battants refermés dans une pièce dont elle disposait seule, toutes les nuits. Terminées ses espiègles veillées afin de surprendre ce qu'on voulait lui cacher. Écartées les superbes flamblées qui dessinaient son monde fantasmagorique et peuplaient ses rêves les plus fous ! Plus de dentelles et de parements brodés, plus de coffre de bois où poser ses pieds, retrouver ses fripes et s'habiller pour ses courses échevelées dans la lande et près de la rivière...

Un morceau de vie venait de lui être tranché.

Jeté loin derrière elle dans un passé doré qu'elle ne revivrait plus.

La fin d'une époque !

Restaient, heureusement, les courses échevelées...

Est-ce que ce fut une compensation ou une contribution plus active à son entrée en modernité ou plus bonnement parce qu'elle avait un peu grandi ? Mar'Janig dénicha un vélo d'occasion à la taille de son petit gabarit.

Fort cher ! avait-elle expliqué.

Aussi, sa tante mit la main au gousset afin d'aider Frañseze et Anna à le lui acheter.

L'étrenner fut une fête.

Marie, qui ne s'était jamais vraiment adaptée au porte-bagages de celui de sa tante ou encore dans ses meilleurs jours et en descente, à celui d'Anna, se mit en devoir d'apprendre à trouver l'équilibre sur cet engin afin de le faire avancer.

Ce fut l'affaire de quelques jours et la petite se sentit pousser des ailes.

Mars alterna ses rires et ses pleurs.

Ces semaines-là, le recteur annonça l'arrivée en procession d'une Vierge miraculée : une statue d'un village du Nord qu'une main compatissante avait placé dans un canot afin qu'elle traverse le détroit du Pas-de-Calais et échappe aux destructions de la guerre. Par quel hasard parvint-elle sans encombre de l'autre côté de la Manche ? C'est en ce sens que l'Eglise la présentait comme miraculée et fit entamer un tour de France à Notre-Dame de Boulogne.

Le terminerait-elle ?

Elle passait à quelques kilomètres de là. Anna décida de sacrifier à cette dévotion. Ultime prière à cette Vierge. Lui ramènerait-elle enfin son homme ?

Ce jour-là, les nuages noirs déversaient une pluie *pil polez*, à faire tomber les prunes sauvages s'il en avait été la saison. Néanmoins, elles partirent toutes les deux à vélo lors d'une éclaircie. L'averse les rattrapa. Anna avait emmené un parapluie. Elle le tenait ouvert d'une main et de l'autre dirigeait son guidon comme elle pouvait : plutôt mal ! L'eau du ciel les empêchait d'y voir clair, au risque de les mener au fossé. Finalement les rafales les obligèrent à mettre pied à terre. Le manteau trempé, elle se réfugièrent dans une grange en bord de route. Or, Marie était affligée d'une furonculose.

— *An techoù fall tont er-maez*, les vices mauvais qui sortent avait décrété Frañseze.

Anna la soignait chaque jour avec les onguents de l'herboriste mais la pluie avait tout lavé. Cela la picotait. La petite pleurait et chignait afin de convaincre sa mère de rentrer.

— *Na fell ket deoc'h gwel' ho tad dont d'ar gêr ?* Tu ne veux donc pas voir ton père revenir à la maison ?

Quelle enfant aurait résisté à cet argument ?

Elles reprirent le chemin entre deux giclées du ciel et arrivèrent enfin au rendez-vous. Au bord de la route, les habitants, à défaut d'assez de fleurs en cette saison, avaient coupé joncs et roseaux qui, par brassées, jonchaient le chemin comme pour la Fête-Dieu. Le calvaire de *Kroaz Penn ar Yeun* disparaissait sous cette verdure car les contenants, pourtant de grande taille et lourds, bousculés par la bourrasque, s'étaient écroulés.

Enfin, la fameuse Vierge arriva.

Précédée, suivie et entourée d'une multitude de prêtres, moines et religieuses, elle était installée dans son canot sur le plateau d'une charrette à roues de caoutchouc. Tout ce monde chantait et priait sous l'averse, certains nus-pieds, dégoulinants sur le bitume ruisselant. Ils encadraient l'objet de toutes les vénérations.

Blanche et bleue comme bien d'autres statues : Marie la trouva très ordinaire.

Cela ne dura que quelques instants mais la foule, au fur et à mesure de son avancée, l'effleurait du doigt : elle était miraculée… peut-être était-elle miraculeuse ?

« *Itron Varia, gwrit ur burzud evidin, mar plij* ». Madame Marie, faites un miracle pour moi, s'il vous plaît ! suppliait un murmure éperdu sous l'averse.

Le vrai miracle fut qu'il ne plut pas le temps du retour et que les furoncles de Marie se cicatrisèrent les jours suivants.

Anna se coucha en rentrant et toussa plus que jamais pendant des jours et des jours.

Arriva le huit mai, mille neuf cent quarante cinq !

Dans la matinée, les cloches de l'église sonnèrent à toute volée. bien plus longuement que pour les grandes fêtes carillonnées. À l'école, dans l'attente du facteur qui apporterait le journal comme d'habitude vers dix heures, les élèves, toutes classes confondues, dessinaient les drapeaux des Alliés.

On avait eu écho d'un armistice, les armées allemandes s'étaient, paraît-il, rendues. Mais il fallait attendre d'avoir confirmation - écrite et imprimée - de la nouvelle.

Et donc tuer le temps !

— Vous pouvez dessiner, avait jeté la maîtresse, pas décidée à donner cours.

Drapeau français, drapeau anglais : pas de problèmes. Mais allez donc trouver de la place aux quarante-huit étoiles des Américains sans en oublier aucune dans un espace aussi étroit ? Le drapeau soviétique tout de rouge éclatant : facile à égaliser ! Restaient quand même à calligraphier les contours de la faucille et du marteau : pas commode à ébaucher... tout un art ces outils-là... même quand on l'habitude de les tenir en main régulièrement. Et la classe bourdonnait d'excitation impatiente.

Où était donc passé le facteur et son journal ?

Enfin, il arriva, la trogne un peu allumée, accueilli par un ah ! de satisfaction.

La directrice déplia la dépêche et lut : « Paris, le Gouvernement Provisoire a décidé que ce jour serait un jour chômé ! ».

En clair : les enfants n'auraient jamais dû être en classe ce matin !

Ceux qui venaient d'assurer leurs cinq ou six kilomètres à pied au petit jour, grincèrent des dents… en breton ! Rien de tel qu'une contrariété de cette taille pour faire revenir le naturel et braver les interdits. Surtout que là, ils ne risquaient pas la punition. Il n'empêche que Simone, bretonnante invétérée, ne put éviter au passage la remarque acide de l'institutrice :

— Si tu n'apprends pas à mieux parler français, tu ne trouveras jamais de mari, ma pauvre fille !

La classe s'esclaffa. Une ombre passa sur le visage de la fillette…

La volière laissa s'échapper les enfants tandis que les cloches de l'église s'ébranlaient sur le registre des grandes fêtes. De longues sonnailles heureuses pour lesquelles, suspendus à la corde, le bedeau et des aides improvisés dépensèrent une énergie folle. Emportée par la chanson du carillon, Marie dansait d'un pied sur l'autre en rentrant. À la maison, Frañseze descendait le chaudron de bouillie d'avoine de son trépied, la bouillie que Marie détestait par-dessus tout.

— *Kaoc'h ki du, kac'het gant ar c'hi gwenn !* Merde de chien noir, chiée par un chien blanc !, dit-elle tout bas, car cette expression, estimait Frañseze,

« *neo ket gwall vrav 'barzh beg ur verc'hig* » n'est pas très belle dans la bouche d'une petite fille.

Marie décida qu'en ce grand jour, elle avalerait quatre cuillerées de bouillie d'avoine. Mais pas une de plus !

Chapitre XV

Sant Youenn, saint Yves, ce saint breton vénéré de tous mais surtout des avocats dont c'est le saint patron, se célèbre le dimanche aux environs du dix-neuf mai dans toutes les églises qui lui sont dédiées.

Pour une fois, fâchée avec le saint patron dont Youenn son mari portait le nom, Anna ne voulut pas se rendre à la grand-messe traditionnelle à la chapelle cependant elle alla à la basse messe de sept heures, au bourg.

Bien lui en prit.

En rentrant, alors qu'elle quittait le bourg, un taxi à cocarde tricolore la croisa. Ce ne pouvait être qu'un retour de prisonniers. Depuis quelques semaines, il n'en rentrait plus guère… En rentrerait-il encore ? Là, littéralement clouée sur place, elle suivit des yeux la Traction-Avant-Citroën noire. La voiture s'arrêta à la forge. Deux prisonniers en sortirent. Les deux frères.

« Oh ! S'ils pouvaient lui donner une lueur d'espoir ! »

Les soldats, hâves, barbus, épuisés étaient debout près de la voiture lorsqu'Anna approcha, hésitante.

Leur famille n'y croyait plus. Et ils étaient là! Ils étaient revenus! Étreintes, embrassades, rires et larmes.

Anna n'osait pas s'immiscer dans cet instant de pure émotion. À distance, elle attendait sans oser avancer ni ses pas, ni sa requête.

La femme l'aperçut.

— *Ô! Anna! c'hwi zo klask keloù, kai sur?* Oh! Anna, tu cherches à avoir des nouvelles, sans doute?

L'un des prisonniers se retourna et d'un sourire édenté l'apostropha:

— *Anna! Peseu' mod ya ar bed ganeoc'h? Gwelet 'meus Youenn barzh Francfort. War hent ar gêr 'mañ sur. Na vo ket pell ken. Matreze hiriv pe 'benn arc'hoazh...* Anna! Comment va le monde autour de toi? J'ai vu Youenn à Francfort. Il est sur le chemin de la maison. Il n'est plus très loin. Peut-être aujourd'hui ou demain...

Il ne termina pas sa phrase. Anna, livide, se mit à trembler. Les lèvres figées. Elle restait plantée là, n'osant croire à ce qu'elle entendait.

—... *Gwir eo! Mañ 'tont d'ar gêr! 'Pignat 'barzh an treiñ a 'oamp hag eñ c'hôtoze e hin' a oa. Amzer 'moamp ket da gomz...* C'est vrai! Il arrive à la maison! Nous montions dans le train et lui attendait le sien! Nous n'avions pas le temps de bavarder, continua-t-il persuasif.

Anna balbutia un remerciement et s'enfuit. En larmes.

Ô! Vite rentrer!

Marie ne comprenait plus: Anna pleurait parce

que Youenn ne rentrait pas. Maintenant qu'on lui annonçait son retour, elle pleurait encore!

Toute excitée à la pensée de faire enfin connaissance avec ce père devenu mythique au fil du temps, Marie, à vélo, accompagna Frañseze à la grand-messe près de la chapelle. La petite s'ingéniait à faire du « sur place » ou poussait une pointe de vitesse et revenait vers Frañseze qui avançait à pied. Arrivées dans la foule des pardonneurs, elles s'aperçurent que la nouvelle du matin avait déjà fait le tour du village :

— *Paotred ar c'hovel 'zo deut d'ar gêr er mintinmañ ha Youenn, gwaz Anna, 'zo 'barzh an hent da zigout 'benn arc'hoazh.* Les fils de la forge sont rentrés ce matin et Youenn, le mari d'Anna, est sur le chemin d'un retour pour demain.

C'était au cœur des échanges.

— *Ma ! Merc'hig, a pezh na gredeomp ket ken 'zo 'tont da vat ! Ho tad 'zo war hent ar gêr !* Ça ! Petite fille, ce que nous ne croyions plus devient réalité ! Ton père est sur le chemin de la maison.

Même les plus incrédules y croyaient.

Marie, indécrottable optimiste, n'en avait jamais douté.

« *Dam betra 'lakaat ar galon 'barzh an dristidigezh a-raok kemennadenn an drouk !* » Pourquoi mettre son cœur dans la tristesse avant que le mal ne soit annoncé ? s'était-elle toujours persuadée alors que les jours déclinaient en noir. Elle allait enfin renouer avec ce soldat qui ne l'avait pas abandonnée. Elle le savait maintenant. Entre-temps cinq longues années s'étaient écoulées.

Marie, tout sourire, se sentait légère.

La procession déroula sa coutume avec le buste du saint porté par le hobereau du château voisin et sa parentèle. Homélie, chants, la messe sous les grands arbres étira ses oraisons et se termina par le traditionnel cantique, supplique d'une actualité pressante reprise avec force par l'assistance :

Aotrou sant Youenn benniget
Enor ha sikour hor Bro.
An hini ho ped 'neus bepred
Un' difenner en neñvoù…

Monsieur saint Youenn béni
Honorez et secourez notre Pays.
Celui qui vous prie possède chaque jour
Un défenseur dans les cieux…

Le dernier couplet enlevé, Marie n'avait qu'une envie : rentrer. Frañseze, ragaillardie, n'avait qu'une idée : raconter les bonnes choses qui approchaient de sa maison. Difficile de concilier les deux impatiences. Cependant, Marie ne voulait pas brusquer sa grand-mère et risquer ensuite ses foudres. Elle prit le parti de lui tirer la manche avec insistance, si bien que, bon gré mal gré, la grand-mère dut écourter ses échanges. Que mangèrent-elles ce jour-là ? La petite aurait été bien incapable de le dire tant l'excitation les habitait toutes les trois.

Après, les choses se gâtèrent… pour Marie.

La dernière bouchée avalée, elle annonça :

— *Mont a ran da brientiñ ma belo.* Je vais préparer mon vélo.

Elle sortit pour aller dans le hangar sans se poser de questions.

Dans la solitude de sa fin de matinée, entre fourchette et friture, Anna avait eu tout loisir de réfléchir à son voyage à Kemper afin de retrouver son mari. À quelle heure arriverait son train ? Elle n'en savait rien. Combien de fois et pendant combien de jours faudrait-il qu'elle aille à l'arrivée du train ? Arriverait-il ce soir ? Ou le lendemain ? Ou plus tard ? À la gare, personne ne saurait le lui dire. Elle n'avait qu'une certitude : quelle qu'en soit l'heure et le jour, elle serait sur le quai et dès les arrivées du soir !

Elle décida d'y aller seule, à vélo. Avec Marie, elles se traîneraient car le vaillant petit vélo allait à son rythme malgré le coup de pédale tenace de sa jeune propriétaire.

Il n'y avait qu'un problème : il fallait l'annoncer à Marie.

La petite, prête pour la rencontre avec cet inconnu, avait regonflé les pneus, graissé la chaîne, vérifié les patins des freins.

En début d'après-midi, Frañseze pour parer à toute éventualité avait sollicité Mateiz afin de n'être pas submergée de travail et vivre ces instants sans contrainte.

Il y avait du répondant. On en aurait besoin !

Marie courait dans tous les sens, rien ne pouvait l'arrêter, excitée elle posait mille et une questions.

— *Dre n'anv Doue ! Ehanit un tammig !* Au nom

de Dieu ! Cesse un peu ! suppliait Frañseze soûlée par ce tournis.

Toutefois lorsqu'Anna posa le pied sur la pédale, Marie paniquée ne retrouva pas son vélo. Elle l'avait rangé près de la porte…

Cela sentait le piège !

Elle se précipita dans le hangar. Où l'avait-on caché ? Elle ne le trouva pas. Elle revint en hurlant : plus d'Anna !

Sa mère l'avait trahie.

Marie courut vers la route. Mateiz la rattrapa dans son élan. Véloce comme un poisson vivant, elle lui échappa. Frañseze l'intercepta. La serra très fort contre elle. En vain. Elle se glissa entre ses jupes.

Anna avait pris le large et disparu au bas de la route…

La gamine se laissa tomber sur l'herbe au bord du fossé en hurlant.

— *Ma zad 'fell din mont da glask !* Je veux aller chercher mon père ! répétait-elle sans fin entre ses hoquets.

La grand-mère chercha à la raisonner. Elle ne voulut rien entendre. Inutile d'insister. Frañseze n'insista pas. Marie, le soir venu, se réfugia dans le grenier. Les vaches étaient à traire. La grand-mère s'y attela. Mateiz se chargea du reste. À l'heure du souper, Marie refusa de descendre de son refuge et resta sourde à l'appel de Frañseze.

Aucun taxi à cocarde n'arriva ce soir-là à la ferme. L'attente, interminable, perdurait. Marie, hoquetante, se glissa dans la chambre jusqu'à son lit. Elle s'y écroula tout habillée, rompue d'émotion.

Le lendemain, le taxi s'arrêta devant l'entrée de la cour ensoleillée en fin de matinée.

Malgré toute la rancœur accumulée depuis la veille à l'encontre de sa mère et de son père inconnu, Marie ne put s'empêcher de courir vers la voiture en appelant Frañseze à tue-tête. Elle s'était pourtant juré d'aller au diable afin de n'être pas là quand « il » arriverait puisqu'on l'écartait!

Le chauffeur extrayait le vélo d'Anna du coffre. Anna assistait à l'opération tandis qu'un vieil homme, habillé en soldat, lentement, sortait du véhicule avec son baluchon d'une main et une valise de bois bleu éraflée dans l'autre.

Marie s'arrêta net.

Anna se tourna vers elle:

— *Marie, deuit d'ober ur bouchig d'ho tad.* Marie, viens faire une bise à ton père, dit-elle en la poussant vers le vieillard.

Marie ne fit ni une ni deux. Elle s'enfuit!

Dans sa précipitation, elle heurta Frañseze. Celle-ci lui attrapa le bras et l'obligea à revenir sur ses pas. Elle ne pouvait y couper. À contrecœur, elle se laissa piquer par une barbe d'au moins huit jours.

Son père, c'était donc ce vieillard.

Il s'avançait maintenant à pas mesurés vers la maison, visiblement épuisé.

— *Skuizh oc'h?* Tu es fatigué? demanda Frañseze compatissante en prenant sa valise.

— *Ya.* Oui, dit-il dans un souffle en hochant la tête… *Ha ma divesker zo goeñvet gant ar bale, hep fin ebet, ar mizioù diwezhañ… Hag ar bañsion, 'lavar gwir… ne oa ket kalz druzoni enni nag ar predoù gwall stank!…* Et mes jambes sont enflées par les marches sans fin des mois passés… Et puis la pension, à dire vrai… n'était pas très grasse ni les repas très rapprochés!

Avec un sourire triste, il s'essayait à plaisanter.

Marie, sidérée, en oubliait de sucer son pouce. « Il » parlait si lentement, sifflant un peu les syllabes au travers d'une bouche édentée. Les joues creuses, les yeux bleus profondément enfoncés, cachés par des sourcils en broussaille. Les cheveux grisonnaient, bien trop longs sous le calot. Il flottait dans sa vareuse élimée. Le haut du pantalon beaucoup trop large frisait bizarrement au-dessus d'une ficelle! Tout cela lui donnait une allure de « *pôkezh treu* » - de pauvre hère, comme les mendiants qui parcouraient la campagne à la recherche de pitance. Dans la salle commune, il se laissa tomber sur le banc avec son baluchon. Dans un éclair, les souvenirs de Marie affluèrent. Elle revit, trait pour trait, la silhouette de ce soldat, exténué, qui était venu chercher ses deux fils à l'école…

Anna avait posé des verres sur la table et, tout en bretonnant son accueil, les astiquait d'un coup de torchon avant de les placer devant chacun:

— *Ar chistr, ur wech tapet ar mareoù-mañ, n'eo ket ken deus ar gwellañ. Ar gwin, ne kar' ? An' trenkiz-se, an devez hiriv, na dalvez ket ur brena-*

denn. Lakaat 'ran da glec'hañ bep bloaz polos-spern 'barzh un nebeut boutailhoù lambig. Petr'amp, matreze e kavit gwelloc'h tanva lambig an ti, hep gwidre ebet? Le cidre, en fin de saison, n'est plus ce qu'il y a de meilleur. Le vin, n'est-ce pas ? Ce picrate que l'on trouve aujourd'hui n'en vaut pas l'achat. Je prépare tous les ans quelques bouteilles de prunelle à partir du « Lambig » familial, à moins peut-être que vous ne préfériez ce Lambig sans apprêt ?

— *Al lambig-polos a vo dreist!... Dav eo ober « yec'hed mat 'n eil d'egile: an dra talvoudusañ 'zo etrezeomp. Ha dreist holl, dav eo deomp festiñ an devez-mañ goude an hir-amzer. Echuet eo ar brezel 'benn ar finn! »* Le lambig aux prunes sauvages dépasse tout en qualité, assura le chauffeur de taxi. Il faut se souhaiter une bonne santé les uns aux autres : cette chose, la plus précieuse que nous possédons. Et puis par-dessus tout, il nous faut fêter ce jour après une si longue attente. La guerre est enfin finie.

Il participait à la liesse familiale. Il en avait ramené des prisonniers cet hiver ! racontait-il. Maintenant les arrivées se faisaient plus clairsemées... Et puis, il y avait ceux qui ne rentreraient jamais et que leurs proches attendaient chaque jour à la gare depuis des semaines. C'en était un crève-cœur.

Au diable la tristesse ! Une bonne chose était enfin entrée dans la maison. Tous trinquèrent avec la préparation d'Anna et se souhaitèrent « *yec'hed mat* », bonne santé, aux uns et aux autres mais surtout « *d'ar prisonier deut d'ar gêr* ! » au prisonnier revenu à la maison.

Youenn aussi choqua son verre. Puis à petites gorgées, en fermant les yeux, il laissa descendre en lui le philtre, essence et parfum du foyer retrouvé, comme s'il savourait goutte à goutte des souvenirs enfouis, cette source qui l'avait aidé à survivre.

Pour respecter les convenances, Anna demanda au chauffeur si elle lui devait quelque chose en sus du bon qu'elle lui remit et qui permettrait à celui-ci de se faire payer sa course par l'administration. Les prisonniers pour rentrer chez eux bénéficiaient du taxi gratuit. C'était, tout de même, le moins!

Le chauffeur parti, Anna mit le couvert et Frañseze la soupe au lard sur la table. Youenn se servit sans attendre et lampa sa soupe avec, à chaque cuillerée, comme un sourire de bonheur. Il ne disait mot.

Il mangeait.

Marie, réfugiée dans sa coquille, se taisait, tandis qu'Anna semblait inépuisable et racontait à Frañseze, l'arrivée du train, la présence de la Croix-Rouge, les démarches administratives, l'attente du taxi. Elle était tout à coup active, volubile, pleine d'une énergie insoupçonnée.

Youenn avait faim. Il mangeait. Mangeait encore.

Marie en était sidérée!

Entre deux bouchées, il confirma avoir croisé les gars de la forge « à Francfort-sur-le-Main... »

Marie avait fini depuis longtemps et, interloquée, regardait son père continuer à dévorer. Sa mauvaise dentition l'empêchait de mâcher correctement. Cela lui prenait d'autant plus de temps, mais sa faim semblait insatiable. Légumes, lard, pain : le couteau de poche à la main, son couteau de prisonnier de guerre, il découpait la nourriture en petits morceaux, la mastiquait et mangeait…

Tout à coup, scandalisée, Marie vit Anna prestement ôter de la table pain, lard et légumes.

Youenn suivit ces gestes tristement du regard :

— *Naon 'meus c'hoazh* ! J'ai encore faim ! dit-il.

— *Ya ! Goût a ran. Met goût a rit ivez ar peh 'neus lâret ar midisin barzh an ti-gar : bep tammig c'hallfer dibriñ muioc'h. Rabat deoc'h krogiñ re barzh ar boued diouzhtu. Ho korf na zalc'hfe ket an taol deus re 'voued goude kement-se 'yun. Dav eo deoc'h diwall ! Aze, e mañ 'klask sikour 'noc'h !* Oui ! Je sais, dit Anna, mais tu sais aussi ce qu'a dit le médecin à la gare. Il ne faut pas que tu manges de trop après tout ce jeûne. Ton corps ne tiendrait pas le coup à trop le nourrir tout de suite. Il faut que tu fasses attention. Là, j'essaye de t'aider !

Il haussa tristement les épaules. Les recommandations strictes étaient une chose, les suivre à la lettre - et il le fallait afin de survivre - en était une autre.

Longtemps, très longtemps, Marie se rappela cette incommensurable faim… Lorsque après ses longues courses, il lui arrivait par la suite de pousser la porte en criant :

— *Naon 'meus !* J'ai faim !

Youenn, doucement la reprenait :

— *Naon ? Nann ! Nompas lavare ' dra-se ! Ur vouzellenn c'houllo ho peus, digor eo ho kof d'ar pred a zo 'tont, met « kaout naon » zo un dra re griz, evidoc'h goût petra eo!* Faim ? Non ! Ne dis pas cela ! Tu as un boyau creux, ton estomac s'ouvre au repas qui vient mais avoir faim est une chose trop dure pour que tu saches ce que c'est !

Il disait cela et ramassait d'une main dans le creux de l'autre toutes les miettes qu'il avait laissé tomber sur la table et les avalait sans en perdre aucune. Plus tard, il inculqua à Marie le culte des bonnes proportions et le respect de la nourriture. Jeter du pain fut toujours à ses yeux faire injure au travail de ceux qui produisent le grain et faire bien peu de cas de ceux qui, chaque jour encore, crèvent de faim. Et désormais pour lui, le bon pain devait être blanc.

Car le pain noir demeurait attaché au sort de l'asservi qu'il avait été :

— *Bara-du 'walac'h meus deb'et barzh ar « Bochie »*! J'ai mangé assez de pain noir en « Bochie », disait-il, et il repoussait le pain de seigle.

Mais ce jour-là, d'avoir mangé lui avait donné un peu de force, la force de commencer à raconter son calvaire des années noires mais surtout l'inhumanité des derniers mois.

— *Daou ugen degre didañ zero a oa : an diaoul, gwir, 'noa laosket e holl vevelien war heñchoù ar menezioù.* Quarante degrés en-dessous de zéro : le diable, sûr, avait lâché tous ses diablotins sur les chemins des montagnes, racontait-il appuyé au dosseret du banc, l'index relevé afin d'insister sur la dureté du froid exceptionnel qui affecta soudain la région en janvier 1945 lors de l'évacuation dans les montagnes des Sudètes tchécoslovaques. Et, poursuivait-il :

— *Ur voul' bihan bara-du hag un' dabletenn chokolad etre pevar evit un devezh...Aze oa al lodenn! Deus an abardaez 'klaskemp kaout ur c'hraou da lakat ar bara hag ar chokolad, gwasket mat gant truilhioù, da ziskornañ 'barzh an teil. 'benn vije tapet ar mintin, e vije moaien da drohañ, da lodennañ hag da zibriñ nezh'. Setu, vije dav chom, gant nemet ur pred bemdez!* Une petite boule de pain noir et une tablette de chocolat entre quatre hommes pour la journée... Le soir nous cherchions à trouver une crèche afin de mettre le pain et le chocolat, bien enveloppés de chiffons, à dégeler dans le fumier. Le matin venu, il était possible de les couper, de les partager et de les manger. Si bien que nous devions nous contenter d'un repas par jour!

Marie sidérée, s'était laissée glisser d'un côté de la table vers l'autre... sur le banc où se trouvait adossé son père. Elle se blottit tout près de lui tandis qu'il continuait.

— *Bale pade an deiz, hep distag, 'barzh an erc'h don... Petr'amp, e vije laosket un tenn fuzuilh ennoc'h gant ar gward. Pet hag pet all, 'meus sikouret d'ober ur paz war-lerc'h 'n all evit chom bev?...* Marcher tout le jour, sans arrêt, dans la neige profonde... Sinon, le garde déchargeait son fusil sur nous. Combien ai-je aidé à mettre un pas devant l'autre et à rester vivants?...

Marie en silence se reprochait sa fuite lors de son arrivée... La phrase terminée, son père s'aperçut de sa présence. Tout doucement, il la serra contre lui.

—... *Ha 'benn ar fin 'n dro, ken skuiz e oan, ken*

skuiz e oa, a nez' a voen 'sikour 'n em laoske da gouezho 'barzh kostez an hent... Kerkent, ar gward 'teue hag a laoske an tenn e-barzh, e-gist 'barzh ul loen. Pet a pet o neus echuet o buhez e-gist-se ? Na lârfen ket deoc'h... Ar golonenn 'rea ur sell war ar zoudard marv hag pep hini 'yae gant he hent 'n ur soñjal nemet : saviteiñ he groc'hen. Finalement, j'étais si fatigué, et il était si fatigué celui que j'aidais, qu'il se laissait tomber au bord du chemin... Aussitôt, un garde s'approchait et l'abattait comme une bête. Combien et combien ont fini ainsi ? Je ne peux pas le dire. La colonne jetait un regard sur le soldat mort et chacun reprenait son chemin en ne songeant qu'à sauver sa peau.

On était le 22 mai 1945. Ce jour désormais serait marqué d'une pierre blanche. Son père était enfin revenu. Ce n'était pas du tout celui que Marie s'imaginait et attendait avec tant d'impatience. Il n'était ni vieux ni jeune, sa peau bistre était toute chiffonnée sous la barbe enfin rasée, ses yeux d'un bleu très clair baignaient dans toute la tristesse du monde : il était si fatigué que parfois sa voix se cassait. Il ne travaillerait pas avant longtemps. Il ne partagerait sans doute jamais ses jeux. Marie allait devoir apprendre à le connaître, à se tisser peut-être des complicités avec lui et à partager Anna, avec ménagement. Un peu jalouse de devoir partager sa mère.

Les jours suivants, d'un repas à l'autre, elle écoutait Youenn livrer son histoire par bribes.

— *'Kichen Dunkerque on bet gwraet prizonier, goude-se, didan tommijenn spontus heol miz Even ar bloaz daou-ugent, 'neusomp treuzet, war droad, ar vro Belgia. Disec'hed lipr' e voemp gant ar sec'hed...* J'ai été fait prisonnier près de Dunkerque ; ensuite, sous la chaleur torride de juin 40, nous avons traversé la Belgique à pied. La soif nous désséchait...

Toujours entre deux bouchées, il laissait courir un silence, puis :

— *Ken tomm all 'oa ! Ar penn devezh-se e voemp paseet dre plasenn ur gêriadennig. Ur vaouez, he c'houadur war ur vrec'h hag ur sailhad dour deus eben all, 'noa 'n em lakaet war bord an hent. Pep soudard 'n ur'baseal, hepdale, 'dape un tasadig dour. Kerkent, 'neus gwellet, ar gward a oa deut en o erradenn, ha gant un taol fust-fuzuilh sklapañ nezhi war ar leurenn, krouadur ha sailhad dour da heul 'barzh skrijadenn 'n hini bihan. Na zisoñjfen morse an dra-se.* Il faisait si chaud ! Ce bout de journée-là, nous traversions la place d'une bourgade. Une femme, un enfant sur un bras et de l'autre un seau d'eau, s'était placée au bord du chemin. Chaque soldat en passant, sans s'attarder, y puisait une tasse. Mais dès que le garde l'a vue, il s'est précipité et d'un coup de crosse de fusil l'a jetée à terre, pêle-mêle seau d'eau et enfant hurlant ! Je n'oublierai jamais cela.

Youenn racontait aussi les officiers séparés des hommes de troupe et montés dans un camion en cours de route. Même à la guerre, soulignait-il, les castes sociales sont respectées. À la frontière allemande, la troupe dut s'entasser dans les wagons à bestiaux. Et commença, chaotique, la longue traversée de l'Allemagne sans pouvoir se nourrir et se désaltérer vraiment sous un soleil de plomb.

Peu lui importait la chronologie des époques : il revenait à cette dure évacuation en janvier par les Sudètes et l'arrivée dans les ruines de l'immense usine de construction d'avions complètement rasée par les bombardements.

— *Pevarzek devezh- arat a rea. Aze, 'pad tri miz, omp bet lakaet da zifurusañ relegoù an dud lazhet, deus touez atredoù ar mogerioù disac'het... N'ur mod, evurusamant ar relegoù a oa skornet met... 'n ur mod all, diaesoc'h 'oa distagañ nezhe deus touez ar mein hag ar frammoù houarn... Kement miser a moamp dija da lakaat 'n eil troad dirak egile.* Elle recouvrait une étendue de quatorze journaux de terre - sept hectares. Là, pendant trois mois, nous avons dû arracher aux décombres des murs écroulés les squelettes des tués. D'une certaine façon, heureusement, les squelettes étaient gelés. Mais d'une autre, il était plus difficile de les détacher des gravats et des charpentes de fer... Nous avions déjà tant de mal à mettre le second pied devant l'autre !

Un moment, le récit s'arrêtait, puis reprenait :

— *N'hon neus bet miser... met, 'vit ar Rused... eo bet ur spont, ur gruel didruez evito. Gwasoc'h evit loened a zo bet graet dezho. Daoust pet mil biskouazh e voent 'barzh ar c'hamp 'kichen ar gêr e-lec'h e voemp 'labourat ha dalhet prisoñier? Digaset 'oant a-raok goañvezh ar bloavz un' ha daou ugent...* Nous avons été misérables. Mais les Russes. Pour eux, ce fut épouvantable, d'une cruauté sans nom. On leur fit endurer pire qu'à des bêtes. Combien de milliers étaient-ils le saura-t-on jamais ? - dans ce camp près de la ferme où nous travaillions et où nous étions prisonniers ? On les y amena avant l'hiver 41.

Ses yeux se perdaient dans le lointain d'une détresse qu'il ne pouvait oublier ni chasser de ses souvenirs…

— *A-raok morse 'oa tapet an nevezamzer na chome ket ken ul livennadig tud… e-gist relegoù bev, 'distribilh deus orjal dreinek… A-benn 'yaem, gant ar c'hirri leun, trem' an uzin da gas beterabez suk… 'benn a c'hallemp 'raemp, a sklapemp dezhe, founnus-founnus, ur veterabezenn dreist an dreilenn… Met… ar gward e oa aze diouzhtu gant e fuzuilh didañ ar fri ! Hag ar pôkez tud-se a chome, astennet o daouarn ganto, c'houl ganeomp ur veterabezenn evit o buhez ! 'benn 'oa tapet an hañvezh, golo 'oa ar c'hamp !… Marv 'oa an holl !*
Avant que le printemps ne revienne, il n'en restait plus qu'une petite poignée, comme des squelettes vivants, accrochés aux barbelés… Lorsque nous allions avec nos charrettées vers l'usine y porter les betteraves à sucre… Quand nous le pouvions, nous leur jetions, vite-vite, une betterave par-dessus les fils… Mais le garde était là tout de suite avec le fusil sous notre nez ! Et ces pauvres gens restaient les mains allongées, nous quémandant un morceau de betterave pour survivre. L'été venu le camp était vide… Tous étaient morts.

Chaque nuit « la Grande Faucheuse » revenait le visiter. Les images qui l'avaient terrifié durant ces années inhumaines de feu, de sang, de braise, d'errance et de désespérance l'imprégnaient tant qu'elles le terrorisaient encore : il se jetait hors du lit en hurlant jusqu'à ce qu'enfin réveillé, les murs, les lieux, la voix d'Anna le ramènent à la réalité de la paix dans la maison retrouvée.

Il lui restait à cheminer vers l'apaisement, à se pénétrer du calme qui s'y promenait, à repousser à jamais l'enfer de la guerre. Ce que son âme blessée quêta pendant de si longues années… Hélas! Jusqu'à la fin de ses jours, la peur, la faim, l'horreur absolues y laissèrent leur trace indélébile.

Au fil des jours, il découvrait aussi les réalités du Pays : la disparition de tous les produits courants de la vie quotidienne, les bons d'achat pour vêtements, chaussures et autres marchandises de consommation courante ; les tickets d'alimentation, J1, J2, J3 : ces derniers, les plus généreux, dotaient en principe les enfants de rations de denrées devenues rares. Mais les années de guerre passant, tickets et bons n'avaient plus trouvé rations à leurs droits, grappillés peu à peu par la dérive du marché noir !

Youenn avait quitté l'abondance. Revenu, incrédule, il mesurait l'ampleur de la pénurie et du désastre dans le Pays.

— *Ha c'hoazh ken', 'c'hallomp beañ eürus, rak gant frouez ar gêr vihan na vank deomp netra a-bouez e-gist 'vank da dud ar c'hêrioù bras!* Encore, lui expliquait-on, peut-on être heureux car les produits de la petite ferme permettent de ne pas manquer de choses essentielles comme en manquent les gens des grandes villes.

La liberté reconquise avait repoussé quelques difficultés mais il restait beaucoup de chemin à faire avant de recouvrer les étals d'avant-guerre.

Aussi, le colis venu d'Amérique fut le bienvenu. Cela lui fit chaud au cœur : le frère émigré aux États-Unis n'avait pas oublié son aîné.

Mais le contenu ballottait beaucoup.

— *Da ma soñj, ar pakad-mañ, neus dija profanet unan bennaket!* À mon idée, ce colis a déjà profité à quelqu'un, remarqua Anna.

Elle avait raison. Cela faisait partie du marché noir. Le colis ouvert, l'indélicat s'était largement servi car le carton, de bonne taille, se trouvait soulagé de la moitié de son contenu.

Au diable les voleurs ! La parentèle d'Amérique avait calculé large et il restait encore bien des choses. Des ingrédients introuvables dont on rêvait depuis des années mais d'une présentation surprenante : le café sous forme de poudre se dissolvait dans l'eau bouillante de même que le chocolat. Une farine jaune vif en sachet aluminium, additionnée d'eau bouillie refroidie redevenait moutarde onctueuse. Pour chaque étiquette, les généreux donateurs s'étaient fendus d'une traduction afin que rien ne se perde par incompréhension. Et, bien sûr, il y avait du chocolat en tablettes, de l'huile d'arachide, des pâtes et de la semoule de blé dur et, par-dessus tout, le voleur avait généreusement laissé... deux paires de bas nylon !

An dibab kentañ barzh touez an dibabachoù ! Le dernier cri au-dessus de tous les tris !

Devant le déballage de ces deux paires de bas - couleur chair, s'il vous plaît - dire la convoitise de Mar'Janig c'est déjà donné la dimension du marchandage qu'elle développa pour obtenir l'une d'elles. Rien n'y fit. Anna partagea un peu de tout avec sa sœur, sauf les bas.

Marie se sauva vers la rivière afin d'échapper aux échanges aigres-doux entre les deux sœurs…

Chapitre XVI

L'ancien prisonnier reprenait pied peu à peu dans un monde humain. Cependant, le 24 juin, le premier feu de Saint-Jean d'après-guerre se fit sans lui. Flambée dans le soir à la croisée des chemins sous le gros chêne où fredonnaient les hannetons. Toutes les broussailles accumulées des tenues alentour, ronces, souches, racines entassées dans l'après-midi allaient faire ventre… de flamme. Jamais de bon bois !

Le soir venu, l'immense brasier rassembla, comme avant-guerre, les gens qui s'entraidaient ou non lors des grandes journées, toutes chicanes écartées, récentes ou anciennes.

Étincelles, craquements. Le feu grimpa du bas vers le haut, escalada le tas jusqu'à la cime. Ce soir-là entre brise douce et bois brûlé, l'harmonie descendit à nouveau sur ce coin de terre. Peu à peu la chaleur écarta les gens, et le temps pour la fournaise de se consumer, s'ouvrit le moment des rires, des rondes et des chansons. Puis, lorsque le *tantad* - feu de joie - se fut apaisé, les jeunes sous les vivats engagèrent la compétition des sauts par-dessus les braises rouges. Autour de minuit, Marig l'ancêtre, à genoux sur le sol, entama la prière. À ce rituel s'ajouta ensuite la vente incantatoire des cendres par le juge désigné - élu tacite du quartier depuis « avant-guerre » pour cette noble fonction - et qui entonna :

— *Selaouit! Selaouit! Ha klevout mat! Tud ha tudigoù! Peogwir 'm'oamp 'vont da brizañ!* Écoutez! Ècoutez! Entendez bien! Gens et petites gens! Car nous allons apprécier!

Un code séculaire, non écrit, régulait cette affaire. L'achat échoyait à tour de rôle à l'une des fermes ou des *pennoù-tier* et le jeu portait les enchères à l'aune de la bourse, plate ou rebondie, de celui qui en déposerait le prix à l'église, à la quête du dimanche suivant.

Ainsi partirent à l'encan les cendres de ce feu de Saint-Jean 1945. Le fil de la tradition était renoué. Celui qui avait acheté la dernière cendre des années trente, passa le tour d'achat au suivant. Seul le cours avait varié : plus de *real,* vieille monnaie espagnole, de *Skoed*, l'écu, ni de *Gwenneg toull*, le sou perçé - monnaies de comptage courant - l'inflation galopante des années passées obligea à revoir le prix en *lur,* en livre, c'est à dire en francs!

— *Ur wech... div wech... netra muioc'h? Teier gwech... gwerzhet! Evit madoù sant Yann d'an anaon!* Une fois... deux fois... rien de plus? Trois fois... vendu! Pour les bienfaits de saint Jean aux âmes des trépassés!

Le lendemain matin, cette cendre dûment ramassée par l'acquéreur, alla enrichir et bénir sa prairie ou son courtil.

Pour Youenn, cette année-là, pas plus de fenaison que de feu de Saint-Jean. Les nerfs brisés, à peine assis, il sommeillait tout le jour.

La dernière fourchée hissée sur la charrettée, les « *youelloù* » de joie avaient parcouru la vallée jusqu'au solitaire, terré dans la maison, silencieux, honteux de ne pouvoir donner sa part de travail. Le soir, il rejoignait à pas mesurés la tablée bruyante et joyeuse des anciens de 14 et des jeunes que la dernière guerre avait épargnés. Il écoutait, hors du temps, ces échanges d'un présent qui n'était pas encore le sien. Quand le serait-il à nouveau ?

Cela, « eux » ne pouvaient pas le comprendre.

Quelques jours auparavant, il avait dû devant quelques anciens justifier les raisons de sa prise à Dunkerque :

— *Pelec'h 'n em zifenn ? Ar « mitrailleuse » a 'moamp, 'herpe 'benn 'noa tennet dek skartouchenn ! Gwraet 'noa, sur, deskamant ar re yaouank dibaoe ar brezel dek ha tri ugent ! Brezel Spagn 'noa disac'het an armoù nevez deut 'maez hag an avioñoù. Goude-se ar « Front populaire » na 'neus ket faotet dezhañ armañ ar vro en-dro. Gant petra delc'her penn ? Gant hon daouarn ?* Comment se défendre ? La mitrailleuse que nous avions avait fait l'instruction des jeunes depuis la guerre de 70 ! La guerre d'Espagne avait détruit les armes opérationnelles et les avions. Après, le Front Populaire n'a pas voulu réarmer le pays. Comment faire face ? Avec les mains ?

Point de vue fruste et incomplet, certes, mais le plus répandu à l'époque.

Les vieux hochaient la tête et se taisaient.

Mentalement, ils se disaient, *Etre Doue hag o c'has-ketenn* entre Dieu et leur casquette, « que l'accabler alors qu'il rentrait de cinq années de captivité était peu charitable ». Leur longue vie de catholicité bien pensante le leur interdisait, mais tout de même…

« *'N em roiñ 'noa gwraet d'ar Boched. Eñ hag ar re all! 'barzh an disac'h spoñtus! Ar zoudarded e-touez an dud all! Peseu' dizenor!* » Il s'était rendu aux Boches. Lui et les autres. Dans la débandade absolue. Les soldats parmi les civils. Quel déshonneur!

Leur désapprobation silencieuse se lisait tant sur leurs traits que Youenn voyait bien qu'il ne les avait pas convaincus. Alors, il puisait en lui le peu d'énergie retrouvée afin d'essayer de leur faire comprendre que cette guerre n'était pas l'autre. Entre temps, on avait changé d'époque, autant dire de siècle.

— *Diraze, ar Boched 'oa 'barzh tankoù, avionoù dre vil a zrailhe an dud spontet war an hentoù tro-war-dro. Ar Vro C'hall 'noa na tank na avion ebet! An argant 'oa bet lakaet 'barzh al linenn Magino! Met ar Boched 'noa treuzet ar Vro Velgik gant hardizhegezh hep goul netra gant den ebet. Setu, na oa nemet ur dra d'ober ken : 'n em roiñ evit salviteiñ hor puhez.* En face, les Boches étaient dans des tanks. Des avions par milliers mitraillaient les gens épouvantés sur les chemins alentour. La France n'avait ni tanks ni avions! L'argent avait été mis dans la ligne Maginot pour les arrêter à l'Est! Mais les Boches ont effrontément traversé la Belgique sans rien demander à personne. Il ne restait plus qu'une seule chose à faire : se rendre afin de sauver sa vie.

Peu glorieux ! Pourtant, il cherchait encore à expliquer la cause de ce désastre qui pour lui, entre le service militaire, la mobilisation, la drôle de guerre et la captivité, représentait tout de même sept années de jeunesse sacrifiées !

Quel avenir lui restait-il ?

À ce point de la démonstration les anciens, sans scrupule, changeaient le cours des propos et les aiguillaient vers le Chemin des Dames ou Verdun et tant d'autres batailles dont, sans coup férir, ils gommaient les hécatombes pour mieux clamer leur victoire passée.

Eux, ils s'en étaient sortis. Mieux ! Ils avaient gagné !

Marie écoutait, avide de comprendre, et prenait à la source ses premières vraies leçons d'histoire.

Après cela, l'ancien de 40 choisit de se taire sur le sujet...

Anna veillait scrupuleusement à le rationner à table. Il le vivait de plus en plus mal. Aussi, cette noce au village où le cercle des invités gonfla jusqu'à plusieurs centaines tomba à pic pour changer le cours de ces restrictions.

Ah ! Cette noce !

Le village entier fut convié et même au-delà de ses limites. Les inviteurs de noce - hérauts des parents des futurs mariés - avaient visité huit jours auparavant toutes les maisons et les fermes, voire les moindres *pennoù-teier*, ces bouts de maison de journaliers. Ils convièrent la multitude à ce premier mariage d'après-guerre depuis les premiers cercles des relations jusqu'aux plus lointains cousinages. Cela leur demanda plusieurs journées de marche et un travail difficile à négocier d'une maison à l'autre, tant la générosité d'un côté et les convenances de l'autre obligeaient à offrir et accepter le verre de l'amitié.

Avant le soir, la largeur de la route leur suffisait à peine pour revenir vers le bercail !

Telle était la coutume.

Le jour convenu, ce fut fête. On était dans l'été, le cidre du début de repas relevait plutôt de la piquette et le vin qui suivi sentait franchement la vinasse. Mais qu'importe ! Youenn se servit et reprit largement de chaque plat. Il avait toujours si faim ! Près de lui Anna inquiète, n'osait rien dire. Elle n'était pas à la maison. Marie picorait, filait et courait entre les tables avec les autres gamins au grand dam des serveuses, portant à bout de bras leurs assiettées de ragoût brûlant.

La boisson aidant, on arriva à l'heure des chansons.

Marie décida de chanter pour faire honneur à ce père miraculé.

Elle grimpa sur le banc, debout face à la salle. Elle eut d'abord beaucoup de mal à capter l'attention des bavards mais l'insistance des voisins de table à heurter de leurs couverts les bouteilles vides l'aida enfin à obtenir écoute. Peu à peu le silence gagna l'immense assemblée des convives, sous le charme, et l'on entendit la voix de Marie, grelot limpide suspendu à la gamme.

« À la claire fontaine
m'en allant promener;
j'ai trouvé l'eau si claire
que je m'y suis baignée... »

C'était la dernière chanson apprise à l'école. Elle eut le droit à de longs bravos et reçut plein de bises. Ego satisfait, elle se félicita de ce galop d'essai. Du coup, Anna se lança dans une chanson, avec toutefois quelques difficultés à soutenir la note. Mais le temps était au soleil et sa voix vibra joliment. Elle fit honneur à Botrel:

« Non! Nulle Bretonne n'est plus mignonne à voir

Que ma fleur de blé noir! »

Brassée de bravos, bousculade d'embrassades. Marie était ravie. Après toutes ces années tristes et noires, enfin une éclaicie!

Aujourd'hui point d'uniformes vert-de gris pour gâcher le plaisir: après l'entrée de bal en flons-flons, ce fut la danse du tapis. Marie n'en perdit pas un pas, entra dans la ronde avec le carré de tissu pour s'agenouiller - un peu perdue d'abord mais au diable les hésitations! Elle étala le carré de coton devant plein de messieurs, jeunes et moins jeunes, pour leur faire la bise. Puis retourna dans la farandole. C'était son premier bal. Jamais encore elle ne s'était tant amusée à danser avec les grandes personnes.

Cette noce, outre qu'elle apporta un pigment de fantaisie, fit aussi la démonstration que la période restriction pour son père pouvait s'achever. Cet excès de table fut sans conséquence. Le spectre d'une rupture funeste de l'organisme suite à ses années de privations extrêmes s'éloignait enfin. Il n'était plus un mort-vivant en sursis mais un homme en chemin de résurrection.

La vie redevenait normale.

À quelques temp de là, il put assurer lui-même sa « démobilisation » à Kemper. Il y alla à vélo - il avait eu un bon prioritaire afin de se l'acheter. Puis l'ancien prisonnier reçut des papiers afin de refaire sa dentition. Il jugea cela comme une reconnaissance de dommages de guerre ! Dès lors, il se rendit à vélo vers « ses séances de torture » disait-il, afin d'arracher les moignons de dents qui lui écorchaient le sourire revenu.

— *E-gist dent ar re varv 'vo lakaet deoc'h!* On te mettra comme des dents de mort! avait estimé Frañseze avec un frisson qui en disait long sur son effroi malgré la nécessité de recevoir les mêmes soins.

Elle en était restée à l'époque des arracheurs de dents des foirails et à l'horrible souffrance des patients livrés à leurs tenailles préhistoriques. Il y avait, rivée en elle, la révulsion provoquée par ces souvenirs d'horreurs et, à l'identique de ces bateleurs, le praticien fut-il en blouse blanche et les mains aseptisées n'était pour elle rien moins que la réplique moderne de ceux-là. Il fallait l'entendre raconter ces scènes d'un autre âge avec force descriptions plus terribles les unes que les autres. Marie se mettait les mains sur les oreilles pour ne plus entendre et en redemandait. Frañseze, ravie de son succès, rajoutait des tonnes de détails encore plus terrifiants. La petite à nouveau se bouchait les oreilles puis s'enfuyait, horrifiée !

Passé le moment d'adaptation de Youenn à ses deux « râteliers » tout neufs, Marie jugea que son père avait rajeuni *dek vloaz da neubeutañ* au bas mot, d'au moins dix ans.

Les forces lui revenaient peu à peu car il avait repris du poids. Il put l'année suivante tenir à nouveau sa place *barzh ar c'houched dornañ*, dans la compagnie de battage du quartier et jurer *Mallozh Doue* Malheur à Dieu contre le fameux moteur 12 CV Bernard qui, invariablement, renâclait au démarrage annuel pour entraîner la batteuse. Il s'obstinait, le teuf-teuf, à lui imposer son inertie alors que Youenn l'avait pourtant graissé et abreuvé d'essence grâce aux fameux bons, sésames indispensables pour tout achat. Enfin au bout de tours et de tours de manivelles, il se décidait, le bougre, à sortir de sa bouderie à la grande joie de la compagnie.

Marie aidait les femmes qui assuraient le vannage du grain avec le tarare. Puis le tarare fut remisé au musée des accessoires et le battage se fit avec le Grand Travail, machine plus moderne. Cependant, enlever la balle et l'entasser demeura toujours l'affaire des femmes avec les mêmes lourds racloirs de bois.

Comme les autres, la poudre des moissons recouvrait Marie de la tête aux pieds, ce qu'elle appréciait modérément. Mais elle possédait la parade.

À peine le dernier teuf-teuf tonitruant éteint - *Ma Doue*! que cela faisait du bien quand il se taisait! - elle prenait son maillot de bain. Anna le lui avait tricoté avec la laine du mouton, matériau universel s'il en était.

— *Marie d'a belec'h 'maoc'h 'vont adarre da c'haloupat?* Marie où vas-tu encore?

-*'Meus ket 'vit pell. Betek ar stêr 'maon 'vont!* Je n'en ai pas pour longtemps. Je vais jusqu'à la rivière.

Elle possédait son coin bien niché dans un coude où le courant avait creusé un lit plus profond. Un saule se penchait au-dessus et venait presque lécher la laque brillante de l'eau parsemée dans le soir d'or et d'argent. C'est là que Marie chassait ce maquillage de forçat, que les femmes par dérision appelaient la poudre de riz! Accrochée d'une main à la branche du saule, de l'autre elle s'essayait à la brasse jusqu'au jour où, ô miracle!, elle réussit des deux bras et des jambes à imiter les grenouilles: elle nageait!

Après cette plongée dans l'onde fraîche, sa peau cuivrée de soleil apparaissait lisse comme un sou neuf. Les cheveux mouillés, revêtue de propre, les vêtements sales noués à la main, Marie montait rejoindre la tablée des laboureurs qui eux s'étaient contentés d'ablutions dans des seaux près du puits.

La journée finie, peu importait la fatigue et l'épaisseur de la poussière restante, là commençait le moment de liesse, les histoires, les chansons jusque tard dans la nuit...

En cet été 46 - comme les précédents - Reun ne participa pas aux travaux des récoltes. Personne dans le quartier n'aurait eu l'outrecuidance d'aborder le sujet avec Mateiz. Son petit-fils était si jeune ! De surcroît, pour le grand-père, faire de la Résistance, c'était acte politique. Et faire de la politique, une affaire très personnelle. Cependant dès la première journée des travaux qui ouvrait la kyrielle des autres, à l'heure de la soupe, la coterie ne put s'empêcher de l'entreprendre.

— *Ha Reun ? Petra 'teu da veañ ?* Et Reun ? Que devient-il ?

— *Feiz 'ta ! Ar re yaouank en devez hiriv na neus ket tu ebet da henchañ 'nezh' ken e-gist gwechall.* Ma foi ! Les jeunes aujourd'hui, il n'est plus possible de les faire cheminer comme autrefois !

Ces préliminaires de la part de Mateiz, même admis par tous, ne pouvaient pas satisfaire l'auditoire. La règle de la coutume laissa s'écouler le temps de trois lampées de soupe.

Au plafond bourdonnait la nuée des mouches. Crissements désespérés de celles qui s'étaient laissées prendre à la glu du papier en tire-bouchon accroché à la poutre...

Mateiz se racla la gorge et poursuivit :

— *Zo miz-so, kreñv bras... tro-war-dro... eo degoueet 'barzh ar gêr. Mat !... Echuet ar brezel ! Dizarmet ar paotr yaouank ! Ken yaouank c'hoazh... N'ouzon ket deus pelec'h 'oa 'tont... « Met, lar' eñ din, bremañ 'meus sinet evit mont barzh ar Marine. » 'Lâr gwir, chomet on digor'beg !* Il y a largement un mois environ, il est arrivé à la maison. Bien ! Finie la guerre ! Le jeune gars désarmé ! Si jeune encore... Je ne sais pas d'où il venait. « Mais, me dit-il, maintenant j'ai signé pour aller dans la Marine. » À vrai dire, j'en suis resté bouche bée.

— *Met Reun 'zo minor c'hoazh!* Mais Reun est encore mineur!

D'une seule voix, la réaction scandalisée de la tablée ne s'était pas fait attendre.

— *A pezh 'meus lâret dezhañ diouzhtu, ha setu 'oa dav dezhañ kaout ma signatur evit beañ gouest d'ar bignet war ar vatiment!...* Ce que je lui ai dit aussitôt, et qu'il fallait ma signature pour qu'il puisse monter sur le bateau!

La soupe bouillante avait perlé son visage de gouttes de sueur. Mateiz l'essuya avec un grand mouchoir à carreaux. Puis il le ramassa avec componction et reprit, la tablée muette suspendue à ses arguments:

— « *Met, respont eñ din, bremañ an holl draoù zo cheñchet, tad-kozh! Kemeret on. Rez ket bil!... Hag an devez war-lerc'h oa kuit a-raok morse a oa savet an heol... Degaset neus keloù er sizhun-mañ. Mat e oa ar bed gant ar paotr. E Madagascar hon degoueet*! » Mais m'a-t-il répondu, tout est changé maintenant grand-père. Je suis recruté. Ne t'en fais pas!... Et le lendemain, il était parti bien avant que le soleil ne se lève. Des nouvelles nous sont arrivées cette semaine. Le monde va bien pour le garçon. C'est à Madagascar qu'il est arrivé.

Reun, avait entamé son tour du monde. La nouvelle pouvait faire le tour du village.

La compagnie en resta coite! Personne n'osa en remettre sur le jeune âge du Pompon Rouge, le grand-père en avait déjà bien trop sur le cœur d'autant que les journaux commençaient à parler de cette révolte de la Grande Île ainsi que d'une guerre larvée qui s'installait là-bas, en Extrême-Orient, en Indochine…

Marie, toujours aussi secrète, avait croisé Reun lors de son passage. Leur complicité d'enfance avait refait surface malgré l'immense différence d'âge d'aujourd'hui. Mais elle était un peu comme la petite sœur à qui tout se raconte. Il lui avait confié son astuce.

Bien sûr, « il y en avait une, de ficelle ! » puisqu'il était mineur !

Il lui fit promettre de n'en jamais rien dire à personne sinon à son retour…

— *Drailhañ enorc'h 'rafen, munud-munud* ! je t'écrabouillerai en miettes menues !

Marie avait éclaté de rire et craché dans ses paumes.

Le secret était scellé. Elle connut donc le fin mot de l'histoire.

Reun avait à peine dix-huit ans. Le monde des adultes s'était ouvert à lui depuis plus de trois ans. Le travail d'abord, la guerre ensuite. Pas question de revenir en arrière. Son meilleur copain se trouvait dans la même situation : sans parents, la bride sur le cou.

Après moult essais de griffes sur un brouillon, ils se signèrent mutuellement leur engagement.

Simple ! Il suffisait d'y penser. Rien à demander à personne.

La Royale, peu regardante, s'y laissa prendre : on

avait besoin de marins. Ils partaient pour Madagascar : les « indigènes » s'étaient révoltés. Il fallait rétablir l'ordre. À Reun les grands espaces, la découverte de la mer, la limite toujours repoussée au bout de la ligne d'horizon. L'aventure ! La vraie ! Sans contraintes - puisque Reun le disait - si ce n'est celles acceptées pour la bonne marche d'un bateau de guerre.

Marie s'était plongée dans son livre de géographie et avait regardé sur la carte le long trajet qu'il avait emprunté.

Elle n'avait pas « cafté ». Personne n'avait rien su avant le jour où Mateiz l'apprit aux moissonneurs autour de la table. Mais elle était seule à connaître le subterfuge utilisé par le marin !

Et l'été s'en alla vers la saison descendante…

Quelques jours après la rentrée, le secrétaire de mairie vint un matin à l'école et frappa à la porte de la grande classe. Les élèves se regardèrent, surprises. En temps ordinaire, il ne se déplaçait pas beaucoup. Cela n'augurait rien de bon.

Il tenait un télégramme à la main. Il le remit gauchement à l'institutrice inquiète bafouilla quelques mots inaudibles se retourna vite pour s'en aller, faillit s'empêtrer les sabots sur le seuil et sortit de la classe en claquant la porte !

La jeune femme ouvrit le papier, le parcourut des yeux. Elle se raidit. Blêmit. Se tourna vers le mur. Secouée de sanglots. Puis, elle vint vers sa fille, la prit dans ses bras. À mots étouffés, elle lui apprit que son père ne reviendrait pas : il avait été abattu dans les rizières de Cochinchine. La guerre proche était finie mais des guerres lointaines continuaient l'hécatombe.

La classe, muette, regarda leur détresse. Serrées l'une contre l'autre, elles allèrent vers la petite classe en laissant la porte contiguë ouverte.

Marie, une fois de plus, se plongea dans son livre de géographie. *Ma Doue*! Il était mort si loin : de l'autre côté de la terre, dans l'autre hémisphère.

Chapitre XVII

Plus que l'âge de raison : Marie avait huit ans !

Aussi lorsqu'elle rentrait de l'école, elle prenait ses tartines préparées par Frañseze et descendait vers la prairie chercher le troupeau et Ploneiz. Autant de moins à trotter pour les mauvaises jambes de sa grand-mère ou celles, encore si fatiguées, de Youenn. Marie appréciait cette escapade dans le chemin creux vers la rivière qui selon les saisons offrait la variété de ses fruits. En juin, les fraises sauvages minuscules mais si fondantes choisissaient de rosir dans la trouée du talus, côté soleil. En juillet venait l'époque des myrtilles qui lui noircissaient les dents, puis les noisettes, les pommes. Enfin, à l'approche de la Toussaint, les châtaignes prenaient le relais des gourmandises sauvages. Marie musardait. Picorait au gré de son humeur et d'un peu de temps buissonnier qu'elle estimait être le juste salaire de la bergère.

Puis elle calait son épaule sous la poutrelle de la barrière pour la faire pivoter et laisser sortir le troupeau en attente. La bride de la jument pendait au poteau de celle-ci depuis le matin. Ploneiz s'avançait. Marie lui passait le mors entre les dents. La brave bête baissait la tête jusqu'au sol afin que la petite soit à bonne hauteur pour nouer la bride derrière ses oreilles. Tandis que les bretonnes Pie noire broutaient sous les grands arbres les herbes aux essences odorantes, Marie menait Ploneiz le long du talus, y grimpait et, hopala! sautait sur son dos.

C'est dans cet équipage qu'elle abordait la vicinale caillouteuse derrière les vaches. Ploneiz allait de l'une à l'autre. Les fantaisistes aux cornes de lyre n'attendaient qu'un moment d'inattention pour se glisser par la première barrière entr'ouverte et lui fausser compagnie. Marie les avait à l'œil et Ploneiz les poussait du museau pour les ramener vers la ferme. La jument menait le train et une complicité évidente régnait entre la petite fille, Ploneiz et ces bêtes pétillantes aux yeux profonds, doux et rêveurs. Elle les aimait et elles le lui rendaient bien.

Jusque là pour Marie, tout allait pour le mieux dans le meilleur des troupeaux.

Grâce aux bons, il était à nouveau possible de trouver de l'essence et de loin en loin, une auto cornait d'un ton rauque dans les lacets de la route. Or, en ce soir tranquille d'octobre, inopinée, intempestive, une d'elles s'annonça, hoquetante et sans-gêne. Ploneiz, on le sait, ne supportait pas ces machines infernales. Pire, elle en avait une peur panique! Marie, juchée sur Ploneiz, abordait le raidillon au rythme du troupeau lorsque de l'autre côté de la vallée, la voiture se mit à dévaler la pente à tombeau ouvert afin de compenser, par un élan certain, la montée poussive qui risquait de l'étouffer si elle ne prenait de la vitesse en réserve.

Marie essaya d'accélérer le rythme du troupeau mais, peine perdue: la peur gagnait sa jument, sourde à tout écho sauf à cette machine diabolique qui approchait inexorablement. Les oreilles de la pauvre bête tournaient dans tous les sens comme des cornets mal vissés et trahissaient sa phobie irrépressible. Elle se mit à piétiner puis, au petit trot, poussa les vaches à la course. Leurs mamelles ballottaient d'un côté et de l'autre.

Marie essaya de raisonner sa bête. Impossible!

Imperturbable, la voiture ne mollissait pas.

La petite amazone n'en menait plus large...

Dès que sur sa lancée la voiture apparut dans le tournant, Ploneiz sans hésiter, piqua des deux et dépassa le troupeau!

Eclats des fers sur la pierre, sauts, secousses, vitesse... Allongée sur l'encolure, le nez dans la crinière, Marie-fétu-de-paille, bras et mains agrippés au crin, fit corps avec la bête. Les bas-côtés défilaient... Teuf-teuf-teuf! Corne éraillée... Teutteuttttt! Galop éperdu Là! Trop de cailloux... Quelques touffes d'herbes... Sauter? Non! S'accrocher! Jambes en cerceaux sur la bête... Virage! Oh! le rosier du poulailler! Éviter les piquants! Glissade...

Anna se jeta dans le passage.

Ô ma Doue! Saisir les rênes, le licol... Réussi!»

Elle s'y suspendit. La bête freina des quatre fers, la traîna sur plusieurs mètres.

L'arrêt! Enfin!

La jument tremblait de tous ses membres. Les doigts d'Anna couraient sur son col tandis que le front appuyé sur la tête de Ploneiz, elle reprenait souffle et toussait tout ce qu'elle pouvait. Au bord de l'étouffement.

Marie, plus morte que vive, se laissa glisser à terre. Ses genoux flageolaient. Pas hésitants... Elle se laissa tomber sur le muret de pierres sèches. Brisée de peur. Pas de larmes. Seuls des tremblements incontrôlés la secouaient.

Oh la frayeur rétrospective: si Anna n'avait pas été là, à la seconde précise, la jument s'engouffrait dans son écurie. Le linteau de pierre de la porte, à ras de son dos, aurait précipité la petite sur ses sabots. La ruade qui aurait suivi l'aurait disloquée comme un vulgaire pantin. Une bonne fée avait dû veiller sur sa cavalcade éperdue.

Dès lors c'en fut fini de ses randonnées dans le soir pour ramener seule le troupeau à l'étable.

Ar wetur-dre-dan, - la voiture par le feu - avait eu raison de la liberté de Marie parmi ses bêtes.

Depuis que les prisonniers avaient retrouvé leur famille, les naissances se multipliaient dans le village. Les festivités de baptême ici et là - entre *krampouezh gwinizh ha gwoastell vras* - entre crêpes de froment et grand gâteau faisaient honneur à l'événement.

Marie trouvait qu'il était long pour elle, ce temps de solitaire. Elle aurait bien voulu comme les autres pouvoir un jour annoncer avec bonheur l'arrivée d'un poupon à la maison. De loin en loin, elle houspillait Anna qui la regardait de ses yeux tristes.

Anna n'était pas au bout de ses peines...

Un jour, la petite rentra de l'école. Comme d'habitude, elle appela sa mère. Comme toujours Frañseze s'approcha en boitillant. Elle avait les yeux rouges :

— *Ô ! Ma bihanig ! D'an ospital eo aet ho mamm !* Oh ! Mon petit ! Ta maman est allée à l'hôpital.

— *Dam' betra ?* Pourquoi ?

— *Emm 'zo da louzaouiñ 'nezhi muioc'h !* On a besoin de la soigner davantage.

À l'instant, la maison lui sembla vide et froide.

Que cette frêle présence, en filigrane sur la transparence des jours, lui manquerait ! Anna était indispensable aux certitudes de Marie. Comme ce premier appel dès le retour d'école... Aucune autre voix ne posséderait jamais la note de sa réponse. Qui pourrait l'aider à trouver la signification de ce mot sur lequel elle butait ? Et cette phrase obscure pleine d'embrouilles, comment y démêler les propositions ? Anna savait ou ne savait pas les réponses, gourmandait ou fessait, tricotait et taillait, écoutait à défaut de pouvoir cajoler mais, au fil du temps, il suffisait à Marie de savoir qu'elle était là.

La petite n'en demandait pas plus.

Car il est des choses que même la meilleure grand-mère au monde, telle que Frañseze, ne pouvait compenser.

Marie allait devoir encore s'adapter à cette absence. Quand Anna reviendrait-elle ? Frañseze, désespérée, n'en savait rien. Elle s'était assise sur la chaise de l'appentis. La petite grimpa sur ses genoux et appuya la tête sur son épaule pour pleurer avec elle. Comment adoucir ce sort qui s'acharnait sur la maison ?

— *Bez' maomp atav war ur blañedenn fall.* Nous sommes toujours sur une mauvaise planète, constata Frañseze en essuyant les larmes de Marie.

Avant que Youenn ne revienne des terres lointaines, elles étaient à trois, pensa Marie. Aujourd'hui les éléments du trio avaient changé.

Encore heureux! Frañseze en demeurait la permanence.

Dès lors, de loin en loin, Marie dut aller à Kemper rendre visite à Anna. Sans enthousiasme. Pourtant elle aimait sa mère. Alors, pourquoi?

Cette visite lui pesait.

Elle n'aimait pas cette grande bâtisse en pierres taillées, toute grise près d'une chapelle. On y pénétrait par une immense porte. Mar'Janig l'accompagnait. Marie, angoissée, se taisait. Il fallait montrer patte blanche aux religieuses dans le corridor glacial - véritable trou à courants d'air! - avant de pouvoir continuer le périple. Dépassé le poste des cerbères encoiffées de blanc, elles empruntaient un escalier de pierre d'une grandeur démesurée jusque là-haut sous les combles et là, à gauche, au bout du couloir, elles accédaient enfin au dortoir qui avait « accueilli » Anna.

« Accueillir »: difficile de parler d'accueil dans ce mouroir d'une quarantaine de lits où les femmes s'éteignaient à petit feu « de la poitrine ». Immensité blanche ponctuée de toussotements, de quintes déchirantes, du grasseyement des crachats, de mots sifflés d'un souffle court, de pleurs étouffés, de mouchoirs derrière lesquels les malades cachaient l'humeur du moment, le poids du désespoir. Le tout se concentrait dans une atmosphère inquiète, coupée d'avenir : la vie au compte-gouttes et à réserve limitée.

Anna, plus livide que jamais, auréolée de ses cheveux noirs, lui souriait toujours aussi tristement. Il était interdit à Marie de l'embrasser ou même de rester longtemps.

C'était juste un passage.

À demi-mots, Anna égrenait un peu de tendresse que Marie rangeait très vite au fond de son cœur.

C'était étrange. Là, elle n'arrivait pas à lui dire la couleur du temps, les odeurs du printemps, le piaillement des petits poussins justes éclos, les premières primevères si sucrées, la douceur du petit veau auquel elle donnait la buvée... Elle aurait tant voulu lui raconter. Les mots ne venaient pas. Tout à coup, les minutes se précipitaient bien plus vite qu'à l'horloge de la maison, puis elle allait attendre dans le couloir que sa tante finisse sa visite.

Toujours cette hantise des microbes.

Ensuite Marie et sa tante rentraient. Silencieuses. Que dire lorsque l'on ne connait pas la cause du mal ? Si ce n'est cette histoire de virus si pernicieux qu'il interdisait la bise - même furtive - à sa maman.

Marie se disait tout bas qu'il y avait bien des choses dans la vie qui n'étaient pas justes. Mais à quoi bon l'exprimer tout haut ?

Revenir à la ferme lui était d'un grand soulagement : Frañseze était là. Son monde à elle, sa solidité, son commencement et sa fin.

Et puis, il y avait Youenn.

Avec lui, elle partageait la lecture du journal. Un journal acheté en commun avec les voisins : ainsi divisé en deux, le prix de l'abonnement devenait abordable. Apporté par le facteur, ils le lisaient à midi. Marie allait le chercher après l'école et Youenn le trouvait en fin de journée.

Elle y avait déjà glané bien des nouvelles mais elle avait besoin des explications de son père. C'était fou ce qu'il savait de choses : autant l'imagination fertile de Frañseze l'avait habituée aux histoire fantastiques autant la mémoire de son père la ramenait à la rigueur de l'histoire. Exemple : 1515 ! Marignan : c'est bien connu ! Avec Youenn, c'était de la même veine. Il possédait toujours la date précise de l'événement qui avait provoqué telle ou telle suite et tout devenait limpide. Inutile de vérifier. Au tout début, en douce, Marie l'avait fait mais à chaque fois, elle en était pour ses frais.

L'histoire avec son père, c'était comme un jeu de mécano : tout s'emboîtait. Rien n'était fortuit.

Aussi pour bien comprendre le journal, cette histoire du quotidien, Marie avait besoin de connaître ce passé qui expliquait le présent. Même si ce n'était pas tout à fait une vision identique à celle qu'en donnaient les leçons apprises par cœur à l'école. Et dans ce domaine les digressions ne manquaient pas : Louis XIV, Louis XV avaient des « *mistri* » - des maîtresses ! -

— *A feiz ! Tud desket-bras 'voent neuze* ! Ma foi ! C'était donc des gens de grandes connaissances en concluait Marie.

Youenn riait en haussant les épaules et poursuivait en parlant de « poules », de festins et de dépenses inconsidérées que devait payer le petit peuple à la sueur de son front.

Les palais de rêve prenaient alors pour Marie un autre aspect peu reluisant.

Au carrefour de ces explications, Marie avait toujours du mal à faire le tri. Pour elle, évidemment, les maîtresses enseignaient à l'école et les poules caquetaient dans le poulailler. Malgré son insistance à obtenir des précisions, Youenn demeurait énigmatique et repassait à l'actualité « Et aujourd'hui les gouvernements ne valent pas mieux ! »

— *Ma joma re bell didan aour ar Republik da ren an dud zo 'labourat, an dud-se, e laez, a teu da veañ techet* Si l'on reste trop longtemps sous les ors de la république pour diriger ceux qui travaillent, ces gens là-haut, viennent à se gâter, concluait-il, péremptoire.

C'était sans appel. Marie en restait muette de stupéfaction.

— *Met, ur plas mat 'glefe beañ, na fell ket dezh' kuitaat 'neañ !* Mais la place doit être bonne, ils ne veulent pas la quitter, poursuivait Youenn.

— *Neuzhe, petra ober* ? Alors que faire ? demandait Marie.

— *Netra ! Nemet lâr « nann » ur wech dre vare. 'N 'zo re vihan evit beañ gouest da cheñch an traoù !* Rien ! Si ce n'est de dire « non » de temps en temps. Nous sommes trop petits pour être capables de changer les choses.

— *Lavar « nann » ur wech drez' var'? Met pevar?*

Dire « non » une fois le temps ? Mais quand ?

— *'Benn 'vez' votadeg.* Quand il y a des votes, précisait-il.

Complices, le journal était leur passion. C'est ainsi que Marie apprit à connaître son père et l'histoire sous un autre angle, au fil du quotidien.

Marie aimait participer aux menus travaux et entre autres préparer la lampe à carbure pour le soir. Il fallait démonter le fond pour en vider les cendres. Des cendres où se cachaient encore quelques morceaux de carbure à remettre dans la lampe afin de ne rien perdre. Or, ce carbure, outre sa qualité de produire un peu de lumière, se dissolvait dans l'eau en bouillonnant. Et il crachait et fumait tant qu'il pouvait comme si le souffle du diable le possédait ! Cela faisait spitttch !

C'était irrésistible !

Malgré l'interdit de gâcher de la marchandise, Marie s'amusait prodigieusement à jeter ces morceaux dans la flaque d'eau la plus proche.

Pas vue, pas prise !

Et ça faisait spitttchhh... sous les yeux rieurs de Marie.

Mais l'électricité, la vraie, celle amenée de très loin sur des fils de cuivre, allait bientôt arriver.

Effervescence à travers champs.

Dès lors, la vitesse bouscula la vie calquée jusque-là sur le rythme des saisons.

Des camions transportaient les poteaux en suivant les plans établis. Plus de pelles ni de pioches !

Les trous se creusaient mécaniquement grâce à la puissance d'une énorme vis, actionnée par un engin démesuré et rugissant. Ensuite, caillasse et ciment calaient le poteau. Restait à tirer la ligne « *dreuz kata* », à travers l'espace : ce fut l'affaire des gars de chez Lebon et de leurs gigantesques rouleaux traînés par d'aussi colossales machines et ils étêtèrent les arbres dont la cime risquait d'être un mauvais voisinage pour les câbles.

La première tranche allait équiper le bourg et ses alentours immédiats. Du coup, les électriciens fraîchement promus ne savaient plus à quels commutateurs se vouer ! On les demandait partout à la fois. Après leur journée, ils poussaient jusqu'à la maison ou la ferme voisine, donnaient un prix forfaitaire d'installation : négociations pugnaces.

Ça marchait ou ça ne marchait pas.

S'il fallait attendre un autre artisan, les travaux prenaient du retard. Manquait plus que ça qu'au jour « J » on ne puisse étrenner cette étincelle en même temps que tout le reste du bourg ! Si bien qu'au fil des semaines, les « regardants » qui avaient trop lanterné chipotèrent un peu moins.

Réussir à faire poser ce maillage technique pour la date d'arrivée du courant - « l'installation » comme on disait et ce mot à lui seul résumait l'importance de l'enjeu ! - était devenu une affaire d'honneur.

Au diable les gros sous !

Frañseze, bien sûr, fit faire cette installation à la ferme, dans la maison et les dépendances - une vraie cette fois et qui remplacerait celle hâtivement accrochée pour les batteries. - afin d'accueillir l'électricité officielle comme il se devait.

Le courant arrivé, étincelle magique s'il en était, c'en fut fini des spitttchhhh! du carbure dans la flaque d'eau en ébullition et des batteries à mener charger à la chute du moulin, sur le vélo.

Mais il y eut le compteur et ses factures...

Plus tard, la « deuxième tranche » étendrait ses tentacules sur les parties essentiellement agricoles. Pour l'instant, les gens des campagnes regardaient s'ériger sur leurs terres ces totems du monde nouveau reliés par des fils cuivrés sifflant dans le vent. Là aussi, les négociations furent serrées afin que la plus belle parcelle ne soit pas déparée en son milieu par un de ces menhirs de la modernité. Respect du calendrier des récoltes. Pas question de traverser un champ d'orge mûre d'autant que les bienfaits de cette nouvelle fée ne bénéficieraient pas dans l'immédiat à ceux qui en permettaient sa venue.

Le bourg changea d'époque.

Commença le temps où ceux qui avaient connu *« a-raok ar brezel »*, l'avant-guerre, parlèrent enfin de « *goude ar brezel* », de l'après-guerre !

Dès lors les quartiers de viande chez les deux bouchers du village se logèrent en « chambre froide » et les odeurs bouchères muèrent vers d'autres effluves.

En effet, auparavant, les deux artisans abattaient leurs bêtes - bœuf et veau - le jeudi. Puis, suspendue aux crochets dans le magasin où pénétrait le vent, la viande ressuait à l'air libre derrière grille de fer et rideau de rabanne noir afin de décourager les mouches. Mais il flottait alentour une telle odeur de viande fraîche qu'elle les affriolait toutes et la bouchère avait un mal de tous les diables à les écarter malgré la semi-obscurité du magasin. Cela ne scandalisait personne et l'on enlevait le morceau sur lequel il arrivait qu'elles déposent leurs œufs. Le dimanche à midi, tout était débité, l'étal curé, la dalle de ciment nettoyée, le magasin prêt pour le jeudi suivant.

À quelque temps de là - toujours grâce au « courant » - un nouveau bateleur parcourut les villages une fois par mois...

Le camion arrivait dans l'après-midi sur la place du bourg, précédé et suivi de ses cahots poussifs. Sans attendre, le projectionniste débarquait sa machinerie et les grandes bobines. Puis, ainsi délesté, faisait un tour dans la campagne et à l'aide d'un porte-voix tonitruant, annonçait l'évènement :

— *An'abardaez-mañ 'vo sinema 'barzh sal-dans ar vourc'h da nav eur.* Il reprenait en français : « Ce soir il y aura cinéma dans la salle de danse du bourg à neuf heures. »

Et pétaradant de plus belle, poussait plus loin !

Monter le tout dans la salle, déballer, tendre le drap blanc au mur, calculer le bon angle, faire les essais nécessaires : tout cela prenait un temps certain à partager avec la présence curieuse et touche-à-tout des gamins du bourg pour qui le spectacle commençait avec ces mises au point techniques.

À l'heure convenue, sous l'écrasante chaleur des soirs d'été 47, la salle se trouva comble ! Les grandes fenêtres masquées de couvertures, les bobines virevoltantes se mirent à tourner en crissant.

Le spectacle commença.

Devant le pinceau de lumière, les images sortaient de la boîte, bougeaient, gesticulaient, parlaient, devenaient vivantes aux yeux des gens ébahis, assis sur de longs bancs de bois.

Les actualités ouvraient la séance. Informations moulinées qui présentaient « les révoltes » selon le code officiel admis. Lorsque les images s'étendaient sur les « rebelles » de Madagascar, Marie scrutait l'écran, à la recherche d'une silhouette amie… Les jours fastes, un documentaire suivait pour l'édification des amateurs.

Ensuite s'ouvrait la découverte du Nouveau Monde.

Hollywood entrait à plein écran, en noir et blanc, et le fil de l'histoire dévidait ses images ronflantes sur les spectateurs médusés. Les couchers de soleil s'étalaient sur des plaines immenses, de larges fleuves éclatants; les troupeaux, aux multitudes incalculables, ébahissaient les petits paysans de ce coin de bocage morcelé. Le cow-boy sous son large chapeau s'adonnait à de folles cavalcades et jouait, sans vergogne, du colt meurtrier et de l'harmonica « country » pour sa dulcinée. C'était violent et glamour, et sa campagne s'appelait: Texas.

C'était l'Amérique et cela se chantait.

« Dans les ranches du Texas quand vient la nuit,
Les cow-boys près du bivouac sont réunis… »

Ce chant faisait écho à un autre, en vogue, *made in France* celui-la - et prononcé à la bretonne cela donnait « *mat un Frañs'* » :

« *C'est le chant d'un guardian de Camargue,*
Belle fille attendez son retour,
Attendez et pourtant prenez garde
Car ce chant, c'est le chant de l'amour... »

Apparaissaient aussi les séquences que Marie craignait par-dessus tout: l'arrivée des trains en gare. Alors là, dans le vacarme de la machine plus vraie que vraie, elle se jetait sous le banc, épouvantée, les paupières soudées, tant il lui semblait que la locomotive, aveugle à l'humanité béate rivée à la toile, bondirait hors de celle-ci et écraserait tous les spectateurs. La frayeur chassée par l'image suivante, Marie refaisait surface. Fascinée par ce débit, la petite n'établissait pas le lien qui lui aurait permis de comprendre l'histoire dessinée par les clichés mouvants.

Ce serait pour plus tard.

Pour l'heure, spectacle sur l'écran improvisé.

Spectacle dans la salle: dans le brouhaha ambiant, chacun y allait de son commentaire. Il y avait aussi les bonbons colorés et le chewing-gum.

Et, plus classique, l'épaisse fumée du tabac gris, roulé dans l'obscurité au fil de la séance. Ou encore le *butun marmouz*, ce « tabac de singe », celui des jeunes scolaires, empressés d'imiter les hommes. Ces derniers les moquaient en les désignant comme des *fri louz*, des nez sales et pour cause! Leur infâme mélange fait de chatons de noisetier ou de châtaignier était ensaché puis roulé dans du papier de journal ou de bonbon. Bien séché, haché menu, ce mélange brun faisait illusion quant à l'apparence. Mais l'âcreté de la fumée qu'il dégageait était telle qu'elle chassait en catastrophe le jeune fumeur vers l'air libre. Il s'y précipitait, crachant et suffocant, sous les quolibets et les protestations de l'assistance.

Bref! Tabac gris à fumer, ou *butun fri* à priser, ou *butun marmouz,* tabac de singe, leurs miettes s'éparpillaient sur le parquet ciré de la salle de bal et se mélangeaient aux giclées brunes des chiqueurs invétérés de *butun karot*, le tabac à chiquer!

Gare aux glissades visqueuses et sournoises à vous casser une jambe!

Mais ces soirées vous avaient un tel goût de neuf qu'elles émoustillaient tout le village.

C'était cela le cinéma, ce jour de la boîte magique: les fesses torturées par la dureté du banc, des images exotiques plein les yeux et dans la bouche le goût de sucre acidulé ou celui, franchement synthétique du chewing-gum, le tout enveloppé du rêve de chacun dans l'atmosphère étouffante de la salle enfumée.

Chapitre XVIII

Après l'hôpital, Anna partit pour un sana. Marie intégra en fin de huitième le pensionnat des religieuses où elle avait commencé ses études. Telles étaient les convictions de ses parents et de Frañseze. Ils se saignèrent aux quatre veines afin de joindre les deux bouts et payer sa pension. Heureusement, la sœur économe eut parfois de l'indulgence.

En troisième, sa dernière année scolaire, les choses s'éclairèrent.

Une loi décida que les enfants de famille modeste, scolarisés dans des écoles privées pourraient bénéficier d'une bourse : à condition de passer sous les fourches caudines d'un concours. Dossier social d'un côté, performances de l'autre : savants mélanges, épurés de ses cancres, qui ouvraient les chemins sonnants et trébuchants du savoir aidé officiellement !

Elles n'étaient guère nombreuses les élèves du bas de l'échelle sociale dans l'école bourgeoise de Marie.

Mais elles existaient.

Le jour dit, cornaquées par une religieuse en

civil, les quelques élèves qui satisfaisaient aux critères se présentèrent au lycée public Brizeux afin de décrocher le sésame. Bien chapitré, le groupe ne devait pas sortir de ce concours avec de piteux résultats, mais faire honneur à l'école.

L'obligation d'une reconnaissance du ventre ! Et gare aux retours de bâtons et aux remarques habituelles, désobligeantes, sur « les paysans » ! Marie, *etre Doue hag he spered*, entre Dieu et son esprit, chercha comme d'habitude à être philosophe :

« Si je sais faire l'algèbre, le reste pas de problème ! »

Rassemblées, elles remplirent deux grandes classes : combien étaient-elles ? Quatre-vingts, cent ? L'examen s'étalait sur la journée.

Première épreuve, la dictée. Marie, bien décidée à écarter son incorrigible distraction, n'y trouva pas de chausse-trappes. Suivirent les questions de grammaire. Ce n'était guère sa spécialité. Ces sempiternelles « règles à respecter » lui hérissaient le poil ! Cela s'inscrivait dans le droit fil de son repoussoir naturel et des lacunes de son primaire jamais rattrapées.

C'était physique.

Mais pour une fois les difficultés acceptaient de s'incliner. L'algèbre ? Extraordinaire ! Comme par enchantement, ces lettres barbares se pliaient à sa compréhension. Quant à la géométrie, ce fut la forme de logique habituelle.

L'anglais ? Les enseignantes leur avaient inculqué les ingrédients de sa grammaire avec la récitation des verbes irréguliers par dizaines du même genre.

Heureusement! Car pour Marie, grammaire anglaise ou française, ouvrir ces livres dépassait son courage. Le vocabulaire? Elle l'avait consciencieusement écrit sur deux colonnes dans les petits carnets, d'une classe à l'autre: impression efficace pour la mémoire. Les élèves les récitaient entre elles afin de contrôler leurs connaissances.

Aussi les mots anglais s'ordonnaient et défilaient dans la tête de Marie suivant le fil immuable de ses écrits. Tandis que le breton et le français puisaient leur existence à la source des sons mais sur canevas aux antipodes l'un de l'autre.

À l'oreille de Marie, l'alchimie de l'anglais ne correspondait pas à celle des deux autres langues: qu'importe! Amadouer cette nouvelle portée n'avait pas été une difficulté insurmontable. Toutefois, la fillette avait tâtonné au départ car elle en avait cherché désespérément la musique. D'une classe à l'autre, les enseignantes ne prononçaient pas les mots de la même façon. Comment s'y retrouver? *Ma Doue*! Pire qu'entre breton *Kerne* et breton *Leon*! Cependant, cette dernière année, afin de les amener à une meilleure expression, l'enseignante, bretonnante elle-même et réaliste, s'était appuyée sur le breton. Ce fut l'avantage des rurales qui le parlaient chez elles… sans l'évoquer à l'école. Le rappel de cette musique leur avait inculqué un meilleur phrasé anglais.

Mais ce jour-là, il s'agissait d'écrit, point d'oral.

Aussi, Marie ouvrit les tiroirs de sa mémoire écrite pour en extraire les mots adéquats et les adapta à la version et au thème imposés.

La composition française proposait deux sujets, au choix : l'un descriptif, l'autre plus intériorisé et personnel. Elle opta pour le second sujet et, l'espace de temps imparti pour ce devoir, coupa les connexions avec le monde et se laissa aller au gré de son inspiration. Dès lors, il n'y eut plus de rectitudes, plus d'ordonnances, plus de poids, plus de compétition qui tint. Elle voguait dans son ailleurs tranquille, inaccessible à quiconque d'autre qu'à elle seule.

En classe, habituellement, après avoir rendu les copies des autres élèves, la maîtresse lisait le texte de Marie : « On a l'impression d'être au cinéma ! » disait la classe...

Après l'exitation de la journée d'examen, impossible de les faire taire dans le rang. La religieuse y renonça. Effervescence. Échanges de brouillons. Marie ne dévoilait jamais son brouillon d'algèbre. Inutile d'insister ! Cette science ne s'adaptait pas à sa tête. Elle la laissait aux autres, qui n'insistaient plus pour savoir « si Marie avait su faire ».

La religieuse disposant des sujets, la classe allait se plier au bonheur de l'examen sans enjeux.

— Faciles les maths ! C'était pas un concours, ça ! avait clamé la classe presque méprisante. Eh ! On vous a aidés à gagner !

Sans rien dire, Marie constata que les solutions « faciles », elle les avait « bonnes ». Sauf à avoir fait des bourdes impardonnables dans une autre matière, elle le tenait son examen !

Les résultats arrivèrent la semaine suivante.

Pour les proclamer, la mère supérieure rassembla le secondaire au complet dans la grande salle d'étude du pensionnat. Atmosphère d'excitation qui précède les grandes déclarations.

Petite boule au creux de l'estomac. Pure angoisse.

Ce matin-là un soleil magnifique s'étalait dans la salle par les grandes fenêtres.

Levées, assises, debout « bonjour ma mère »...

Là-haut sur l'estrade, la Supérieure toisa son monde.

Admonestation habituelle.

« Quand donc arriverait-elle au fait ? » Les mots passaient au-dessus de la tête de Marie. Une tête qui bourdonnait, au bord de l'éclat, le sang aux pommettes, les lobes des oreilles écarlates.

Enfin, elle commença l'énumération : point de Marie.

Celle-ci se sentit traversée, de part en part, d'une honte terrible.

Tout à coup, dans un état second, elle entendit enfin son nom. Sa voisine lui donna un coup de coude dans les côtes.

Elle se leva comme une automate et entendit :

— Marie a totalisé le plus de points, elle remporte, de toutes les élèves des écoles libres présentes à cet examen, la première place et donc bénéficiera d'une bourse entière.

— Oaah !

La salle entière, médusée, la regarda avec des yeux inhabituels.

Et la mère supérieure de continuer à son adresse sur le mode insinuateur :

— Comment avez-vous fait, Marie, pour réussir vos maths ? D'habitude ce n'est pas votre spécialité ? Il faudrait peut-être les travailler un petit peu plus ! Mais on m'a dit aussi que le devoir était facile... Qu'en dites-vous ?

Murmures dans les rangs. La mère supérieure chercha acquiescement autour d'elle. Petits sourires entendus des sœurs présentes au pied de l'estrade. Marie se dit « que si les maths avaient été faciles pour elle, le même devoir avait été aussi facile pour les autres... et le reste avec... » Mais elle demeura sans voix.

Le but était atteint : Marie valorisait l'école à l'extérieur mais, à l'intérieur de l'institution, elle ne correspondait pas à l'échelle des valeurs de la mère supérieure. Ce n'était pas une citadine mais la-petite-paysanne-au-ras-des-patates qui avait gagné. Ce n'était pas dans l'ordre des choses. La mère supérieure avait remis les pendules à l'heure. Marie sentit un picotement insistant dans le haut du nez mais réussit à refouler ses larmes. Elle serra les poings le long du corps - car il était interdit de mettre les mains dans les poches - garda la tête droite et se tut.

La cloche sonna. La maîtresse de pensionnat claqua des mains. Les élèves se levèrent dans un vacarme de chaises sur le plancher.

— Au revoir, mesdemoiselles.

— Au revoir, ma mèèère...

Froufroutements de longues jupes blanches sur

les marches de l'estrade. Cliquetis du grand chapelet noir accroché à la ceinture. Elle était sortie dans un envol de coiffe empesée ! Bousculades, protestations, rappels à l'ordre, galopades vers les cours de récréation. Le pensionnat se défoulait.

Dans un coin, une fille pleurait en silence. Son nom n'avait pas été cité. Marie passa près d'elle :

— T'en fais pas, va. Tu t'en sortiras quand même !

La fille haussa les épaules et se leva lentement pour rejoindre la cour. Une partie de balle prisonnière, bien disputée, redonna aux choses leur juste place.

Au premier étage qui dominait les lieux, les leçons particulières de piano et de violon écorchaient la gamme.

Comme d'habitude !

C'est ainsi que Marie suivit ces années de pension et apprit mille et une choses qui ne se trouvaient pas dans les manuels.

La maîtresse de pensionnat avait la passion du théâtre et organisait la fête des Rois à sa manière avec les premières et les terminales. Une cour royale, différente chaque année, faisait un détour par l'école. Roi, reine et courtisans costumés, maquillés, après un long défilé dans les cours et les jardins, à la grande joie des pensionnaires, se donnaient la réplique sur scène sous sa houlette.

À table, l'ordinaire se disait amélioré : il est vrai que ce n'était guère difficile car le pain de maïs sévissait à chaque repas. De plus, comme rien ne devait se perdre, la cuisinière accommodait les restes dans ce qu'elle avait affublé d'un nom anglais, très à la mode à l'époque, sans doute pour mieux le faire passer. Hélas ! malgré cet artifice, les convives de l'époque se rappelleront ce « pudding » jusqu'à la fin de leurs jours et le dégoût qu'il leur inspira.

Ah ! Et les pâtes à l'eau : dans le creux d'une nouille, de temps en temps, se lovait un ver. Mais il était cuit !

Heureusement, le pain et le beurre hebdomadaires de Frañseze, partagés avec un petit cercle, venait compenser ces menus détestables aux relents encore prononcés de lendemains de guerre.

La maîtresse de pensionnat avait aussi une très haute idée de l'éducation de « ses » filles et leur infligeait une heure de « politesse » tous les samedis après la classe.

Savoir entrer et sortir d'une pièce en fonction du lieu où se situe la personne qui s'y trouve : tout un art. Traverser une grande salle sous le regard caustique d'une foule. Guère facile ! Tenir une cigarette avec élégance. Le téléphone ? Cet engin peu répandu sauf dans les « grandes » maisons, comment savoir lui appliquer les règles de bienséances ? Les premiers pas de valse : la religieuse devait retrousser ses jupes pour esquisser ses pas. Marie aurait pu suppléer le professeur mais elle s'en gardait bien. Il fallait aussi apprendre l'art des petits plats dans les grands avec leurs différentes fonctions : ne pas confondre un plat à rôti avec celui du poisson, l'ordre et la place des verres, des couverts et des convives. Toutes choses qui ne cadraient absolument pas avec les habitudes frustes de sa maison.

Bah ! Marie se mettait dans le fond de la classe et essayait d'ouvrir son petit carnet de vocabulaire anglais derrière le dos de l'élève de devant. Hélas ! Le regard abaissé sur ces feuillets attirait rapidement les foudres de la maîtresse intraitable.

Il fallait subir !

Chaque dimanche soir, la même religieuse, qui possédait bien des cordes à son arc, s'improvisait projectionniste. Grâce à un appareil qu'elle bichonnait de mille soins, elle moulinait pour ses pensionnaires, documentaires un dimanche et « grand film » le suivant. Ce régal d'images se composait de vieux clous ou de films de ciné-club qu'elle commentait au passage avec à-propos.

Mais l'accès en ville aux dernières nouveautés de l'écran, trois à quatre fois par an, révélait aux élèves le summum du septième art. Préparée avant la séance, commentée après celle-ci : c'était la sortie de choix par excellence !

Lors de ces séances, les scènes d'amour constituaient pour les élèves l'attrait principal : lors des projections à l'école, la religieuse les coupait. Ici le projectionniste recevait l'ordre appuyé, « de cacher avec la main les images un peu trop édifiantes » : étreintes, caresses, avec ou sans déshabillé suggestif… Et le baiser passionné sur la bouche de l'héroïne…

« Sympa », le projectionniste ménageait la chèvre et le chou : il étalait la main mais en écartait les doigts !

La sœur accompagnatrice sortait de la salle furieuse, rouge de confusion tandis que les élèves riaient sous cape.

Ces séances, bien sûr, n'étaient pas gratuites. Marie durant l'été travaillait dur afin de se faire quelque argent de poche. À peine la fenaison terminée, Frañseze lui prévoyait un bon carré de haricots verts à cueillir. Elle le divisait en trois parcelles qu'elle parcourait à tour de rôle. Chaque matin elle abordait sa journée de ramassage. Pliée en deux, cassée par le poids de la récolte portée dans le tablier, elle s'étalait au bout de la rangée afin de soulager son dos courbaturé. Moulue de fatigue, ce mal ne la quittait pas durant la première huitaine. Puis, peu à peu le corps se coulait dans les exigences physiques quotidiennes. C'est ainsi que les quelques centimes par kilo récolté grappillés grâce à ce dur travail lui donnaient accès au rêve grandeur écran.

Puis, sans transition, elle quittait le champ et s'en retournait à l'école où la discipline ordonnait les loisirs… avec le renfort des punitions.

Dans le haut de la gamme culminait la privation de sortie à la maison ou en ville avec les parents. Deuxième niveau dans l'échelle des châtiments, la privation de parloir : crève-cœur pour l'enfant comme pour ses parents. Mais la maîtresse de pensionnat demeurait de fer. Ensuite, se situait celle de la sortie au cinéma ! Et dernière invention répressive des sœurs - qu'elles n'avaient pas dû glâner dans les Évangiles - : en fin de chaque trimestre, les dix premières de chaque classe pouvaient rentrer le vendredi soir, au lieu du samedi.

Terrible chantage ! Tout se sait dans un petit pays. Comment accepter de passer pour un cancre aux yeux de son village ?

Question d'honneur pour Marie : plutôt crever que de rater le premier départ ! Et puis la maison, c'était sacré, même si elle ne possédait plus la même aisance pour parler avec sa grand-mère. En effet, la seule pratique du français durant les trimestres chassait ses spontanéité bretonnes.

Youenn et Frañseze venaient la voir de loin en loin à l'école. Seule démarche qu'ils pouvaient assurer grâce au car du samedi.

Restait la privation de cinéma.

Cette punition leur fondait dessus lorsque lancées dans l'aventure de la promenade au Stangala, les élèves se jetaient le défi de traverser la rivière d'un rocher à l'autre. Ah ! Les pierres traîtresses recouvertes de mousse glissante ! Avant que la plus téméraire n'ait pu anticiper, elle se trouvait plongée dans le torrent, heureusement peu profond.

Sortie de bain précipitée ! Elle dégoulinait piteusement.

Ma Doue ! Que les sœurs n'en sachent rien ! La solidarité s'organisait. Dans un fourré l'élève se déshabillait, quelle que soit la saison, et s'enroulait dans un manteau. Avec énergie, les amies tordaient chaque élément vestimentaire. L'élève se rhabillait.

Restait le manteau. Le plus visible !

Pour ce camouflage, les filles avaient mis au point un système d'échange qui avec le temps se révéla efficace : la fille mouillée prenait le manteau sec d'une autre qui, elle, enfilait celui bien essoré.

Mieux réparti, le danger était moindre.

Six ou sept kilomètres pour rentrer : on tordait encore le bas du manteau en douce puis, lorsqu'à l'entrée de la ville il fallait reformer les rangs par trois, les deux éléments en danger se plaçaient au milieu et à distance l'une de l'autre. Avec un peu de « pot », les sœurs n'y voyaient que du feu.

Si d'aventure l'essorage n'avait pas été suffisant, c'était réglé comme du papier à musique : coupables et complices se voyaient privées de cinéma à l'école comme en ville.

Marie passa toujours au travers des mailles du filet. Par quel miracle ? Allez savoir !

Autre priorité absolue de l'éducation des sœurs : le chant. Il empiétait largement sur les récréations lorsque s'approchaient les grandes fêtes religieuses : au moins cinq heures par semaine. Grégorien et profane, l'ensemble à force de répétitions s'élevait à la perfection de la vocalise monacale.

Mais quel boulot !

— Reprenez, Mesdemoiselles. Autant que vous vous y mettiez, je ne vous lâcherai pas avant que nous parvenions à une parfaite connaissance des différentes partitions, décrétait la maîtresse de pensionnat de sa voix de stentor.

Les filles n'en voyaient pas le bout.

Cependant le solfège relevait d'un enseignement irrégulier qui s'inscrivait en alternance avec le dessin.

Un artiste peintre on ne peut plus bohème venait leur dispenser les rudiments de cet art délicat. Merveilleuse initiation toujours imprévue. En effet, quel que soit le cours, toutes affaires cessantes, le dessin s'imposait avec l'arrivée du maître. Plus artiste que pédagogue, il tolérait fantaisie, bruit, cris, désordre et de plus, oh ! miracle !, ce cours était extensible à l'infini. Seule la cloche appelant pour le repas ou la fin de la classe pouvait l'interrompre.

Les classes d'examens ne bénéficiaient pas de ces récréations artistiques. Les choses sérieuses avant tout. Mais, compensation fort appréciée par la classe surchargée de quarante-huit élèves, en ce juin caniculaire de 52 : les candidates au BEPC, affalées dans les prairies pentues d'Ar Gêrlac'h, à Kerfeunteun, révisèrent au grand air sous le regard impavide des vaches.

Ainsi, entre livres et cahiers, Marie atteint l'objectif fixé par Anna : réussir à décrocher cette peau d'âne.

Sa mère venait de rentrer de sana. Elle estima que les coupures familiales avaient assez duré et décida de ramener Marie au bercail pour de bon.

— Dommage ! se dit Marie qui commençait à prendre goût aux études. D'autant que la bourse entière était reconductible d'une année sur l'autre tant que l'élève ne redoublait pas.

Mais la décision d'Anna était irrévocable.

Il est vrai que la mise en condition psychologique avait été amorcée en fin d'année scolaire par la religieuse chargée de la classe qui aiguilla l'avenir de ses potaches devant la classe au complet. Chacune connaissant tout des autres, y compris les situations familiales, l'orientation se fit au grand jour.

Chaque élève se leva à l'appel de son nom et reçut le verdict.

Les cancres de la haute bourgeoisie - et il y en avaient de particulièrement brillantes - devaient de toutes façons passer dans la classe au-dessus afin d'acquérir, vaille que vaille, « le vernis » de culture nécessaire à leur avenir, dans leur milieu. Il ne fallait tout même pas qu'elles fassent honte à leurs parents. Fermez le ban!

Celles-là écartées - sachant que les cancres de bas-étage avaient scellé leur destin depuis longtemps et quitté l'école - venait le tour des élèves à la tête bien faite et dont les parents possédaient les moyens: les chemins fleuris du savoir s'ouvraient devant elles. Cela méritait quelques spéculations positives que la religieuse prit visiblement plaisir à décrire. Satisfactions évidentes de part et d'autre.

Pour quelques-unes des filles d'origine paysanne, l'importance de la ferme décidait de leur voie. Si elles avaient un frère pour reprendre la tenue, mieux valait continuer les études… Restaient les autres, filles d'ouvriers ou paysans besogneux. Pour les premières, la religieuse poussait vers les concours administratifs, pour les secondes, il fallait sans attendre prendre le chemin de la ferme.

— La société a aussi besoin de bras, mesdemoiselles!

Marie était de celles-là.

Chacune reçut donc ce jour-là l'indication définitive de l'existence qui serait la sienne.

Nommément et debout.

Tout cela prit largement une heure. Puis retour aux révisions.

En haut du tableau la pensée du jour s'étalait sans équivoque:

« La jeunesse est faite, non pour le plaisir, mais pour l'héroïsme ».

Anna, après de longues années loin des siens, des séjours en sanatorium, des opérations douloureuses, bénéficia des découvertes de cette époque où le « Rimifon » vainquit le bacille de Koch. Dès lors, on cessa d'appeler cette maladie par des circonlocutions obscures : on ne mourut plus « de la poitrine » mais l'on guérit de la tuberculose.

Lorsqu'elle revint, Marie avait beaucoup grandi et terminait l'école sur sa décision… Sa mère avait changé. Son français n'hésitait plus. Son caractère s'était affirmé. Elle ne s'en remettait plus à qui que ce soit.

Et puis, elle avait appris à tirer les cartes.

Les cartes ? Pour Marie ç'avait toujours été la belote ou la coinchée. Mais grâce aux savants comptages d'Anna, maintenant elles parlaient, écartaient le voile de la pensée cachée, pénétraient les secrets de l'âme. Mieux encore, devant le « consultant » stupéfait, voire incrédule, elles annonçaient les bonnes choses ou les pires avanies ! Coupées avec dextérité, étalées selon un ordre cardinal sur le journal faisant office de tapis, choisies de la main gauche, elles explicitaient les heurts et les malheurs à venir, les surprises du cœur ou de l'amitié, les avatars du travail ou du porte-monnaie. Tout cela par le truchement du grand jeu expliqué par Anna ! Selon la bienveillance du roi de cœur, ce grand protecteur, l'apparition de la dame de pique si redoutée, des valets de trèfle ou de carreau : toutes les passions humaines se concentraient dans ces petits cartons écornés à force d'être battus.

Qu'il pleuve, qu'il vente, le soir ou le dimanche après-midi, Anna prédisait l'avenir avec un sourire amusé, en se faisant un peu prier pour s'y mettre. Entre trois rangées de tricot, un point à l'endroit, la dame de cœur, un point à l'envers, le roi de trèfle... Mais c'était à usage strictement familial. Tout au plus, le premier cercle des amis pouvait aussi en bénéficier.

Frañseze repoussait ces jeux qu'elle considérait comme « *Troioù-kamm an hud du* » ! Des mauvais tours de magie noire.

Frañseze... Elle descendit lentement, une à une, les marches quotidiennes de l'existence sans jamais se départir de ses certitudes. Ce monde qui était le sien s'en allait avec elle ou était-ce elle qui s'en allait vers un autre monde parce que celui-ci n'était plus le sien ? Marie n'aurait su le dire mais au fil des ans, une lisière de différences s'était tissée à la limite de leurs vies. Pourquoi leur vision du monde, si longtemps confondue, pourquoi divergeait-elle aujourd'hui ? Ce monde nouveau prenait de la vitesse, captait chaque jour sur les ondes des paroles venues de la « Capitale ». Ces pensées de l'unicité prenaient hardiment le pas sur l'oralité traditionnelle si abondante, la tournait en ridicule, façonnait l'écoute à sa convenance et les têtes à son obédience.

Les remarques de Frañseze rejetaient et contraient ces points de vue que Marie adoptait pourtant sur des sujets de plus en plus nombreux.

— *Evel just! Lâret eo bet barzh ar radio, setu eo ar wirionez!* Evidemment! Cela a été dit à la radio, c'est donc la vérité, constatait Frañseze avec amertume. Et cette amertume, peu à peu, tissait entre elles un écran impalpable mais réel.

Marie n'aurait su le dire mais elle cherchait une issue sans la trouver: comment entrer en modernité sans froisser ce passé si magique dont elle gardait en elle toute la nostalgie, sans folklorisme aucun?

Toutefois, cet aspect folklorique pointait maintenant chaque été: défilés de costumes, biniou et gavottes pour le plus grand bonheur de visiteurs qui, sur d'autres ondes et en d'autres lieux, les remisaient aux accessoires d'un passé révolu à enterrer.

Frañseze regardait cela avec distance, en haussant les épaules! Le vrai, pour elle, n'avait été et ne pourrait jamais être l'apparat ou le démonstratif mais les mots pour le dire.

La langue avant tout devait être préservée.

— *Un' dra zo deoc'h dreis-holl, da nompas disoñjal morse: ho komz brezhoneg*! Une chose t'appartient par-dessus tout, que tu ne dois jamais oublier: ton parler breton!

Et pourtant Marie, sans qu'elle s'en rende compte, parlait de plus en plus en français comme tout le monde.

Cette habitude qu'elle prenait à privilégier cette langue, taraudait l'esprit de Frañseze: allait-elle perdre une fois de plus la langue bretonne qu'elle avait mis tant de cœur à lui inculquer? Et cette fois, sous son toit, en passant outre à son accord! À force d'utiliser les autres mots, n'allait-elle pas remplacer définitivement la langue de son enfance par l'autre, juste à ce moment où elle, Frañseze, n'aurait plus l'énergie ni le temps de vie pour redresser le penchant ? D'ailleurs, la « petite » accepterait-elle ses remarques aujourd'hui qu'elle était devenue grande ?

— *Koñchennoù ar re gozh !* Propos de vieilles personnes ! disait-on de plus en plus fréquemment lorsqu'un ancien insistait dans le domaine de la langue ou de la tradition. Parler breton relevait de vieilles lunes. Parler français ouvrait sur la modernité. Analyse on ne peut plus courte et manichéenne. Mais c'était ainsi !

Il fallait temporiser.

Frañseze temporisa pour ne pas braquer cet esprit frondeur. La sagesse d'une longue vie parsemée d'aspérités lui inspirait des silences lorsque Marie attaquait sa tirade en français. Elle ne fit plus de remarques pour souligner le fait. Car ces reproches ne finiraient-ils pas par irriter ? Elle se taisait, sûre qu'un jour l'écume de sa culture longuement déposée serait le ferment d'une résurgence certaine.

— *Dont a raio ar momeder en e blas en-dro un devez bennaket !* Le balancier reviendra un jour à l'équilibre ! disait-elle en souriant, tant elle était convaincue que, dans cette tête, il y avait de la place pour bien des connaissances et sûrement plusieurs langues comme dans toutes les autres têtes d'ailleurs.

Il en était ainsi depuis l'origine du monde.

D'année en année, la place de Frañseze dans le travail de la petite ferme s'amenuisa au fil de l'usure d'un quotidien qui lui fut sans pitié. Jusqu'au bout de ses jours, en économisant chaque geste, elle vaqua dans le potager. Piqua ses dernières échalotes et sema une rangée de carottes. Elle les vit pousser. Grandir. Put encore les goûter…

Elle s'éteignit à l'automne comme se consume une chandelle. Son visage ridé se déchiffonna, apaisé…

Ce fut un déchirement dans le cœur de Marie : pourquoi ne s'était-elle pas attachée à ses derniers pas au lieu de s'éparpiller en d'autres lieux ? Elle réalisait qu'elle avait encore tant de choses à lui demander. Questions auxquelles elle ne trouverait réponse nulle part ailleurs au monde. Sûrement pas dans les livres.

Frañseze avait fermé les yeux et la porte de sa bibliothèque orale, emportant pour toujours son monde fabuleux…

Chapitre XIX

La vie continua…

Pour Youenn et Anna, après des années de séparation, une autre vie commença. Une vaillante 2 CV toilée, de dix sept ans d'âge et son ample suspension usée, rythma leur revanche sur l'existence. Anna la conduisit, Youenn ne le put jamais : toujours le risque d'un assoupissement funeste au volant.

Vingt-cinq ans plus tard, à dater de ses soixante-cinq ans, l'État versa à l'ancien prisonnier de guerre une aumône bisannuelle. Lorsque la fragilité d'Anna l'empêchait de prendre la route, têtu, Youenn allait à vélo à Kemper « toucher » ce pécule. Au bout d'une trentaine d'années, il culminait à mille trois cent vingt-trois francs et huit centimes, bien comptés !

Piteuse reconnaissance.

Ce n'était qu'une goutte d'eau dans l'océan de misères qu'il avait subi, mais pour rien au monde, il n'aurait laissé le moindre petit centime à cet État marâtre et si peu reconnaissant. Cet argent n'était pas comme un autre. Il voulait le palper ! Faire cette démarche relevait d'un exorcisme salutaire. À défaut de compenser sa jeunesse jetée en pâture à la guerre, ces miettes agissaient comme un baume guérisseur sur ses plaies encore vives. Un jour, il accepta que cette obole lui soit versée à la banque mais ce ne fut que bien plus tard.

Toutefois, il y avait la 2 CV !

Ah ! Cette voiture typique de la révolution verte au fil des routes aux tournants rectifiés ! Plus question de serpenter sous les frondaisons ! Que l'espace s'écarte pour laisser passer les autos ! Que tombent les arbres pour que file la vitesse ! Que disparaissent les talus dans la gueule énorme des pelleteuses ! Que s'aplanissent les paysages bretons ! Qu'ils prennent l'aspect beauceron malgré leurs pentes abruptes et leurs abers profonds !

À cette époque, pour entrer en modernité, il fallut conduire une voiture, posséder tracteur-et-matériel, vendre son cheval et ne plus parler breton.

La jument, atteinte de vieillesse, ne fut pas remplacée. Un tracteur ? La ferme était trop petite. Youenn se plia aux échanges et au paiement des gros travaux.

La langue repoussée, peu à peu tirait sa révérence…

Ni Frañseze, ni Anna ne l'admirent jamais. Mar'Janig finit par comprendre l'importance de cette culture… mais bien plus tard.

— *Kaozeet brezhoneg d'ho pugale. Ma na gaozeit*

ket dezhe ar yezh, peseurt mod gred deoc'h 'jomo bev?

— Parle breton à tes enfants. Si tu ne leur parles pas la langue, comment survivra-t-elle? insistait Anna auprès de Marie.

Marie avait atteint cette saison de la vie où la petite fille avait perdu ses illusions dans le monde des adultes et cherchait, à la croisée des chemins, celui qu'elle pourrait emprunter.

L'image de la pensée officielle prévalut: aplaties au rouleau compresseur, les vieilles langues devaient disparaître. Une seule langue, une unique vision économique et philosophique de la vie écrasa ces générations conditionnées par ce martelage.

Leur apprentissage scolaire forcé, mal vécu, sans échappatoire, sans respect pour leur culture, les lacéra. Puisque vivre sa langue maternelle à l'école avait été une telle misère, il ne fallait surtout pas faire vivre cette affliction à la génération suivante.

C'est ainsi que la langue recula, écrasée, rebutée, méprisée.

Les mères refusèrent de la parler à leurs petits.

Et le poids fut tel que même Marie fit partie de celles-là.

Cependant Anna veillait et veilla jusqu'au bout: poignante, sa requête revenait, insistait et s'adressa plus tard à ses petits-enfants.

— *Deskit brezhoneg, ma bugaligoù.* Apprenez à parler breton, mes petits.

Elle acheta un dictionnaire et l'offrit à l'une de ses petites-filles comme le legs ultime des tables de la loi, tant elle avait compris qu'il fallait désormais - pour que la langue survive - accrocher l'écrit à l'oral et inversement. Le courant passa dans cette génération et la suivante. Cela fit si chaud au cœur de Marie!

Hélas! Anna ne vécut pas assez pour vivre ces renouveaux qui l'auraient fait vibrer. Même guérie, l'usure de la longue maladie avait entamé sa vie. Épuisée, elle s'en alla vers ces rives d'où l'on ne revient pas. Mais, arrachée à la peau de son âme, une part d'elle-même survivrait...

Plus tard, sollicité par une autre fille, Youenn se fit répétiteur afin de parfaire une option de breton au bac : Oh ! Le Bohneur ! Succès à l'examen avec mention ! Mais jusqu'au soir de sa vie, il fallut insister pour qu'il parle sa langue maternelle à ses arrière-petits enfants. L'interdit de parler breton pesa jusqu'au bout de sa route.

Cependant le fil du temps tricotait le quotidien de tous...

Mar'Janig fut très fière d'être médaillée de la Résistance. Sans ostentation. Elle n'en parlait que très rarement si quelqu'un la sollicitait.

Elle suivit un chemin de solitaire... Les secrets de l'âme et du cœur possèdent tant de méandres ! Ils cachent aux regards d'autrui leurs lancinantes espérances déçues.

Après la longue lutte de ces années de plomb, l'espoir d'une vie plus juste, nourissait la démarche de ceux qui avaient activement fait tomber les entraves. La vie devait être plus généreuse, plus attentive aux libertés que celle d'avant-guerre qui précipita cette génération dans la tourmente.

Pour les hommes comme pour les femmes.

Les femmes ? Les hommes leurs octroyèrent le droit de vote : c'était le moins, tout de même ! Mais au-delà ? Nenni !

« Vous les femmes, vous avez été admirables, silencieuses, irremplaçables. Vous avez permis tant de choses que nous n'aurions jamais réussi seuls. Vous avez pris des risques… »

Hommage, ô combien collectif.

Comme après « 14-18 » ! et Mar'Janig haussait les épaules.

Dans la relation des faits d'armes qui se multipliaient au lendemain de la victoire et mettaient en lumière les rôles des uns et des autres, hautement les noms des hommes s'alignaient… mais les « estafettes féminines sont trop innombrables pour qu'on puisse les citer toutes ».

En d'autres termes :

« Maintenant, retournez à vos casseroles et occupez-vous bien des enfants… »

Ce n'était pas dit de façon abrupte, néanmoins cette invitation se distillait… le rôle dévolu de toute éternité aux femmes. En place, et silence dans les rangs. Drapée d'idéal, la démarche fut au souvenir pour que « plus jamais cela » ne revienne…

La voix des femmes étouffée, le machisme inavoué reprit les rênes et fouette cocher… comme avant ! Avec la plus superbe hypocrisie, la plus belle arrogance, la puissance coloniale reprit du service.

Cela Mar'Janig ne l'admit jamais : on lui avait volé ses rêves.

L'actualité qu'elle suivait jour après jour avec assiduité ne « collait » pas et ne « colla » jamais aux promesses…

Le siècle touchait à sa fin.

« Dimanche, je vous présenterai ma compagne allemande, » avait annoncé un des petits-fils.

Chacun dans la maison connaissait ses anathèmes : la guerre avait été si inhumaine pour Youenn.

Alors, cette annonce…

Youenn avait souri sans rien dire. Cela faisait déjà un bout de temps, sans doute, qu'il avait fait le distinguo entre Allemands et nazis.

Elle arriva un dimanche matin, pas très grande, toute de finesse, blonde aux yeux bleus.

Youenn revint de la grand-messe. Présentations. Sourires…

Et devant ses petits-enfants ébahis, il l'accueillit en allemand !

Personne dans la maison ne savait qu'il parlait cette langue. Les années avaient passé : 1945… 1989… et les mots imprimés dans sa mémoire pendant les années de braise et de feu, installés près des mots bretons de l'enfance et du parler français, revenaient peu à peu : de l'allemand silésien. Celui parlé par la communauté allemande des mines de Silésie, au pied des Carpates, là où se situait le stalag VIII A.

Il s'obligeait à chercher les mots, se cognait le front du poing pour faire revenir celui qui manquait, l'extrayait du fin fond de ses souvenirs, ravi de réussir à le découvrir, à le prononcer ; il butait sur une syllabe, retrouvait le déroulé de la phrase avec l'accent au bon endroit, interrogeait à nouveau, trop content que la jeune fille lui donnât la bonne formule ou l'expression manquante.

— *O! Laret d'in 'ta!* Oh ! Dites-moi donc !… Oh ! dites-moi, comment dit-on encore ? Il passait de la première langue à la seconde puis à la troisième et revenait à la première. Il riait, heureux de nous avoir joué ce bon tour.

Heureux aussi de parler avec des mots de « là-bas » et de ne pas évoquer cette fois ses souvenirs mauvais. Il avait appris cette langue et il l'avait cachée au plus profond de lui-même. Cachée, parce que les mots de ce temps maudit portaient pour lui le symbole du servage. Les repousser avait participé au processus salutaire du retour à la vie.

Quarante-cinq ans d'impasse sur cette langue et les mots, les tournures, les phrases lui revenaient par bribes.

La tablée joyeuse n'en revenait pas.

Cela amusa prodigieusement Youenn. Ce jour-là, l'histoire le rattrapait par le biais de l'allemand silésien :

— Les mêmes mots avec le même accent que mes parents, lui apprit la jeune femme émue. Mes parents ont fui la Silésie devant les armées russes en 45 pour venir à l'Ouest. Les années avaient passé et la longue parenthèse se refermait enfin.

Novembre 1989.

À la télévision, l'ancien prisonnier et la jeune

Allemande regardèrent ensemble la fuite des voitures hors de la République Démocratique Allemande... Traversée de la Tchécoslovaquie... Sur la longue et sinueuse route vers l'Ouest, pare-choc contre pare-choc, elles se poussaient vers la liberté. La vaillante « Trabant » à deux temps trépidait de toute sa carcasse usée, élimée jusqu'au dernier boulon... Elle allait être l'élément moteur qui ébranlerait cette frontière honteuse.

Le démantèlement du mur de Berlin commença. Les monceaux bétonnés du totalitarisme s'affalèrent sous les vivats de la foule agglutinée, et les yeux du monde entier, incrédule, accroché à l'information cathodique.

Ce monde que Youenn avait tant haï s'écroulait enfin. La jeune allemande, sous son toit, pleurait d'émotion. Ce jour-là, la guerre de Youenn finissait vraiment. L'histoire lui concéda cet ultime contentement.

Marie, entre enthousiasme et pragmatisme, observait ces instants. Un mur s'était écroulé sous les coups de boutoir de tout un peuple. Le cœur de l'Europe allait battre à nouveau sans contrainte.

Pourtant, dans le creuset de son pays libre, des parcelles de libertés devaient être reconquises, et non des moindres.

— *Mamm, gwrait din un' tamm bara-amann, mar plij*. Mère, donne-moi un morceau de pain-beurre, s'il te plaît.

Près de Marie, un de ses petits-enfants...

Comme en surimpression se dessina le souvenir

de la petite-fille qui, dans ce lointain encore si proche, devait se couler dans la musique des autres et oublier la sienne.

Elle était alors une petite fille comme tant d'autres.

Hélas! Aujourd'hui ce petit était une exception...

Le travail de sape avait fait son œuvre.

Afin de la sauver, le combat pour la langue, lancinant mais tenace, devait continuer. Il fallait abattre ce mur d'intolérance gigantesque - impalpable - et pour comble: constitutionnel!

« *Pegeit amzer c'hoazh?* » Combien de temps encore? rêva Marie.

Oh! Ce long chemin escarpé depuis l'enfance...

ÉPILOGUE

28 février 2001.

Gare de Lille Europe : l'immense cathédrale de fer et de verre élève ses infrastructures futuristes, majestueuses, imposantes. Au-dessus, le ciel est gris et gris l'horizon. Côté sud, strié de lueurs blâfardes, le vacarme de l'autoroute sur laquelle les véhicules se coursent, tous entêtés à dépasser l'autre. Côté nord, des rails couleur rouille et encore des rails strient les lieux et s'enfuient à l'infini. Le grondement du ventre de la gare remonte jusqu'à la salle des pas perdus. La voix synthétique des haut-parleurs passe d'une langue à la suivante, métronome des mots du monde. Les tableaux noirs électroniques font défiler leurs chiffres blancs. Regards levés des voyageurs - petits poucets de ce lieu gigantesque - vers ces petits cailloux blancs qui s'entrechoquent. Clic, clac, clac, clic, clic, clac, cloc... magie de l'aiguillage moderne.

Et les petits cailloux blancs s'ordonnent d'eux-mêmes pour dessiner des mots.

— Bruxelles Midi : Escalier D, voie F.

Il faut faire vite entre TGV et Thallis, l'Eurostar

qui déboule de Londres. Claquements rapides des pas et des roulettes mécaniques sur les marches métalliques vers le quai en contrebas.

— *Daoust ha 'vo pell c'hoazh 'barzh teuio? Dale 'noa kemeret an tren kentañ, diaes 'vo deomp degou't mat d'an eur!* Mettra-t-il encore longtemps? Le premier train avait pris du retard. Il nous sera difficile d'arriver à l'heure fixée, se dit la délégation des huit Bretons qui vont au Berlaymont porter leurs doléances.

Entre Le Mans et Lille, ces huit délégués venus de Bretagne historique, installés près du wagon-restaurant, ont longuement mis la dernière main au contenu de cette démarche auprès des instances européennes. Trois viennent de Nantes, quatre sont bretonnants. Point incontournable: sauver la vieille langue, la plus ancienne langue celtique du continent européen, il faut sauver toutes les langues minorisées de l'Hexagone… Car c'est l'année européenne des langues.

Sur les quais, tous les idiomes du monde chantent et convergent vers le cœur de l'Europe.

Entre tickets et machine programmée à portée de regard, repérer à l'écran le point d'arrêt de la voiture dans laquelle monter. Tâtonnements sur affichage « fluo »: c'est un peu plus loin. Billetterie oblige, ils se séparent en deux groupes. Courte attente… Ouf!

Thallis bondit du tunnel noir clouté de lumières minuscules. Effets spéciaux? Image futuriste? Non! Réalité puissante. Le serpent siffleur fonce entre les quais, grandit, domine, fascine. Il gronde. Souffle de géant. Vague impalpable, poussée invisible, fouet sur les visages. Le sol tremble. D'instinct, les voyageurs reculent… Ô miracle, il freine en geignant à peine, s'apaise et glisse en douceur à l'exacte place où il doit s'arrêter. Les moteurs ronronnent. Roulis bousculés de l'onde humaine descendante et montante.

Lille à Bruxelles : une demi-heure s'écoule à peine. Juste le temps de s'acclimater à la longue tubulure qui glisse, habitacle cosmopolite et polyglotte. Pressée par le frottement de l'air sur les parois lisses de la coque, la vitesse cravache le monstre, pénètre l'espace, picote les tympans.

— *An tizh 'bik din ma divskouarn !* La vitesse me pique les oreilles.

Hochements de têtes et sourires.

Quatre hommes d'affaires allemands, ordinateurs portables ouverts, définissent leurs stratégie futures assis de part et d'autre d'une tablette. Derrière eux, des Flamands… ou des Néerlandais. À trois dosserets de là, fleurissent le catalan et quelques voix italiennes. Les Castillans ne sont guère loin. De l'autre côté du passage central deux jeunes femmes parlent anglais. Le trio bretonnant de Basse-Bretagne - deux femmes et un homme que leur origine géographique a groupé - poursuit ses échanges dans sa langue maternelle.

Les jeunes femmes anglaises semblent intriguées et visiblement écoutent…

La couleur de la langue joue sur la portée de ses terroirs. Leurs échanges en breton chantent sur trois tonalités différentes d'une musicalité au plus profond des coutumes.

C'est le chant de la langue sur la portée des racines.

Plus nasillarde chez le bigouden avec ce tombé rapide, un peu sifflé, que l'on ne trouve qu'à Penmarc'h. Le phrasé du *Treger* module ses syllabes sur un registre de « é » très clairs et de « a » joliment francs tandis que le coulé des voyelles *C'hlazik* se forme au plus proche du palais et se débite avec la vivacité de doubles croches qui escamotent leur chute. Seule une oreille habituée à cette musique-là peut y déceler les subtiles pesées sur les syllabes : la différence... dans la différence des origines. Elles lui insufflent les couleurs de la vie au plus vif du cœur et de l'âme, palette aux dégradés infinis de tons, mélanges de terre, de mer, de moissons, de travail ; onces de pensée, de granit et de vent ; canevas de sa propre philosophie : la symphonie de la langue aux bouquets colorés.

Ah ! Ces cascades de notes venues d'un ailleurs inconnu... qui intriguent de l'autre côté du couloir central !

— *Pegen plat eo ar vro-mañ !* Que ce pays est plat !

— *Ya !... Ar c'houmounl 'zo karget, daoust ha teuio ar glav da vinnigañ 'nomp !* Oui !... Les nuages sont chargés, la pluie viendra-t-elle nous bénir ?

— *Pe teuio pa teuio ket, 'michans 'kavfemp founnus kamaladed breizhat Brusel. 'Rabat deomp koll amzer.* Qu'elle vienne ou ne vienne pas, j'espère que nous trouverons vite les camarades bretons de Bruxelles. Il ne faut pas que nous perdions de temps !

Regards au-dehors sur défilé d'arrière-cours tristes de banlieues devenues, hélas, banalités internationales.

Les moteurs de freins déroulent leur grondement. L'écho cogne et grogne sur les murs du tunnel. L'onde puissante s'amplifie, siffle, pèse sur l'élan et amène tout doucement le monstre à l'arrêt... Le quai s'immobilise. Valises à descendre, fermetures sèches des clapets. Remerciements synthétiques d'une voix polyglotte...

— *Na 'peus disoñjet netra?* Tu n'as rien oublié?

— *Nann, 'michañs!* Non, j'espère!

— *Dav 'vo klask mat kavout founnus ar re all endro.* Il va falloir s'attacher à vite retrouver les autres.

— *Ya, evel just! Ha na vo ket aes!* Oui, évidemment! Et ce ne sera pas facile.

Les voyageurs se suivent dans le couloir central et poussent leurs valises devant eux, les deux Anglaises juste derrière le trio bretonnant. Leur curiosité s'attache encore à cette langue qu'elles n'arrivent pas à situer. Elles s'interrogent. Et tout à coup, la force de la curiosité bouscule la retenue:

— Pardon madame, comprenez-vous le français? demande l'une d'elles à l'une des bretonnantes.

— Oui, je le parle!

— Quelle langue parliez-vous, à l'instant?

Trois secondes battent de l'aile... Ô souvenirs douloureux d'autrefois faits de remarques désobligeantes... Petits points suspendus... Répondre et assumer...

— C'est du breton, madame!

— Du breton ? Je n'avais encore jamais entendu ce parler !

Sourire ébloui, elle traduit à son amie puis se retourne :

— Ô madame ! Qu'elle est belle votre langue !

Merci murmuré…

Émotion contenue au cœur de l'âme ! Perle jolie au coin des yeux.

— *Petra 'neus goulet ganeoc'h ?* Que t'a-t-elle demandé ?

— *Peseu' yezh 'oa ganeomp ?… Ar brezhoneg 'vite' 'zo ur yezh vrav-tre !* Quelle était notre langue. Le breton pour elles est une très jolie langue !

— *Ô ! Ma Doue ! N'eo ket gwir !* Oh ! Mon Dieu ! Ce n'est pas vrai !

— *Ar vech kentañ barzh ma buhez da veañ lâret an dra-se din !* C'est la première fois de ma vie que l'on me dit cela !

— *Chañs ho peus. 'Neus ket lâret an dra-se din morse c'hoazh !* Tu as de la chance. Jamais encore, on ne me l'a dit.

— *Hag hiriv ouzhpenn ! Ar chañs 'zo martreze ganeomp ! Daoust hag-eñ an avel a zo troiñ da vat ?* Et aujourd'hui de surcroît ! La chance nous accompagne peut-être. Le vent est-il en train de tourner ?

Course sur les quais, se retrouver, ne pas se perdre. Contrôle d'identité avant la sortie : c'est la « frontière de Schengen ». Thallis vient de Londres. L'Angleterre ne fait pas partie de cet espace douanier.

Au bas de l'escalier, les amis bretons de Bruxelles attendent. Les visages s'éclairent. Rapides salutations. On se précipite. Les minutes ont le tournis.

«Oh madame! Quelle est belle votre langue!...»

Capharnaüm de la sortie dans les abords de la gare de Bruxelles-Midi en travaux permanents... Enfin le Berlaymont, la ruche administrative européenne. Grand escalier aux marches claires. Immense entrée bordée de guichets: filtrage. Pièce d'identité. Montrer patte blanche. Passages obligés. Enfermement dans l'ascenseur. Course éperdue dans les couloirs sans fin et, dix étages plus haut, au bout du fil d'Ariane déroulé par les amis, la salle de conférence. Journalistes, caméra, Gwenn ha Du et puis l'accueil chaleureux de députés européens: Flamands, Écossais, Gallois, Irlandais, Basque, le président des Droits de l'Homme de Wallonie et d'Europe, plus tard celui de Flandre, un haut fonctionnaire européen...

... Et dans l'oreille cette musique si douce:
« Oh madame! Quelle est belle votre langue!...»

Maintenant, il faut dire les entraves françaises à la survie de la langue, les rejets comminatoires de la haute administration relayés par les complicités politiques - hormis une minorité d'élus, trop peu nombreux pour faire le poids - les promesses toujours données, signées avant les élections, jamais tenues, les faux-semblants qui soulèvent le cœur, la veulerie calculée, les mensonges éhontés, les refus. Des siècles de répressions toujours renouvelées.

« Plus tard... nous verrons cela plus tard »... la survie? Pendant combien de temps encore?

Rencontres, dossiers, échanges, recherches, confrontations, propositions, suggestions : la liberté de vie des langues...

Les siècles se suivent, les lois pernicieuses, les réformes repoussées, l'écrasement... la charte européenne non signée... l'enseignement, les écoles à peine tolérés... le temps qui passe : moyens inavoués de ce génocide culturel...

Leur langue tenue à bout de bras par les Bretons eux-mêmes, des bras qui n'en peuvent plus...

Le dire clairement.

Pour lui assurer pérennité.

En breton d'abord.

Pour que la langue soit l'ambassadrice de son propre renouveau.

Traduite ensuite en français et dans les principales langues d'Europe : les traducteurs sont là dans leur cabine et reprennent les exposés.

Quelle est encore longue la route de la langue sur le simple chemin du droit d'exister !

Comme le thème d'une symphonie, le leitmotiv revient fortissimo, entêtant, passionné.

Jamais on ne pourra l'effacer :

...«Oh madame ! Quelle est belle votre langue ! »
... *Ô itron ! Pegen kaer eo kanaouenn ho yezh !*

Angèle Jacq
Landudal, le 21 août 2002

Éditions du Palémon
ZA de Troyalac'h - N° 10
Rue André Michelin - 29170 St-Évarzec
Dépôt légal 4e trimestre 2002.
ISBN 2-907572-41-5
Achevé d'imprimer sur Roto-Page
par l'Imprimerie Floch à Mayenne (59789)
Imprimé en France